NF文庫
ノンフィクション

海軍護衛艦《コンボイ》物語

海上護衛戦、対潜水艦戦のすべて

雨倉孝之

潮書房光人新社

海軍護衛艦《コンボイ》物語——目次

第一章　海護戦、対潜戦を学ぶ〈大正期・一次大戦〉

第二章　海上交通保護に目覚める〈昭和戦前期〉

第三章　海護戦始まる〈太平洋戦争Ⅰ〉

第四章――海護戦に苦戦す〈太平洋戦争Ⅱ〉

第五章――海護戦に破れる〈太平洋戦争Ⅲ〉

マルタ島沖に碇泊する第二特務艦隊の駆逐艦。第一次大戦中の大正6年(1917) 1月15日にイギリスの要請を受けて地中海で対潜水艦作戦に従事

南太平洋での駆潜艇による爆雷攻撃のもよう

第二特務艦隊に貸与された英駆逐艦ミストラル(梅檀)艦上の日本の乗組員

日本海軍初の駆潜艇1号型の3番艇「第3号駆潜艇」。九三式探信儀とMV式水中聴音機を装備

海上交通保護を訴えていた新見政一

「駆逐艦潜水艇」を考案した山本英輔

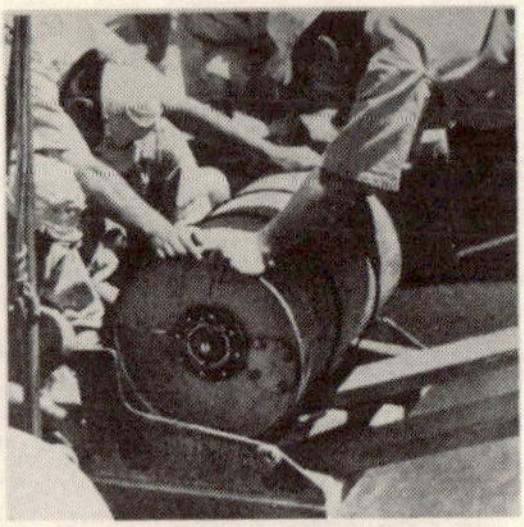
爆雷を準備する乗組員

曳航式機雷防御具であるパラベーン（防雷具）の投下準備

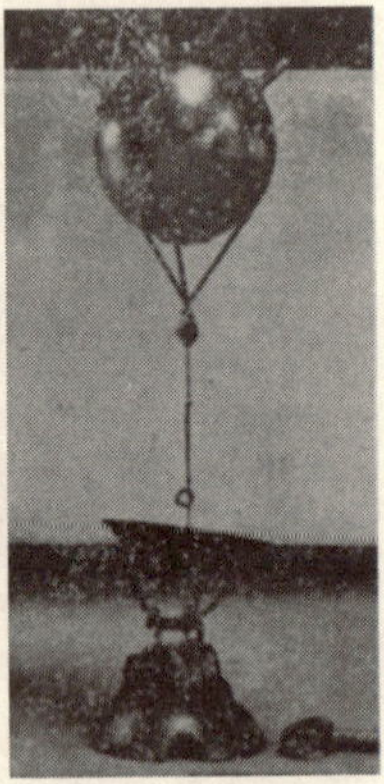
当時、数種類あった機雷のなかでもっとも広く使われた球状・触角式の係維機雷

水中聴音機を操作する水測兵

敷設艦「八重山」の後甲板での機雷敷設作業。甲板上にのびているのが機雷敷設用のレール

米潜水艦による魚雷攻撃で水柱が上がっている日本大型貨物船。潜望鏡より撮影

昭和16年3月、久里浜に機雷学校が設立

潜没している潜水艦も上空から探知できる〝磁気探知機〟を装備した対潜哨戒機「東海」

昭和18年3月3日、ビスマルク海で執拗なB25爆撃機の反跳爆撃を受ける日本輸送船

はじめて外洋での海上護衛用に建造された択捉型海防艦の「福江」。海防艦をはじめ掃海艇や駆潜艇などの長には、多くの商船出身士官が貼り付けられるようになった

東シナ海東南海面に1万2000個の機雷を敷設した第18戦隊の旗艦だった敷設艦「常磐」

「御蔵」型の兵装や性能を低下させずに極力、簡素化した量産型の「日振」型海防艦

第一海上護衛隊司令官の指揮下に入って本格的な活動を開始した護衛空母「海鷹」

写真提供／雑誌「丸」編集部・米国立公文書館

海軍護衛艦《コンボイ》物語

海上護衛戦、対潜水艦戦のすべて

第一章――海護戦、対潜戦を学ぶ〈大正期・一次大戦〉

戦いの様相は変わった

第一次世界大戦はもはや九〇年も過去の話となった。ずいぶん昔だ。が、その戦争の帰趨《きすう》は明治の日清、日露戦役時代と異なって、たんに武力だけでなく、資源力、工業力、経済力により大きく左右されるようになっていた。

したがって、そのような基盤戦力を確保し、活用するための動脈となる海上輸送のもつ意義は、とくに海洋国にとってきわめて大となった。それに対し、旧来の〝海面上〟の制海権と直接深い関係を持たず、重大な脅威をあたえたのが新たに出現した潜水艦であった。海軍は、艦隊決戦に勝利さえすれば国防の任をまっとうできる、という時代ではなくなり出していた。

戦いの様相は変わったのだ。だが日本海軍は、どうやらこの変化に気づくのが遅れたようである。

その欠陥が、太平洋戦争にもろに出た。長い戦いの歳月とともに、海上交通路がいちじるしく破壊されて刀槍を振るうチャンバラの足元が崩れ、さらには身体全体が痩せ細ってしまったのだ。第一次大戦にはわが国も参戦し、はるばる地中海まで出かけて海上護衛戦に従事した貴重な経験をもち、かつその本質を学んだはずだ。なのに二十数年後、こういう事態に追い込まれた。

なぜなのか？

この本『海軍護衛艦《コンボイ》物語』では、話を大正のはじめ、一九一七年の昔むかしにまでさかのぼらせてその経緯を調べ、原因、理由を探ってみたい。対潜戦闘用兵器の開発、対潜護衛艦艇の整備、対潜戦闘法・対潜戦術の研究、海上護衛思想の変遷にはもちろん触れる。だが、それだけでなくこんな対潜戦、海上護衛戦に充当された要員の養成・活動の適否にもかなりのページをさくつもりだ。海上交通保護を考えるうえで重要な因子となっているからである。

ところで、この〈コンボイ〉という言葉、本書の読者なら先刻ご承知と思うが、あえて付け加えると〝護衛艦〟とか〝護送船団〟〝護衛する〟、そんな意味だ。ただし本物語では、こういう狭義のコンボイのあれこれについてだけではなく、連合艦隊の直接護衛による「作戦輸送」船団についても必要に応じ、書き記して行こうと思う。

さっそく本題にはいろう。

第一次大戦——〝二特〟編成さる

いま、第一次大戦のさい、日本海軍の艦隊が地中海へ出征して海上護衛戦を戦ったと書いた。戦争後半、大正六年から七年にかけてのことである。

大正三年（一九一四）六月二八日、バルカン半島はサラエボでオーストリア皇太子をセルビア青年が暗殺したのが発端となって、ヨーロッパに大戦争が始まった。当時、日英同盟が結ばれており、八月七日、イギリスは「相応の援助を乞う」と日本に要求してきた。

さっそく求めに応じ、日本は陸軍を出動させて青島要塞を攻撃、攻略する。海軍もそれに協力した。九月から一一月までの作戦で要塞が陥ちると大正四年、五年の日本艦隊は、連合国海軍の一員でありながら、戦争をよそにのんびりムードで訓練に務めていた。だが、明けて大正六年になると、どうもそんな安閑は許されない雰囲気になってきた。

原因はドイツの潜水艦と武装商船だ。

大正三年一一月、英国が北海を経済封鎖した。そのためドイツは、報復手段として、大正四年二月四日、イギリス海峡とイギリス周辺の海域では、連合国、中立国船舶の区別なく潜水艦で攻撃する戦法に出た。さらにこの作戦と並行して、〝武装商船〟を使い、海上を荒しまわる手段もとった。

「海上交通破壊戦」の開始である。この〝海のゲリラ戦〟は、大正五年になっても行なわれた。武装商船のなかには、大砲はもちろん魚雷、機雷を持ち、水上偵察機まで装備している船もあった。たとえば「ウオルフ」が然《しか》り。この船は排水量五八〇〇トン、速力一〇ノット

表1　地中海に出征した第二特務艦隊の編制

	軍　艦	駆逐隊（所属駆逐艦）
T6.2.7 現在	明　石	第 10 駆逐隊（桂、楓、梅、楠） 第 11 駆逐隊（榊、柏、松、杉）
T6.6.20 現在	出　雲 明　石	第 10 駆逐隊（桂、楓、梅、楠） 第 11 駆逐隊（榊、柏、松、杉） 第 15 駆逐隊（桃、樫、檜、柳）
T7.12.1 現在	出　雲 日　進	第 22 駆逐隊（桂、楓、梅、楠） 第 23 駆逐隊（榊、柏、松、杉） 第 24 駆逐隊（桃、樫、檜、柳）

の仮装巡洋艦となった。

英海軍の厳重な監視網をくぐって大西洋に打って出、一仕事するとと今度はインド洋へ顔を出す。さんざん獲物を撃沈したあげく、とうとう南太平洋にまで足を伸ばしてきた。しかも、一四ヵ月後の大正七年二月、無事ゆうゆうとキール軍港へ帰っているのだ。その間、同艦の挙げた戦果は約一三万総トン撃沈だったといわれている。

こんなことをされては、日本海軍も知らん顔をしているわけにはいかなかった。インド洋、南太平洋方面の海上安全化を目指し、大正六年二月七日に第一特務艦隊、第三特務艦隊の二個艦隊を編成して対処させた。

しかし、問題はヨーロッパにあった。

大正三、四、五年と年を経るごとに、ドイツ潜水艦の跳梁による連合国側船舶の被撃沈トン数は上がる一方だったのだ。五年には約二七二万総トンもの船が沈められている。とりわけ、地中海で餌食になる商船が多かった。このままでは、海外への物資依存度の高い英国は完全にダウンしてしまう。たまりかねたイギリスは、正式に日本艦隊の地中海派遣を要請してきた。大正六年一月一五日のことであった。

いくら同盟が結ばれているとはいえ、もともと日本はそんな遠くの海域へ艦隊を送る意図は、毛頭持っていなかった。海軍首脳部のなかにも、派遣賛成論、否定論の両方が起きたらしい。が、結局政府は、〝英国の窮状座視するに忍びず〟と派遣の決定を下した。

ただちに部隊編成にとりかかる。まず第一陣として、日露戦争にも活躍した二等巡洋艦「明石」を旗艦に、第一〇駆逐隊、第一一駆逐隊が地中海へ向けて出発することになった。各隊の所属駆逐艦は、表1に示したように、「梅」「松」などいずれも大正四年に完成したばかりの新品艦八隻だ。派遣部隊は水雷戦隊規模の大きさだが、「第二特務艦隊」と銘打ち、佐藤皐蔵《こうぞう》少将（のち中将）が司令官に任命された。大正六年二月七日、編成なる。

わが潜水艇、まさに〝ドン亀〟

いうまでもなかろうが、アチラへいってからの〝二特〟の仕事は、敵ドイツ潜水艦の攻撃から味方連合国船舶を護ることにあった。ところがわが艦隊には、そのための準備、用意はまったくなかった。佐藤司令官はこう語っている。

「私は教育本部において、大砲の射撃や水雷の発射、敷設などということを自分の受け持ちの仕事としていた。だから、潜水艦と戦うにはどういう射撃法をとればよいか、いろいろ手をまわして研究したが、五里霧中、殆ど手がつかなかった。

軍令部や艦政本部の連中に聞いてみても、誰も知らなかった。これはわが海軍としては迂闊なようであるが、潜水艦を使用するようになったのは今度が初めてで、いずこの国の海軍においても、戦争が始まって以来種々工夫し出したところで、当時なお研究中であった

……」（有終会『懐旧録』第三輯・上）

というのがそのころ、大正初期の〝対潜水艦方策〟の実情だったようである。佐藤少将は司令官になる前、教育本部第二部長だった。

日本海軍に、米国へ発注してあった五隻のホランド型潜水艇がそろったのは、日露戦役直後の明治三八年（一九〇五）一〇月であった。すぐさま、ドン亀隊「第一潜水艇隊」を編成し、さらに翌年、神戸の川崎造船所で二隻が国産されると追いかけるように「第二潜水艇隊」を編成した。

そして明治四一年度、第一潜水艇隊は基本演習に参加する。防御軍の一翼としてだ。第一潜水艇隊が東京湾・観音崎沖合で配備についていると、駆逐艦を護衛につけた仮想敵艦「宗谷」が湾外遠くからやってきた。一号艇はただちに潜入を開始し、前程に占位する。「宗谷」に〝敵潜発見〟の信号は上がらない。駆逐艦も気づかないようだ。ヨシッ、襲撃決行。

襲撃！　といっても、演習だから魚雷発射管内の海水を空気で押し出し、そのさい浮き上がる気泡で発射時期、位置を示すのだ。発射地点が魚雷命中の有効距離内にあったため、審判官は〈宗谷廃艦〉を宣告した。すなわち防御軍・潜水艇の「勝ち」、攻撃軍・宗谷の「負け」である。

当時は保安上の理由から、潜航中、潜望鏡を全没しての航行は禁じられていた。一次大戦の始まるおよそ六年前の話だ。わが海軍の潜水艦戦訓練は幼稚園の戦争ゴッコにちかく、守る側の〝対潜戦訓練〟は全然なかったと言ってよかろう。

明治四二年（一九〇九）になると、英国からC型潜水艇二隻が到着する。「第三潜水艇隊」を新編したが、その四月、既存のものをひっくるめ、艇隊の編み直しを行なって二個潜水艇隊をつくった。かつ、所轄をぜんぶ呉鎮守府に移し、同鎮守府に本籍を定めた。赤ん坊同様のドン亀を健全に成長させるには、横須賀よりも温暖で静穏な瀬戸内海のほうが好適と判断されたからだ。

六号艇、七号艇などは五七トン、七八トンとりわけ小さかった。速力も水上八ノット、潜入するにも時間がかかった。潜水航行は一号艇が六ノットで二〇マイル、六号艇は四ノットで一二マイルくらいしか航《はし》れない。

かれらは、一時的に潜没は出来るが、どうみても敵の油断につけこんで不意打ちを狙う奇兵的な存在にすぎなかった。「潜水艇隊」にまとまってはいても、駆逐隊のような軍艦なみの〝戦闘単位〟にはほど遠い。艦隊にはとても所属させられず、鎮守府のなかで潜水艇隊ごとに独立して、司令の指揮により保育園的？　訓練が行なわれたものだった。

だから、こんなヤツがたまたま演習で襲撃に成功したからといって、実戦に使えるとは、当時誰も考えなかったらしい。

かの有名な、全国民を感奮させる壮絶な遺書を残した佐久間勉艇長ひきいる第六潜水艇の遭難沈没が発生したのは、明治四三年（一九一〇）四月のことであった。

こういう悲痛な事故を起こしてまで訓練に精を出したが、明治末年になってもわがサブマリンの威力増大ははかばかしくなかった。
「高速力で航行する軍艦はほとんど潜水艇を顧慮する必要なし。せいぜい敵根拠地に接近したような場合のみ警戒すればヨロシイ」という程度にしか認識されなかった。西欧海軍では、着実に大きな進歩を示しているというのに。

第二特務艦隊、勇躍出征す

世が大正に変わり、二年ほどたった大正三年（一九一四）の夏、大戦が勃発したのだが、このとき日本海軍の潜水艇部隊は合計一三隻だった。艇は水上排水量六〇トンから三〇〇トンくらいの大きさだ。毎年度、これらを三個か四個の潜水艇隊に編成して、ヨチヨチと訓練に従っていた。

ところがヨーロッパでは、独潜水艦が牙をむいて猛威を振るいだした。その年の秋九月、U九号が北海哨戒中の英装甲巡洋艦「アブーカー」「ホーグ」「クレシー」の三隻をたちどころに沈めてしまったのである。わが海軍は驚いた。その英艦は、第二線艦とはいえいずれも一万二〇〇〇トン、速力二一ノット、二三センチの大砲を備えた大艦である。

この〝ビックリ事件〟ばかりが理由ではなかったろうが、日本海軍も、いつまでも瀬戸内で〝お池のドン亀〟でもあるまいと、大正四年度より二個潜水艇隊が艦隊に組み入れられることになった。外洋航行中の艦艇攻撃訓練をしようというのだ。

あわせて、いままで潜水艇の活動にたいして、これといった対策を講じてこなかった水上部隊も、ようやく目をさまし研究の腰を上げることになった。大正五年度から、艦隊の警戒航行序列に駆逐隊による「対潜直衛配備」の方式がきめられた。といっても、まだ潜水艦攻撃用の爆雷があったわけではない。もし、潜望鏡を発見したら、警戒のディストロイヤーは体当たりで乗り切るつもりででもあったのだろうか。

こんな状況下の第二特務艦隊編成、出征である。

佐世保軍港を発航したのは大正六年（一九一七）二月一八日であった。最初、駆逐隊でも司令、艦長級までは行く先を知っていたが、他の乗員たちには知らされていなかった。出港後、司令駆逐艦の檣頭に「本隊ハイマヨリ地中海ニ向カウ　各員天皇陛下ノ万歳ヲ三唱セヨ」との信号が揚がり、はじめて、総員ワーッとどよめいたような次第であった。

明治三十年代ころまでは、日本海軍のフネは、大艦ばかりでなく駆逐艦クラスでも欧米で造らせ、輸入することが多かった。したがって、艦長や幹部士官だけでなく、初級士官から下士官、兵まで艤装員、艤装員付になって、はるばる受け取りに行く。珍しい西洋の風物に接し、生まれてはじめての洋食に舌鼓《したつづみ》をうつ機会にも恵まれた。だが、このところトンとそういうチャンスがなかった。

紅毛碧眼国の海でどんな戦《いくさ》が待っているのか、血の雨が降るかも知れない。そんなことは放り出して、兵員たちは無邪気に歓声をあげたのであった。

三月一日、シンガポールに寄港し、カーム（凪《なぎ》）のマラッカ海峡を渡り、インド洋の長大なうねりを乗り越え、さらにスエズ運河を通過して、いよいよ四月一〇日、魔海・地中海に入った。緊張してライフ・ジャケットを着用する。四月一三日、マルタに到着した。

佐世保から一万マイル、二ヵ月をかけた戦旅だった。血気盛んな青年士官でさえ相当クタビレた。が、「初めての潜水艦との戦いだ。しかも洋人の目の前である。命がけでやらねばならない」と、みんな覚悟を新たにしたのであった。

日本海軍、最初の対潜戦闘

大正六年二月一日、ドイツは「無制限潜水艦戦」を宣言し、以後、連合国船であろうと中立国船であろうと、英・仏、伊国の近海と地中海東部の立ち入り禁止区域で遭遇するいっさいの商船を、バッサバッサと撃沈し始めた。前々年二月に一時打ち出した方針よりもっと厳しい戦法だ。船舶被害は急上昇する。三月中の敵潜による沈没船舶三三隻、四月には二六日までにもう六六隻が沈められてしまった。

〝二特〟がマルタに到着したのはそんなおりである。ただちに四月一五日から約一〇日をかけて船体修理、不要物品の陸揚げ、爆雷などの搭載を行なった。

すでに書いたように、日本艦隊は対潜水艦戦闘というものをまったく知らなかった。現地に着いてからドロ縄で「爆雷」を積み込み、爆雷投下装置を取り付ける始末だったのだ。もっとも、爆雷は戦争が始まってから大正五年に英国で実用品が完成したので、知らないのもムリない話ではあったが。

二特では急いで〝研究委員会〟を組織し、英海軍から対潜戦闘法や潜水艦防御網の敷設法やらを教えてもらう。英国駆逐艦を実地見学する。アチラの駆逐隊司令を呼んで講話をしてもらう。コチラの士官を先方に派遣して船舶護送法を実習する。こんな慌《あわただ》しいオッツケ細工をして、さっそく作戦行動に入っていった。

佐藤艦隊の船舶護衛作戦は四月二五日より開始された。以後、マルタを根拠地とし、おもにマルセイユ・マルタ・エジプト間、あるいはエジプトよりタラント（イタリア）へ行く航路で護送することになる。

そして五月三日。

第一一駆逐隊の「松」と「榊《さかき》」はイギリスの軍隊輸送船「トランシルバニア号」を護衛してマルセイユを出港した。四日朝には、イタリア西北部のサボナ沖にさしかかっていた。

「松」「榊」は警戒を厳重にし、「ト号」の斜め前左右にそれぞれ占位している。雨がいまにも降り出しそうで、つよい北北西の風のため白波がたっていた。対潜見張りにはまことに不向きだ。と、突然「ト号」の左船尾に雷撃の水柱が立ち昇った。

「シマッタ！　敵潜の襲撃だッ」。時刻は一〇二〇（午前一〇時二〇分）だった。かねて両艦の間に定めてあった規約により、「松」は停止した「ト号」へ横付けし、ただちに救助にかかる。「榊」は速力をあげて敵潜を制圧、警戒につとめた。

すると、大胆にもドイツ潜水艦はまたも魚雷を発射し、こんどは接舷している「松」の前方約一〇メートルのところで「ト号」に再命中させたのだ。最初の一発では沈没しそうになかったが、二発めで「ト号」はついに沈んでしまった。一一三五である。危うく「松」も串ざしにされるところだったが、船体の損傷は軽微、軽傷者三名を出しただけですんだ。

「松」は横付けを離すと、この敵潜の攻撃に向かい、海面に砲撃を加える。だが、興奮のあまり単なる乱射に終わった。油の浮いている個所を発見、爆雷一個を投げ込んだ。

当時、潜水艦を発見する最良の方法は、厳重な〈見張り〉による確実な〈目視〉につきた。見張員が潜望鏡を見つけたならば、すぐそこに向かって砲撃する。あるいは艦そのものを向首、突進させて衝撃を加える。あるいは爆雷を投下して攻撃するのである。

日本海軍最初の〝対潜戦闘〟、バクライなる兵器を実戦に使用した嚆矢《こうし》であった。

「ト号」には約三二〇〇人ばかりの兵員や乗員その他が乗っていたが、「松」と「榊」がそれぞれ一〇〇〇名以上を、また急を聞いて駆けつけてきたイタリア駆逐艦も協力し、合計三〇〇〇名ほどを救助した。とはいえ、警戒護衛艦として傍らについていながら二度までも雷撃をくい、ムザムザ沈没させてしまったわが両艦乗員の心は大いに痛んだ。ウブであった。今昔の感に堪えない。

しかし、すでに二年あまりの実戦経験で、潜水艦の発見がきわめて難しいことをよく知っているイギリスは、襲撃を許したことにガタガタ言わなかった。それよりも被雷後、機敏、沈着に行動して乗船者、乗員のあらかた九五パーセントを救助したことを高く評価したのだった。後日、英国王室より第一一駆逐隊司令の横地錠二中佐ほか士官七名、下士官二〇名に勲章が授与され、旗艦「明石」艦上でマルタ基地司令官バラード海軍少将より直接手渡されたのであった。

「榊」被雷、大破

ところが、それから一ヵ月あまりたった六月一一日、なんと敵潜水艦を追いまわしヤッケルはずの駆逐艦——「榊」が逆にUボートの雷撃をくってしまった。

エーゲ海南部のミロス島へ行き、マルタへ帰る途中だった。アンチキセラ水道北口付近を「松」と横陣で航行していたとき、左舷正横よりやや後方一八〇メートルくらいのところに潜望鏡を発見した。雷跡がのびてくる。上原艦長はとっさに、「後進一杯！　取舵《とりかじ》一杯！」を下令した。が、間に合わないと見るや、ただちに「面舵《おもかじ》一杯！」で右転回避に入った。しかしすでに遅く、魚雷は左舷艦首に命中してしまった。「松」も「榊」が砲撃した場所に向け、爆雷一発を投下したが効果不明と記録されている。

「榊」は火薬庫が誘爆。さいわい沈没は免れたが、艦橋から前部を大破し、艦長上原太一中佐以下五九名の戦死者と重軽傷一六名が出た。

地中海へ到着してからまだ二ヵ月たらず、日本海軍がはじめて経験する対潜戦闘は敵に名を成さしめ、血で彩られる凄惨な幕開けとなった。

八月一〇日に、巡洋艦「出雲《いずも》」と第一五駆逐隊が来着し、艦隊に合同する。艦隊司令部は「出雲」に移り、英国よりの借入艦もまじえ、佐藤艦隊は一七隻に増えた。

ん？　日本艦隊に英国艦？　イギリスにはフネはあるが人員が不足しているからと、六月に、二〇〇トンの徴用トローラー（曳き網で海底の魚を獲る漁汽船）二隻を日本海軍に貸してよこしたからだ。さらに秋には、八〇〇トン級駆逐艦二隻も回してよこす。

　そこで、この四隻に日本の士官、兵員を乗り組ませ、旭日の軍艦旗を掲げて任務につかせることにした。トローラーは「東京」「西京」と、駆逐艦は「栴檀《せんだん》」「橄欖《かんらん》」と命名されて佐藤司令官の指揮下に入った。

　余談だが「栴檀」と「橄欖」はさすが英国のグンカンだけあって、士官室は広くソファも立派、アコモデーション（設備）がよくて兵員の居住区もダンチ。これに乗った連中は、日本艦の仲間からだいぶネタマレたらしい。

　のち一一月に、老齢の「明石」は一足先に内地へ帰ることになる。

「榊」の遭難があってから、「松」「榊」の乗員の一部には、神経衰弱になった者も生じた。雲煙万里はるけくもやって来たのに、戦争目的がハッキリしていなかったこと、日露戦争のような「皇国の興廃」に関係する戦ではなかったことが、ある程度原因になっていたようだ。

　しかし、多くの乗員たちは、日本人らしく帝国海軍軍人らしく〝ヤセ我慢〟で、それ以後も苦難の護衛航海に堪えていった。

　大正六年八月下旬、マルタで連合国海軍の船団護送会議が開催された。議長は、のち大将に進級し、ポーツマスの司令長官になるカルソープ中将。出席した佐藤司令官は、劈頭《へきとう》わが艦隊による軍隊輸送船の護衛案をブチあげた。

当時、輸送の重要度により護送順位を、①軍隊輸送船、②兵器弾薬輸送船、③一般客船、④通常軍需品輸送船、⑤一般貨物船、⑥空ブネ

の六種に分けていたが、その最重要船護衛を大胆にも日本海軍が引き受けようというのだ。はじめ、佐藤提案に各国委員は顔を見合わせていた。「ん？　昨日今日、東洋からやって来たシロートめが、生意気に」というところであったろう。だが、イギリス委員がまず賛成し、やがて満場一致で日本案が認められた。日本艦隊は、借りたトローラー以外は、新品駆逐艦ばかりで粒がそろっており、なによりも地中海到着以後の護衛実績で、乗員の能力、誠実さが十分に認識されたからであった。

"二特"苦難の護送に従事

地中海での作戦行動は難航した。夏の二、三ヵ月のほかは風波が荒い。この海特有の波が、六〇〇トンの小さな駆逐艦をもてあそび、傷めつける。波長の短い、先のとがった急峻な波は、全長八〇メートルばかりのフネには苦手だった。極端な例では、右六四度、左へ四八度も傾いたことがあるという。なのに、二万総トンを超すような大型輸送船と一緒に、速力をゆるめずジグザグ航行をしながら見張り、警戒に従事しなければならない。短艇を波にさらわれなかったフネは一隻もない。桃型の第一五駆逐隊では、全艦がウオーターハンマーで艦底を損傷してしまった。

なかには、一月のうち、二五、六日も行動した艦もあった。あるとき「梅」「楠《くすのき》」がドックに入り、一ヵ月ほど航海を休んだことがあった。いよいよ出渠となり、乗員の体重を量ったところ、平均四キロちかく目方が増えていたという。いかにかれらが困苦に耐え、身を削って護衛に従事していたか分かろうというものだ。

乗員に精神消耗患者を出したというのは、このような苦難の長丁場航海も大いに作用していたと思われる。艦隊司令部でもそれは認識しており、護送の節目、合間をつかんでは、かれらにヨーロッパやエジプトの風物に接しさせ、心身の開放、慰安をはかるように努めていた。

マルセイユに入港したときはモナコへ足をのばし、日本の耶馬溪《やばけい》のような絶景に目を休める。カジノで有名なモンテカルロへも行った。紀元前三三二年に建設された旧～い街・アレキサンドリアへ入り、都合のついたときはカイロ見物に出かける。ピラミッド、スフィンクスの実物に驚き、博物館の珍品に眼をみはり、あるいはラクダの背に跨《また》がって砂漠を逍遥《しょうよう》したりもした。

そんな〝苦〟と〝楽〟のない交ぜの日々のなかで、あるときどうしようもない困った事件の起きたことがある。大正六年の七月末だったが、内地からの食料、物資を積んだ英国輸送船が撃沈されてしまったのだ。日本人の食生活にはぜひとも必要な米、漬物などが全部パーになってしまった。やむなく、米食を制限し、主食をパンに切り替えたのだが、兵員室では「分隊士！　これじゃー、とても大和魂が出ませんよ」とこぼす。

が、なんとも仕方がなかった。それはかりではなく、日本船が運んできた味噌樽を、ポートサイドで英国船に積み替えるさい、イギリスの税関吏が「こいつは、腐っているぞ」と誤解して捨ててしまい、味噌汁も吸えなくなる一幕もあった。戦争では、思いもよらないいろんなことが起きるものである。

マルタ会議がもたれるまでは、地中海では多くの場合、商船を一隻ずつ護衛していた。しかし以後は複数のフネで船団を組み、それに護衛艦をつける方法に変わった。駆逐艦が不足してきたからにほかならないが、このほうが、本当は被害防止上、効果的でもあるのだ。

一隻の輸送船に二隻の護衛艦をつけるよりも、たとえば七隻に六隻の護衛を前後左右に付したとすると、フネ一隻あたり〇・八六隻のガードですむ。しかも、警戒の眼は三倍に増えるのだ。

「コンボイ」の誕生であった。

船団の形は▽になるように、前方列に多数のフネを置き、後方へゆくにしたがい隻数を減らす方式にした。前方外側から前列船を狙った魚雷がはずれたとき、後部船に危害を与える割合が減少するからだ。

コンボイ・システムを採用してから、護衛効果はあがった。

表2　連合国船舶被害の推移

（大正6年1月より7年9月まで）

期　間	1日平均の被害	被害総トン数
大正6年1月～3月	7.6隻	16,550トン
大正6年4月～6月	10.4隻	23,550トン
大正6年7月～9月	6.2隻	15,270トン
大正6年10月～12月	5.0隻	12,500トン
大正7年1月～3月	4.5隻	10,740トン
大正7年4月～6月	3.4隻	8,600トン
大正7年7月～9月	2.9隻	7,810トン

福田一郎少将の『続・潜水艦』によれば、地中海のみでなく大西洋、北海全海域での味方船舶被害は、表2のように目立って減っていったのである。

かくして第二特務艦隊の労多い作戦行動は、二年ちかくつづいた。護衛した艦艇船舶数は七八八隻、人数にして約七五万人であった。護送回数では三四八回、対潜水艦戦闘は三六回におよんだ。うち一三回は〝有効な攻撃〟を加えたと報告されている。だが戦後の調査によると、どうもわが艦隊に撃沈されたUボートはなかったらしい。

水面上五〇センチか六〇センチの高さに、数秒間のぞかせる細い潜望鏡を目で発見するのは、はなはだ困難であった。さざ波でもあればなおさらだ。結局、敵が魚雷を発射したさいに浮き上がる気泡に気づくか、雷跡を見つけて攻撃に転ずるか、になってしまう。

つまりは、爆雷投下で油でも浮き上がったら、「……これを攻撃したるところ、多量の重油の漏洩を認め、撃沈したるもののゴトシ」と、いささか歯切れの悪い報告になってしまうのであった。お互いに結果の見える水上艦どうしの交戦と違い、手ごたえがよくない。

〝対潜水艦戦闘〟のやりにくいところであった。

佐藤司令官も、後日、「確信をもって、その成果を申し上げるわけには参りません」と正直なところを告白している。

〝対潜攻撃〟どんな方法で

佐藤第二特務艦隊乗員の語るところによると、大正七年一一月一一日午前一一時（英国グリニッチ時）、世界大戦に参加したヨーロッパ連合国各国の、寺から工場からあるいは港の汽船から、いっせいに鐘と汽笛が鳴り響いたという。四年以上もつづいた大動乱が、勝利のうちに終わった喜びを告げるベルとサイレンである。

〝二特〟も地味で労苦の多かった戦闘行動に終止符を打った。わが駆逐隊もしばしば魚雷攻撃を受けたが、被害は「榊」が大損害を被《こうむ》ったのと、「松」が「トランシルバニア」被雷のトバッチリで、艦首を少々傷めただけであった。ただ、乗員に七八名の尊い犠牲者を出した。だが、ついこの間までさんざん悩まされた憎い敵艦・Uボート七隻を、戦勝の栄誉を飾る土産として持ち帰ることになった。この七隻は、護送任務を終えた第二二、二三駆逐隊に護られ、内地から来た本チャンの潜水艦乗りたちの手によって、大正八年六月一八日、無事横須賀へ回航された。いっぽう、佐藤司令官以下「出雲」と第二四駆逐隊は欧州諸国に寄港し、歓待をうけつつゴキゲンで日本へ帰ったのは翌月の七月二日であった。

「あれ？　駆逐隊のナンバーが最初のときと違うではないか」と思われる読者もおられよう。駆逐隊は〝鎮守府別番号制〟を採用することになったため、大正七年四月一日付で第一〇、一一、一五の各駆逐隊はそれぞれ第二二、二三、二四駆逐隊と改称されたからなのだ。ついでに書くと、第二一〜三〇駆逐隊は佐世保鎮守府の隊であった。帰国した第二特務艦隊は、八月九日に解散される。

独潜を戦利品とした意義は大きかった。学ぶところは多々あり、以後わが国の潜水艦がいちじるしい進歩をとげるのにはなはだ役立った。

ならば、その潜水艦を叩くほう、潜水艦から船を護るほうについて、二特は一年半の戦《いくさ》でどんなふうに学んできたのだろう。

「我が艦隊が地中海に於いて列国と共同作戦した結果、其の当時に於ける列国の対潜水艦戦法をことごとく知ることができ、且《か》つ多数の将卒がこの種戦闘に関する実戦の経験を得たことは、我が海軍として大きな収穫であったと信ずるのである」（有終会『懐旧録』第三輯・上）と佐藤少将は胸を張った。

佐藤艦隊の苦難の作戦ぶりは前記したところだ。文中で、どんな兵器を使いどのように戦ったかのあらましも述べたが、ここはのちの太平洋戦争での日本海軍海上護衛戦、対潜戦の出発点ともなる大事なポイント、もう少し詳しくみてみよう。

潜航中の敵潜を発見した艦が、もっとも手っ取り早くできる攻撃法は備砲による〈射撃〉であった。しかし、この方法は、大砲の射手が潜望鏡を自身で発見していても適正な射撃は至難であった。だから、見張員が見つけ、「あそこだ、アソコっ！」と、方向、地点を指ししたって、トテモトテモだった。艦橋に機銃を備え、これを指導砲として狙おうと試みたが、機銃弾の弾着はぜんぜん目視がきかなくてダメ。

しかも、たいていは潜没点が近距離のため、撃った大砲の射弾は水中に入らずスキップしてしまうことが多い。効果はイマイチというところだったようである。英軍あたりでも、備砲で効果をあげたのは浮上している潜水艦に対してだけであったようだ。

それから〈衝撃〉。これはいちばん素朴なやり方で、良さそうに思えたが、言うは易く実行は困難であったらしい。わが駆逐隊では擬潜望鏡をつくり海面に浮かべて体当たり練習をしてみた。だが、発見、とっさに速力をあげて突進、小目標に衝突するのは傍《はた》でいうほど容易な業ではなかった。これまたあまり効果はなかった（といっても、終戦までに全戦域で一五隻が、衝突によって撃沈されている。浮上状態から潜没しようとしているときに、効力を発揮したのであろうか?）。

そして、二特が自分でやったのではなく、英軍がやっているのを見聞した方法に、〈投《と》網《あみ》〉戦法? というのがあった。「ドリフター」すなわち流し網漁船を徴用して捕獲網を積んでいき、潜水艦を見つけたらその前方や周辺に張りめぐらし、トッ捕まえようというのだ。しかし、こんな珍奇な方法で御用になったUボートはわずか一隻だけだったらしい。

ただ、〝毒をもって毒を制す〟で、味方潜水艦の魚雷により敵潜を攻撃させたところ、これはかなりの成果をあげたようであった。終戦までに一九隻を屠《ほふ》ったそうである。

「爆雷」実用開始

二特が終始重要視しかつ重用したのが、初見参の「爆雷」である。

英海軍ジェリコー提督の提案に基づいて、製作された新兵器であった。ドラム缶型、重量約一八〇キロ、火薬一三五キロが入れてあり、海中に投ずると水圧によって発火装置が作動する。六あるいは七・五または三〇メートル等にディバイスを調定しておくとその深度で爆発する。およそ二〇メートルの距離内に潜水艦がいれば、沈没しないまでも大危害を加えられると推測されていた。

最初は、艦尾から滑らして落とす投下装置だけだったが、その後「投射機」ができて三〇メートルくらいは飛ばすことが可能になった。

駆逐艦は潜水艦を発見したら、全速力（前進一杯）で走っていき、潜水艦が潜んでいるであろうと狙った位置へ投下装置から爆雷を落とし、または投射機で左右へ射ち放つのだ。投射機は、一分間に六、七発発射することができる。したがって、航《はし》りながら発射しかつ落下させるとすれば、たとえば ○ ○○○ ○○○ ○○○ ○○○ ○ というようなパターンで爆雷は水中に落ちていく。真ん中の列は投下装置から落としたもの、両側のは投射機で射ったものである。

さきほど書いたように二特・駆逐隊はこの初の対潜水艦戦をイギリス側お仕着せの〝対潜兵装〟で戦った。が、じつはわが海軍でも、二特の内地発航を見送るかのように、爆雷の試作にかかっていた。ただ、大方の人が知らなかっただけのことのようである。

大正六年初めころより「擲爆《てきばく》水雷」と名づけ、駆逐艦から投下して所要の調定深度に達したならば、爆発する兵器の開発を始めた。研究試製はほぼ順調に進んだようだ。小さいが、重量一四・七キロ、炸薬量一一キロ、調定深度六〜九メートル、安全装置は水面下六メートルまで有効なものが製作されるようになっていた。さらに翌七年には、命中したら爆発する着発装置をつけたものも開発された。

戦後、帰国した第二特務艦隊は、実体験をともなう貴重なインフォメーションをもたらすのだが、戦中から知識としての対潜戦の状況や兵器については、欧米の駐在武官や造兵監督官からつとに海軍部内に知らされていた。

擲弾水雷の開発はそんな情報を基にしてのことであったろう。だが、それとは別の新知識導入ルートもあった。

大戦の始まったあくる年の大正四年一二月に、「臨時海軍軍事調査会」なる研究会がもたれている。委員長は軍令部次長で、かつて日露戦争に先立ち「円戦術」という独自の戦法を考案した、戦術家として聞こえの高い山屋他人中将であった（四年後、大将に昇進し第一艦隊司令長官兼連合艦隊司令長官を務める。現在の皇太子妃雅子さまの母方の曽祖父として知られている）。

調査会には一〇個の分科会があり、第一分科会への研究任務は「戦備、作戦オヨビ諜報組織ニ関スルコト」、第二分科会へは「出師準備、沿岸防御、運輸通信、充員、戒厳、徴発ニ関スルコト」と担当を指示されていた。そして最重要であるこの二部門の責任者に、〝海軍航空生みの親〟といわれる山本英輔大佐（のち大将）が任命された（平間洋一『第一次世界大戦と日本海軍』）。

山本の本来の肩書きは「軍令部出仕」である。仕事は将来を遠望しての戦艦はじめ各種軍艦の計画案作成だった。デスクについた彼は、一八インチ砲を搭載する五万トン戦艦を考案したり、二四インチ魚雷を装備する高速・大型駆逐艦案をひねり出したりして、周囲を驚かせていた。

やがて、山屋次長から「山本君、ひとつヨーロッパへ行って、向こうの国々の造艦計画を調査してきてくれ給え」との要務が、与えられた。大正五年六月二五日、東京を出発するとシベリア経由で英国に向かい、さらに大西洋を渡って米国へと足を伸ばした。

山本英輔、〝対潜強化案〟を進言

彼が出張を終え、帰国したのはその年の一二月二五日だった。結果的にみると、山本の洋行は大戦が中盤戦を過ぎ、終盤に入ろうとする時期であった。

報告は、わが海軍の執るべき方策として二〇項目に分けられている。とりあえずここでは、彼が重要視した順に一番目から一〇番まで、その項目だけを掲げてみよう。

① 速やかに主力艦隊整備を完成すること。
② 「駆逐艦潜水艇」の多数を急速に建造すること。
③ 潜水艦にたいし、必要なる港湾軍港などの防御を準備すべし。
④ 潜水艦攻撃用「デップスマイン」を準備すべし。
⑤ 不沈没艦底をわが海軍にも採用すべし。
⑥ 乾船渠の長さ及び幅を増大拡張すること。
⑦ 係船堀の水深を増加すべし。
⑧ 少なくも飛行船一隻を建造すべし。

⑨　艦船に係留気球を積載し、弾着観測への利用等を研究すべし。

⑩　潜水艦及び飛行機に関する中央機関を新設し、斯界の発達を図るべし（山本英輔『七転び八起きの智仁勇』）。

山本大佐が視察に出発したのは、英独の間で戦われたあの大海戦・ジュットランド海戦が起きた直後だった。双方合わせると二五〇隻になんなんとする超大規模艦隊のブッカリあいであった。が、両軍ともかなりの戦果をあげながら、戦いはしり切れトンボとなり決戦は成立しなかった。

しかしながら、残された戦訓は大きかった。海上戦で勝利を得るには、大きい艦に大きい大砲を載せることが必要であると、日露の戦訓についで、またも世界各国の海軍に再確認させたのだ。

そのころ日本海軍も、「八・八艦隊」へ到達する過程として「八・四艦隊」の建設を目指していた（大正六年、第三六議会で予算承認）。米国はまだ参戦していなかったが、これから向こう三年の短時日で、海軍軍備の大拡張をしようと企てていた。したがって、山本答申第一項は当然のことに〝速やかな主力戦艦艦隊の完成〟となったのである。

また当時、Uボートがあちこちの海域で威力を発揮しているにもかかわらず、わが国ではなお、「ドイツ潜水艦の活動は、それほど心配するには当たらないよ」とホザク気楽な人が多かった。だが、そんななかにあって彼は、「将来は、ますます潜水艇が活躍し、威力を発揮するに違いない」と睨んだ。

大正五年八月一九日のサンダーランド海戦のさい、英軽巡「ファルマス」が独潜の襲撃を受けたときは約二三ノットの高速で航行しており、しかもジグザグ運動をしていた。なのに魚雷は命中、沈没してしまった。

他方、英潜水艦が独戦艦「ウエストファーレン」を襲ったことがある。駆逐艦がしっかり護衛していたのだが、その鉄のスクリーンを蹴破り二回も魚雷を発射した。

このように高速力で之字運動をやったり、駆逐艦が警戒していながら、潜航襲撃を許してしまう。「う〜ん、戦艦だけでなく、いずれ巡洋艦なども駆逐艦の護衛を必要とすることになろう」と山本は判断した。

答申の前のほう第三項、第四項に〈対潜戦〉に関する事項をあげているのは、さすが〝先見の山本〟〝慧眼《けいがん》の山本〟と言ってよいであろう。「デップスマイン」とは、現在でいうデプスチャージ——爆雷のはずだ。この発言によって、大正六年よりわが海軍の爆雷試作が始まったとはどうも考えにくいが、開発の加速剤にはなっていると思われる。彼の発言のいくつもが、その後、海軍の施策に活かされていくからである。

そして、わが国は国力からいって米海軍の大拡張にたいし、正兵である主力艦の十全整備をもって堂々対抗することはできない。とすれば、必然、奇兵によらざるを得なくなる。

「駆逐艦潜水艇」を多数建造しなければなるまい、とも彼は考えた。

??……駆逐艦潜水艇って、いったい何だ。

駆逐艦と潜水艇は、今後さらに発達、発展をしてゆくと、将来たがいに機能的に接近し、終局的には合体して「駆逐艦潜水艇（山本による仮称名）」が誕生するのではないか、と彼は推測したのだ。

それは、駆逐艦並みの高速力をもち、大型で水雷兵装を強化した〝潜水艦〟であったようだ。これならば、普通の駆逐艦の警戒陣を突破し、遠い洋上でも主力艦攻撃を敢行できよう、そう考えての提言だった。しかしこの考えは〝空想〟として、当時誰からも受け入れられなかったらしい。

「爆雷」「爆雷投射機」を制式兵器に

大正八年（一九一九）になって対潜攻撃兵器のメイン―爆雷も国産化、改良が進んだ。手運び可能な二種類がつくられ、一つは例の擲爆水雷の改良型だ。いま一つは、もっと小型で重量七・六キロ、炸薬量三キロの可愛らしいヤツである。ただし発火は敵艦への着発だけで、投射ならおよそ一〇メートルほど飛ばすこともできた。かつ戦時などで多量の必要が生じたときには、急速製造が可能なようその手立てをしておくことも定められた。

また別に、〈D型爆雷〉を英国から購入し、実験している。こちらは投下する艦の速力に関係なく、といっても、爆発による自艦の損傷を防ぐため最低一〇ノットは必要としたが、安全に使用できると謳われていた。

円筒型缶体で長さ七〇センチ、直径四五センチほど、炸薬は五〇キロが詰められていた。重量は七〇キロばかりで危害半径二〇メートル。誘爆距離は三〇〇メートル以上となり、沈降速度は毎秒三メートルである。調定深度の設定可能幅は、一五、三〇、五〇、六〇メートルの四段階に区切られていた。

いろいろ実験してみると、このD型は、ほとんどの機能は作動良好でよい成績をおさめるのだが、安全装置だけが不十分で早発するものが多かった。しかし、それも種々工夫改良のすえ、「まあ、この程度なら実用上差し支えなかろう」という域に達したので、ようやく大正一〇年九月一三日、「改一爆雷」の名で「兵器」に採用されることになった。重量一三八キロ、炸薬量は一三六キロ、発火装置の調定深度は二五メートルと四五メートルだ。のちの昭和五年、さらに「八八式爆雷」と改称されている(『海軍水雷史』同刊行会)。

いっぽう、爆雷投射機の試製も行なわれていた。イギリスから輸入したものとわが海軍独自の試作品を実験比較し、その結果を折衷して新たに製品を造ると、同じく大正一〇年同月同日兵器に採用している。この年が皇紀二五八一年であることから、「八一式投射機」と呼称されるのだが、射ち出せる最大重量は五三〇キロ、投射角は五〇度。これは後年開発される、九五式爆雷や二式爆雷の投射にも使われるのである。重量一三八キロの八八式爆雷だと、七〇メートルを飛ばせることが出来たといわれている。

この二つが、わが〝対潜攻撃兵器〟第一号であった。

ところで大戦のさい、二特が地中海に入ったとき、英国駆逐艦が艦尾から何やら見慣れない〝物体〟を曳いているのに気がついた。駆逐隊の士官がいろいろ調べてみると、これが潜航中の潜水艦を発見するための「水中聴音機」――ハイドロフォンだったのだ。

積極的な攻撃兵器ではなかったが、有用な潜水艦探索兵器として英国ではかねてより研究に力が入れられていた。駆逐艦や駆潜艇に装備し、音源の方向、概略の距離を聴知して襲いかかろうというのだ。大正五年には試作の段階だったが、その後急速に発達していった。戦争後期には、各種の哨戒艦艇や重要湾口とか水道の陸上防備衛所に取り付けられ、潜航目標をかなりの程度発見できるようになっていたといわれている。

ハイドロフォンについての報告はわが海軍省も重要視し、戦後、英国駐在武官や造兵監督官らに実情を調査させている。米国駐在の造兵監督官からも意見書が届き、「水中音響機器の有無は、将来有事のさい国家の存亡にも関係するであろう。ヨロシク費用を惜しまず、研究を促進すべきである」と、強い言葉で見解が記されていた（興洋社『機密兵器の全貌』）そうだ。

大正九年、米国から〈K・チューブ〉と名づけられた聴音機が到着している。潜水艦装備用で、艦首に捕音器を三個、正三角形の頂点に配置する形式であった。さらに大正一〇年ころ、〈OV式チューブ〉と称する小型艦艇用曳航式水中聴音機を買い、ついで英国からは〈E式聴音機〉なるハイドロフォンを購入している。

技術上、用兵上の勉強のため、士官が英国や米国に渡った。米国へは、富川藤太郎機関少佐と毛利良大尉が潜水艦基地のあるニューロンドンに派遣されて学んできた（『海軍水雷史』同刊行会）。毛利大尉はもともと水雷屋だったが、海大選科学生として音響物理を専攻する将校なので、こちらは専門家。富川サンは機関科将校——、なんでエンジン屋が水中聴音機を？　と思われようが、電気が専門で造兵系の職務配置が多い士官だったのだ。

こんな経緯で水中聴音機はわが海軍に入ってきたが、最初、対潜用のそれは防備隊所属の小艦艇に供給された。この時分、防備隊には日露の役に出陣した一〇〇トン前後の水雷艇や明治末期に造られた三等駆逐艦とかが、局地防御用によく付属していたものだ。

だが、まだこれらは制式採用の兵器ではない。当時わが国は、その技術を支える音響工学の水準が非常に低かった。以後の進歩も遅れていく。〝アクティブ・ソナー〟すなわち水中探信儀に関しては、もっと先のことになるのであった。

「機雷」は潜水艦最大の敵⁉

さて、爆雷や投射機が本格的に採用された。となると、それを使って戦うための要員の養成、教育も本腰を入れて開始しなければならない。

当初、爆雷を擲爆水雷と呼称したことからも想像できるように、これらの兵器は、艦船部隊では水雷科の所管に入れられた。大正一〇年一二月七日付で水雷学校のカリキュラムを改正し、対潜術科の教育を始めたのである。

少尉、中尉たち初級兵科士官の誰もが学ぶ普通科学生の機雷科目の中に、「爆雷、爆雷投下機、爆雷操法、爆雷投下投射法」の文字が付け加えて書き込まれた。だけでなく、〝水中通信〟なる科目を新たに起こし、「水中信号機、水中聴音機、通信法ノ大要」の文言も並べられた。さらに、水雷長を養成する大尉クラス相手の高等科学生課程にも、同様科目が追加された。ただこちらは、トピードー（魚雷）やマイン（機雷）、デプスチャージ（爆雷）で戦う専門指揮官をコシラエルのが目的なので、普通科より内容がいっそう高度であったのは当然だった。

兵器操作の実務にあたる下士官兵を教育対象とする普通科水雷術練習生、高等科水雷術練習生についても、従来からの水雷教科につけ加えて、こういう科目が増えたのは士官学生の場合と同じだ。

当時、普通科水雷術練習生は魚雷と機雷を一様に勉強させられていたので、〝対潜〟も全員が教わった。だが、高等科練習生では、機雷を専修する「水雷術電気練習生（のちの水雷術機雷練習生）」が主として学ぶことに決められた。こうして、〝対潜術〟の担当者はショッパナから、同じ水雷術でも魚雷を扱う華やかな攻撃術科のなかでではなく、防御術科の機雷部門のそのまた軒先を借りて住まいし、働くことになったのである。しかも、機雷員たちの副業として、だ。日本海軍における、対潜術科の将来が見えるような感がする。

ところで、この機雷という兵器はいつやって来るのか分からない敵艦をジッと待つのが使命。一見愚鈍そうに見えるが、上手に使うと偉功を奏する。第一次大戦においても、じつは対潜戦に大きな成果を上げているのだ。

開戦時より大正五年末までに、英海軍は、ドイツ海湾や英仏海峡に六〇〇〇個あまりの機雷を敷設し、さらに大正六年最後の三ヵ月間に一万二五〇〇個以上を同方面に沈置したという。他の海域を含めると、六年九月までの敷設数は二万六二七三個におよんだのだそうだ。

ドイツの潜水艦戦を失敗に終わらせたのは、連合国側がとった商船の集団護送・コンボイと、爆雷の発明であるといわれている。それはそうであろう。だが、出撃したドイツ・Uボート三七二隻のうち、喪失した一七八隻の沈没原因を調べてみると、一位は爆雷ではなく機雷による四四隻、第二位が爆雷による三八隻なのだそうだ（福田一郎『続・潜水艦』）。二割五分までもが見えざる敵、動かざる敵――機雷によって沈められている……。これには勇敢な独潜艦長も、頭が白くなるほどの恐怖を抱いたらしい。触雷一発！　その轟音は十中九まで全乗員を海底へ引きずり込んでしまうからだ。

多数の機雷を並べて列線をつくり、その列線を複数組み合わせて長大な堰としたものを、「機雷堰《きらいせき》」と呼んだ。大正六年末になって英軍が完成した、ドーバー・カレー間の機雷堰は著大な威力を発揮した。幾重もの層に縦深敷設され、かつ各列の沈置深度を変えてあったので、ちょうど高さの異なる機雷の障壁を展張したような状況になっていた。

したがって、Uボートが英仏海峡を潜航脱過しようとしてもほとんど不可能に近かった。しかも、その上方海面にはランプを浮かべて置いてあり、夜こっそり水面航行で突破を試みても、たちまち発見されてしまう。というわけで、機雷によって撃沈されたUボート四四隻のうちの大部分は、ここのバリアーでヤラレてしまったのである。

もちろん、機雷はどこでも使用できるというわけではなく、水深、海流などの点で適所を選ばなければ〝功〟をなさない。対潜用には、制限つきの兵器だということも貴重な戦訓としてもたらされた。太平洋戦争では、日本海軍もこの戦訓を真似たのだが……。

船団護送は難しい!

対機雷戦はいうまでもなく二特の任務外であった。では、かれらの担当〝船舶護衛戦〟の戦訓をさらに突っ込んで聞いてみよう。

はじめ、英仏両国の間では、船舶の安全保護方法について意見が大きく相違していたそうだ。仏国は港湾、海峡、航路等を防衛する「間接保護」に重点を置き、船舶の周辺に張りつく「直接護衛」については、あまり考え及んでいなかった。これに反し英国は、「間接保護なんぞでは隔靴《かつか》掻痒《そうよう》、効果は小さい。船舶の安全を真剣に護るためには、ゼヒトモこれを〝直衛〟すべきである」との思想だった。

大正六年(一九一七)五月初旬、この問題について、フランス主力艦隊の根拠地コルフーで会議が開かれた。日本側からも佐藤司令官と岸井孝一参謀(のち少将)が出席。議場ではカンカン諤々《がくがく》、議論百出であった。

が、結局、「いやしくも連合国となった以上、全体を一国とみなして行動しようではないか。それには、地中海を航行する船舶としては英国がもっとも多いのだから英国の意見を容れよう。また英国は、地中海航路の中心点に立派なマルタ軍港をもっている。ならばこの地に、イギリスの高級将官を委員長とする委員会を組織し、各国からも委員を出して垣根を取ッ払った対潜水艦作戦を実施いたそう」との意見に、一応一致した。

ついでマルタ会議がもたれ、八月下旬から新方式による護衛実施と決まったのである。しかし、前にも少し触れたように、〝船団護送〟はまことに容易な業ではなかった。元来、商船は列を成して航海することには不慣れである。一人歩きが普通だ。

縦陣、横陣いろんな陣形をつくっては航進してみるのだが、とかく列が乱れる。列が乱れると敵潜に攻撃の機会をあたえる。そこで、護衛艦側は周りを駆けズリ回って船長たちを叱《しっ》咤《た》、鞭撻《べんたつ》、陣列を矯正しながら船団を進めてゆく。それは駆逐隊司令や駆逐艦長にとって、なんとも頭の痛い大仕事であった。

船団のなかでは、輸送船間の距離は通常八〇〇ヤード（約七二〇メートル）にとった。ジグザグ運動をするにも、信号などは一切なしに、時計を見つめていて、一斉に変針するのだからこれまた油断がならない。

このころの「之字運動」は五分ないし一〇分で針路を変えた。たとえば、一〇分おきに一五度左右に変針する、ごく簡単な方法をとっていたようである。商船には難しい運動はダメだ。

第二四駆逐隊司令河合退蔵大佐（のち少将）の回想によると、同隊一ヵ月の平均航程は三五〇〇浬、一回の航海は三〜四日、いちばん長かったときは一〇〇〇浬に七昼夜を要したこともあったそうだ。哨戒に当たる要員は昼間二直、夜間は三直、二時間交代を普通としていた。夜の航海はゼンゼン無灯火である。甲板上でふかす煙草の火さえ、一〇〇〇メートルの距離ではひと吸いごとに見えるのだという。

護送前の打ち合わせでは、出港時刻、指定航路、速力、入港時刻等が定められ、しかも、途中、敵潜の出没が多い地点の通過はなるべく夜間になるよう調整を指示されるのであった。あらかじめ地中海を、海図上で経度、緯度線に平行して数多くの区画に分割しておき、A船団には某某区画を通ってゆくよう航路を指定し、B船団には他の区画を経由するように計画された。さらに、ある時点で、ある日時に潜水艦警報が出されたならば、付近の船団にはそこを避けて針路をとるよう、ただちに臨機の命令がマルタから発せられた（有終会『懐旧録』第三輯・上）。

以上は、佐藤第二特務艦隊が参加した地中海での護送戦の一端だが、イベリア半島の外側はるかの大西洋から聞こえてくるコンボイ作戦は、もっともっと大規模であった。

地中海では一船団ほとんど一〇隻以下だったが、こちらは普通二〇隻くらい、ときには四〇杯の多数で組むこともあった。

三列から五列に編成し、先頭に旧式巡洋艦か特設巡洋艦が立ち、脇を駆逐艦が数隻で固める。後方には高速の哨戒艦艇が位置し、敵潜を発見したならばすぐさま急進して爆雷攻撃を加えるのだ。船団は之字運動を行ないながら航進をつづける。入港目的地に近づけば、さらに駆潜艇やパトロール・シップがたくさんお出迎えに上がる、というのが通例であったようだ。

駆潜艇……サブマリン・チェイサーは大戦中に生まれた新顔艦種である。戦争初期は、潜水艦撃攘用としてもっぱら駆逐艦が用いられていた。高速、軽快、浅喫水で魚雷の餌食になりにくい、ということからであった。しかし、駆逐艦には艦隊でいっそう重要な任務が待っている。そこで、対潜戦専用にこんな一〇〇トンに満たない小型艦艇、すなわちモーターランチを多数建造することになったのである。

こうして戦中から戦後にかけて、対潜水艦戦闘、海上交通保護戦についての戦訓、新知識、新情報が盛りだくさんに日本海軍にも伝えられ、もたらされた。これらをわが海軍はどう消化し、役立てようとしたか。

そしてこれだけで、もう他には学ぶべき事柄はなかったのか?

〝英国海軍予備員〟とは

一つ、重要な戦訓でありながら、すぐには日本海軍にその影響の及んでこなかったものがある。

大正六年二月以後、ドイツが無制限潜水艦戦を開始し、ためにイギリスは以前に増すいっそうの苦しみを味わうことになった。

その年一一月時のドイツ潜水艦現在数は、一七八隻と推算されていた。それに対抗しようと使われた艦船艇は、英国海軍のみですらつぎのように莫大な数に上ったという。

駆逐艦二七七隻、潜水艦六五隻、スループ三〇隻、掃海艇二四隻、巡邏船四四隻、トローラー八四九隻、ドリフター八六七隻、モーターランチ一三三八隻、沿岸用モーターボート六八隻、ヨット四九隻、囮船七七隻、総計三六八八隻の多数である（福田一郎『続・潜水艦』）。軍官民あらゆるフネを大動員する対潜・海上護衛戦であった。イギリスがいかに独Uボートの猛烈な活動に危機感を抱き、撲滅に腐心したかがこのベラボーな数字に表われている。スループとは、読者諸賢もう先刻ご承知のことと思うが護衛・哨戒専用の小型艦のこと。

コンボイなんぞには使いたくない艦隊用駆逐艦の投入も、生きるか死ぬかの苦境を乗り切るためには止むを得ない処置だったろう。当然のことに駆逐艦、潜水艦等には正規の海軍軍人が乗り組んでいた。だが、スループや駆潜艇、徴用によるトローラー、ドリフターなど他の艦船艇には、別途に養成し保有していた〝特殊〟な海軍軍人が配乗され、戦闘に活躍したのである。

一八五九年の古〜い昔から、イギリスには「英国海軍予備団」（Royal Naval Reserve: R.N.R）という組織が存在していた。

商船船員のなかから希望者を海軍に入籍させ、団員にしておいて有事必要のさい召集、海軍の任務に服させようと企てていたのだ。

まず、海技免状のいらない水夫、火夫をソースとする予備下士官、予備兵の採用でR・N・Rは出発した。そんなかれらには、商船乗り組み中でも、主要な諸港に配置されている練習艦で時おりの教育訓練が義務的に課された。

まもなく予備士官の制度も設けられる。こちらには、よりキチッとした「海軍予備士官規則」が定められた。〝運転士(航海士の旧称)〟〝機関士〟など一定の海技資格を持つ商船士官が海軍予備士官に任命されるのは当然であった。が、それだけでなく、一八七二年には、「コンウェイ」「ウースター」といった商船練習船で教育中の生徒にも砲術訓練を施し、卒業生のなかから適任者を「海軍予備少尉補」に任命するシステムをとりだしていた。

ちなみに、日本海軍から英国へ留学した東郷平八郎は、一八七三年(明治六年)より二年間「ウースター」に乗船、勉学している。したがって彼は、〝海軍予備員候補者〟出身の海軍大将、元帥だともいえる。日本の海軍兵学校には学んでいない。

ところで、この英国海軍〝予備員〟制度は、じつはわが海軍も明治時代から範にして採りいれていた。しかし、実態は「ああ、それなのにソレナノニ」……であった。後年、「予備員」システムの活用のまずさが、太平洋戦争の海上護衛戦で大慌てする一因となるのである。

ということで、もう少しよくR・N・Rの中味を見てみよう。参考文献は、主として一九三二年版と一九三五年版の『ブラッセイ年鑑』(『有終会』邦訳)だ。

発展するR・N・R制度

一九七二年ころのR・N・R士官制度では、職種と階級は兵科系が海軍予備大、少尉、少尉補(少尉候補生)、機関科系統が海軍予備大、少機関士、少機関士補(機関少尉候補生)と規定されていた。それぞれ任官、進級の先後で席次が定められ、軍隊指揮権ももっていた。ただし、ランク全体の席次は「同等階級ノ正規士官ノ後ニ列ス」と、本チャン士官のうしろについたのである。

キャプテン、オフィサー、またはエンジニアたる船舶職員としての必要免状をもち、かつ海上で、実際にどんな配置にどのくらいの年月携わっていたかによって適正と認められる階級が与えられ、かつ進級することになっていた。

当初、大尉ランクが最上位だったが、とくに「予備士官服役中戦闘ニ於イテ功労抜群ナルカ或イハ其ノ服役ノ性質及ビ時限ニヨッテ勤労アリタルトキハ服役ノ最後ニ於イテ……〝海軍予備名誉少佐〟……ノ階級ニ昇級スルコトヲ得べシ」との規定を設け、優遇策を講じていた。

かれらリザーブ・オフィサーへの義務訓練は、各地方の練習艦で年二八日の砲術訓練、軍紀教育を受けることであった。そして、一八八五、八六年には、艦隊などの在役軍艦へ予備士官の教育配乗が行なわれている。

革新的な実験であったが、その経過に鑑みてであろう、さらに新規定がつくられ、予備少尉にはこの階級中、通計一二ヵ月の海上訓練を課すことになった。その間は海軍から俸給が出され、しかも、訓練を無事つとめ上げた者は、予備大尉に進級させる条項も加わった。英海軍は、R・N・Rの育成になかなか力を入れていたようである。

ついで一八九〇年はじめころ、「海軍予備団制度調査委員会」がもたれた。システム改正が検討され、つぎのような事項が可能なものから実行に移されていったのだ。

ⓐ　予備士官定員の増加。

ⓑ　予備士官を「中佐」もしくは「大佐」まで進級可能とする。
ⓒ　海上練習施設の拡張、改善。
ⓓ　機関科予備下士官兵の乗艦訓練実施。

この改正によって、一八九一年以後、予備下士官兵が多数演習のさい〝軍艦〟に乗り組むようになる。ただしこれは、召集による強制ではなく個人の自発的〝志望〟に基づいて、であった。

また当時、正規の現役士官が不足していたため、一八九五年にそれを補う手段として予備士官からの転官が図られた。「英国海軍大尉及ビ少尉補充令」の発布によるもので一〇〇名が転進した。この方策はその後もつづけられ、一八九八年五〇名、しばらくたった一九一三年に六〇名が現役に振りかわった。

制服も現役軍人とほとんど同様な型式にあらためられ、一八九八年には袖章を除いて両者の相違はなくなっている。

しかし、英国のように国民全体が極めて船員、海運に理解を示す国柄でも、かれら転入組は、海軍士官社会で心からの歓迎は受けなかったようである。

R・N・V・Rとは？

一九〇二年、「予備団制度調査委員会」が再度組織された。その結果、一九〇四年に懸案の海軍予備中佐の階級が実現する。また予備兵は入団最初の年に三ヵ月、その後は隔年一ヵ月の海上訓練を受けることが規定された。そのための訓練施設も練習艦、陸上砲台の整備が着々と進むのだ。

一九〇九年、予備士官の名誉を表わす制度として、R・D（Reserve Decoration）叙勲の定めがつくられる。「一五年勤続カツ勤務成績優秀ナル士官」であることが、条件とされていた。しかし、この勲章、レベルとしては警察官功労章のつぎに位置するので、かれらには「これじゃ〜、少々オモシロクねえなあ」と評判がよくなかったそうだ。

そうして一九一〇年、ときは明治の末期、海軍予備団のなかに「トローラー隊」なる部門が組織された。底引き網漁船で編成される特別隊で、隊員には機雷掃海に関する教育が施されることになったのである。

当初、最高階級は准士官相当の「スキッパー」であった。在籍するトロール船船長にあたえられたが、のちに「チーフ・スキッパー」（首席船長）という階級もその上に設けられている。下士官兵クラスは「副船長」、「甲板手」もしくは「機関手」、そして「作業員」の三段階に分かれていた。

英国海軍予備団は、このように商船船員や漁船船員を主体に構成されていた。だがこれとは別に、「英国海軍志願予備団」（Royal Naval Volunteer Reserve: R.N.V.R）と称する予備海軍軍人の集団も設けられていた。

R・N・Rが創設されて一三年後の一八七二年、〝英国海軍砲術義勇兵団〟という組織の設けられたことがある。それはヨットの乗員を主な団員層とし、そのほか海や船に関係ある業種に属する人々、さらにはフネに趣味をもつ一般市民までも対象に、団員としていた。かれらには、たとえばテムズ河河口ちかくに係留した「レインボー」のような軍艦が提供されて海軍式訓練を行ない、とくに小銃の使用に習熟することが要求されていた。しかし、団員の練習参加の機会は極めてまれで、団員数も少なかった。やがて「こんなものは、存在に意義なし」と海軍首脳部は判断し、一八九二年に廃止してしまったのである。

とはいえ、ノンプロの海洋愛好家集団であった同団は、海軍とシャバとの間に立って、相互理解の橋渡しの役を果たせるそれなりの価値があった。そういう認識をふまえ、廃止一一年後の一九〇三年、ジョン・フィッシャー提督が第二軍事委員(英国海軍の人事、教育部門の責任者)を務めていたさい設立したのが、R・N・V・Rであった。

新組織では、海軍各種の術科専門教育を団員に施し、軍艦に乗って海上訓練に出かける機会も持てるようになった。砲術、水雷術、信号術の教程が開かれ、訓練手段の改善もあずかって、団員の能力は砲術義勇兵団のときより遥かに高いレベルとなった。士官の最上階級は大尉であったが、やがて少佐の位がつくられていく。

R・N・R――意想外の活躍

一九一四年八月、第一次世界大戦が勃発したが、その六週間前、R・N・Rについに「海軍予備大佐」の階級がつくられ、四人の予備中佐がキャプテンに昇進した。

そして、開戦時点で、予備団勢力は一万八〇二五人（うち一〇二五人はトローラー隊員）を数えたが、一万六六四〇名がただちに動員された。R・N・Rにとって初の実戦体験である。同様、R・N・V・Rにも召集令が発せられた。

海軍当局がもっとも必要としたのは、艦隊の補助的活動をする小艦艇に乗り組ませる士官要員であった。しかし、平時保有していた人数より要求数ははるかに多かったので、予備団、志願予備団ともに急遽、団員を臨時補充しなければならない有様であった。

これら臨時補充の士官のなかには、正規軍人であったリタイア将官にR・N・R大佐の辞令を発し、編入した者が二〇名もいる。日本人の軍隊通念からは、チョット（いや、まったくか）理解しがたい手段を講じて充員したのだ。

そのほかにも、正規の佐、尉官や印度海軍部（R・I・N）の士官だった者、またR・N・RあるいはR・N・V・Rの退役士官で、ふたたび臨時任命辞令を受けた者がほぼ同数いる。こういうかれらには、必要があれば特に「代将」の階級をあたえて部隊の指揮を任せた。なかには、護送船団の指揮をとった〝予備代将〟もある。

対潜水艦戦闘では、これに従事したスループ隊、トローラー隊そのほか小艦船艇乗組の大部分はR・N・R団員が充当されていた。大戦末期には、これらの隊司令、艦艇長にも多くの予備士官が配員されている。

華々しい大海戦と異なり、敷設機雷の掃海にあたったトローラー隊の果てしなくつづく労苦は、人に知られることが薄かった。作業に直接まつわる危険だけでなく、ときには、敵の有力な武装船に急襲されることもあったのだ。

武装船といえば、「Qシップ」（囮船《おとり》）乗組になった予備員たちはつねに功をあらわしていた。商船時代の経験が、囮船の変装をいかにも本物のマーチャントシップ（商船）らしく見せていたからだ。

R・N・Rはこうして、コンボイや掃海隊、哨戒隊、船舶臨検隊などの分野で際立った真価を発揮した。かれらの運用術、航海術が優秀だったためだが、とりわけ英国周辺のあらゆる水路に精通していたことが任務に役立ったといわれている。さらに、艦隊に入って潜水艦航海長の職務で優れた腕前を発揮したオフィサーもあった。

しかし、四年間にわたる大戦争ではあったが、かほどまでに補助部隊の活動範囲が広範にわたるとは、誰も想像しえないところであった。

開戦前、予備団員、志願予備団員の能力は未知数とされていた。むしろ、「戦時になってかれらを動員しても、たいした戦力は期待できないのでは?」との声のほうが高かったのだ。片手間の教育では、海軍軍人必須の職務のすべては習得できないし、かえって艦内活動の邪魔になるという先入観があったからである。

地中海に出征していたわが二特の士官のなかにも、はじめはかれらをあたまから色眼鏡で見下す人もいた。

だが、英海軍部内での予測ははずれた。それもプラスのほう、良い評価のほうにはずれたのである。「〝予備員〟は英国海軍にとって海上護衛戦、対潜戦を戦ううえで是非とも必要な軍人である」と。

この戦訓はわが海軍もゼヒとも学び、さっそく活かすヒツヨウがあったのだが実際は……。

新見少佐、〝海上交通保護〟を訴う

新見政一少佐（のち中将）が海軍軍令部参謀に補職されたのは、大正一一年（一九二二）一二月一日であった。勤務個所は戦史と作戦資料の整理や編纂を扱う第三班第六課。彼にあたえられたのは、「列国海軍作戦機関ノ研究」という課題だった。

さっそく新見は、数年前の第一次世界大戦の経過に照射をあてつつ思考し、半年後の大正一二年六月、報告書を完成して野村班長（吉三郎・のち大将）のもとに提出した。それは、

（1）近代戦争は必ず国家あげての総力戦となる。近代国家の防衛は軍事のみによって律することはできず、最高統帥機関の組織は、文民統制の効果をあげ得るものでなければならない。

（2）わが海軍においても軍令部機構の整理、改革を行ない、とくに対潜水艦戦（海上交通線の防護）に関する組織の拡充を行なう必要あり。

と、大筋こういう内容であった（『提督新見政一』原書房）。

新見の一次大戦研究によると、イギリス海軍では、戦中に実施した作戦機関のシステム改新が戦局、戦果に大きな影響をおよぼしている。そして、その一つに斬新な対潜対策があったというのだ。

大正五年（一九一六）の終わりころ、ドイツ潜水艦の猛威に英国は手ひどく苦しんでいた。なんとかよい方法はないものか。

そこで英海軍は、主力艦隊の司令長官であったジェリコー大将の意見具申を入れ、従来、海軍本部内にあった参謀部を拡充して軍令部をつくり、同提督を第一軍事委員兼軍令部長の椅子に据えた。

大将は同年一二月五日に着任すると、新軍令部の対潜水艦戦に関する組織として、通商班、護送班、対潜班、掃海班を設けた。だが、敵潜の行動はいよいよ活発である。対処する方法として現場では商船船団護送制度を採用したので、コンボイの編制と行動を管理するため、大正六年春、表3に掲げたように商船行動管理班を新設し、内部をいっそう大規模なものとした。効果が挙がった。

表3　第一次大戦における英海軍軍令部の海上護衛管理機構

(1917年、春)

〈『提督新見政一』より〉

		班　　名	班　　長	班　　員
軍令部長	次長			
	副次長	商船行動管理班	大佐　1名	将校　36名
		通　商　班	大佐　1名	将校　43名
		対　潜　班	大佐　1名	将校　26名
		掃　海　班	大佐　1名	将校　8名

新見は、以上のような教訓を文書のなかに述べたのち、平時、わが海軍においても同様な組織を設ける必要があるが、このように多数の要員を配置することは実際問題として不可能であり、またその必要もない。ふだんは調査と計画準備のための基幹要員だけを配置すればよいと、力説したのであった。

提出すると、受理閲覧した軍令部長山下源太郎大将はそのレポートの欄外に、つぎのように所見を記入した。「わが海軍においても、この辺に対する職課の配員手薄の感なきや、大いに研究を重ねてゼイセイの悔いなきを要す」と。しかし、現実に、部の内外に新見提言への反応が起きる様子は何もなかった。

新見少佐は軍令部勤務一年後、大正一二年暮れから二年ほどイギリスに駐在する。「第一次世界大戦中の英独海軍艦艇建造状況」調査と「第一次世界大戦海軍史」研究が在英中の任務であった。

彼は、ドイツ軍艦は防御力に非常な関心が払われていることを発見する。いっぽう「海上交通の保護」に関しても研究を進めた。近代戦は武力戦だけではない、経済戦が入ってくる。経済戦には海上交通線が保たれなければ勝つことはできない。国情が英国に似ている日本も平素からこの点を研究し、施策しておかねばならぬ。そういうことを総合して海上交通線の防御の必要性を訴え、さらにその後「持久戦の準備に関する所見」という論文をも作成し、報告した(同前)。

「帝国国防方針」や「所要兵力量」等は、一次大戦末期の大正七年六月に第一次改定が行なわれている。さらにワシントン会議後の大正一二年二月に、第二次改定がなされた。この二次改定で従来の仮想敵国順位、〝露、米、支〟は入れ替わって〝米、露、支〟の順になった。

だからといって、新見は、日本が主導的にアメリカを攻撃すればよし、などとは毛頭考えなかった。また、向こうから大艦隊を主柱に日本を攻撃してきた場合、いかに日本が善戦して、いったんは米国艦隊を撃滅できても、かれらはすぐ新鋭の艦隊を整備して攻勢に出てくるに違いないと考えていた。

アメリカという国は、〝速戦即決〟でやっつけられる国ではなく、米国人の国民性からしても、戦争の場合、トコトン戦い抜くという特性をもっている。だからアメリカとの戦争はどうしても持久戦になろう。それには、最高統帥機関たる大本営の組織は国家の総力を発揮しうるものにしなければならない……等と書いて、大正一四年（一九二五）にイギリスから送達したのだ。軍令部勤務のとき以来の所論を重ねて強調したわけであった。

新見政一は兵学校三六期を一四番で出た。元来は鉄砲屋だったが、攻防バランスのある戦略思想の持ち主で、のちに中将に進み、教育局長、海兵校長、舞鶴鎮守府司令長官になる人物である。

帰国後、斉藤七五郎軍令部次長に会ったとき、「君の報告はよく読みました。大変参考になりました」といわれたそうだ。だが、今回も「よい意見だ。実行に移そう」という展開にはならなかったのである。

由来、日本海軍には攻撃を偏重するのあまり、防御、防備を口にすると軽視、蔑視する傾向があった。

わが海軍「短期決戦主義」を奉ず

ワシントン軍縮条約の足枷《あしかせ》をはめられていた大正末期、昭和初期の日本海軍は、対米戦で海上交通保護や対潜問題などが、作戦上大事になるであろうことはある程度認めていた。が、それにも増して艦隊決戦にいかに勝利するか——で頭が一杯だった。とにもかくにも「決戦、決戦」であった。

新見がいかにかき口説《くど》こうと、当時はまだ戦争は国家総力戦であるとの考えは一般になじまず、大方が、艦隊決戦に勝利し太平洋の制海権を獲得、確保しさえすれば、やがて講和に持ち込めると考えていたのだ。

第二次改定国防方針では「……一旦緩急アラバ攻勢作戦ヲ以テ敵ヲ帝国ノ領土外ニ撃破シ、速ニ戦争ノ局ヲ結ブニアリ」（防研戦史『大本営海軍部・聯合艦隊①』）としていたのである。すなわち、「短期決戦」一辺倒であった。海戦要務令でも「戦闘ノ本旨ハ攻撃ヲ執リ速ニ敵ヲ撃滅スルニ在リ。……決戦ハ戦闘ノ本領ナリ、故ニ戦闘ハ常ニ決戦ニヨルベシ」（実松譲『海軍大学教育』）と規定して決戦が強調されていた。

日本海軍が戦略上、こういう大方針を採ったのには理由がある。

イギリス同様に四面環海の島国とはいいながら、明治時代の日本は英国とちがって、海外貿易などはそんなに発達していなかった。ほぼ自給自足ができた。大正に入っても領土はすぐ近くの朝鮮と台湾だけ。つまり、海上交通線を〝是非ともの生命線〟とするわけではなかったのだ。

創立以来のわが海軍は攻めてきた、あるいは攻めてくるであろう敵海軍と戦い、撃ち破って国土を直接防衛するためだけの軍隊だったのだ。こうしたことが、師・英国海軍の大戦略思想が日本海軍に引きつがれなかった大きな理由になっていたと思われる。

それに、われわれ日本人はワリアイ粘り強さがなく、派手で目立つことが好きだ。〝二特〟が地中海でやってきたような、地味で長丁場の防御戦は〝お嫌い〟なのだ。

また一方、アメリカもすでに一九〇四年（明治三七年）に《オレンジ計画》を策定し、のち昭和一四年（一九三九）に《レインボー計画・第一～第五計画》がこれに代わるまで、日本と事あったときには渡洋攻撃作戦をもって作戦の基本方針としていたようである。

大正九年一〇月ころ、米海軍の俊英といわれたヤーネル、パイ、フロスト三将校の共作になる極秘の機密オペレーション文書がわが海軍の手に入った。

それによれば、米艦隊が採ろうとする〈対日渡洋作戦〉戦法は、戦闘兵力を集中し、あわせて特務部隊、輸送部隊を編成付属したのち、堂々の進攻を開始する。そして逐次仮根拠地を占領し、まずその防備を強化して足固めをする。それから、あらゆる機会をつかんで日本艦隊個々に戦いをかけ、挑発して主力同士の決戦を強いる。もし日本側が決戦を避けたならば、経済封鎖によって日本を窒息《ちっそく》させる、との内容であった（同前）。

「そうか、やはり敵サンも大艦巨砲による決戦で一挙に勝負をつけようというのか‼」。ならば、短期決戦を望む日本にとってもっけの幸いであると、わが首脳部は手を拍《う》った。

ワシントン条約が結ばれると、アメリカは大正一三年（一九二四）に、さきのオレンジ計画をより具体的な新味あるものに改定した。日本より優勢な兵力をもって、なるべく早期に、西部太平洋に米国海上権を確立することを目的とし、主として海軍により攻勢渡洋作戦を起こす。決戦に勝利したのち、マニラ湾を基地とする。さらに日本の海上交通を遮断し、ひきつづいて日本海軍部隊と経済生活に対する海上攻撃、航空攻撃をかけてその孤立化を図る（高木惣吉『私観太平洋戦争』）、というようにである。

依然、主力艦隊による〝早期決戦主義〟を奉じ、作戦の柱にしている。

そのころ、米国は艦隊を「任務編制」に改めた。「戦闘艦隊」を太平洋に、「索敵艦隊」を大西洋に常置し、毎年春になると、全艦隊を合流させ集中訓練することにした。昭和になっても、海軍の大御所として鳴り響いていた軍令部長プラット大将などは〝大艦巨砲・集中打撃〟による正攻法を公然標榜していた。であれば、日本海軍も負けられないその決戦に備え、何をおいても全力投入しなければならぬと、全海軍はいっそう考えを固くしたのである。

こうして、海上交通保護の思想は後方に置き去りにされていった。

〝海上交通保護〟はセコハン艦で

といっても、第二次改定「国防方針」では「……コレト同時ニ海外物資ノ輸入ヲ確実ニシテ国民生活ノ安全ヲ保障シ、以テ長期ノ戦争ニ堪フルノ覚悟アルヲ要ス……」ともつづけていた。一次大戦の教訓はチョッピリ頭の片隅に残っていたのだ。そして、同時期改定の「用兵綱領」は「……海軍ヲ以テスル我ガ沿海、都市、島嶼《とうしよ》、オヨビ一般商船航路等ノ保護ハ、上記作戦（筆者注・主として主力艦隊決戦、要地占領のこと）ノ要旨ニ背馳《はいち》セザル範囲内ニ於イテ実施セラルルモノトス。タダシ関釜海峡ノ航路ハ陸海軍協同シテ常ニコレヲ保護センコトヲ期ス」（防研戦史『大本営海軍部・聯合艦隊①』）としていた。日本と大陸との交通路・関釜海峡だけは、わが国存立のため何がなんでも確保、と決めていたのだ。

ワシントン会議からのち、アメリカがとるであろう戦略はいくつか推測された。そのなかで日本側がもっとも苦痛とするのは、味方艦隊がなんらの手も打たないうちに敵の東洋艦隊が一時所在をくらまし、いずこかに根拠地を獲得、主力部隊の東洋進出に呼応して、わが通商交通路を破壊攪乱、決戦を強要する戦法に出てくることであった。

当時はまだ、海上交通破壊の役者として、水上艦隊も十分に考えられたのだ。しかしそれよりも、朝鮮半島との海上交通線に限らず潜水艦によるシーレーンの攪乱脅威作戦は、たとえわが海軍が厳として制海権を保持していても、きわめて容易に行なわれるはずなのである。西太平洋の何国の港湾からでも可能であった。だが、昭和四年前後のころの軍令部第一班（第一部の前身）は「潜水艦は通商破壊の恐るべき兵器ではあるが、行動遅鈍なる欠点あり」、とその能力を少々あまく読んでいた。これが禍《わざわい》の元となる。

日本海軍では、ワシントン会議終了後も軍備問題について引きつづき研究を行なっていた。昭和二年から野村吉三郎軍令部次長を長とする「軍備制限研究委員会」を組織して検討したのだが、昭和三年八月に、同一一年までの「帝国海軍軍備計画」として答申を作成し、岡田啓介海軍大臣に提出している。

（一）米国海軍を主目標とし、あわせて英国海軍にも対応し得るごとくす。

（二）極東海面において英米のいずれか一国が使用し得る海軍兵力に対抗し得、かつ少なくとも台湾以北のアジア大陸との交通線を維持するに必要な海軍軍備を整備す。

(三)　ワシントン条約により既に五・五・三の比率をもって制限された主力艦及び航空母艦兵力をもって、極東海面において英・米の海軍武力に対抗し国防上の責務を全うするためには地理的利益の善用、術力の向上を計るとともに、兵力の質を充実し、特に補助艦兵力の巧みな利用に俟《ま》たざるべからず。

(四)　海軍が国防上の責務を全うするためには、敵主力艦隊を撃滅するを第一義とす。ゆえに敵主力艦隊の撃滅を主眼とし、万般の施策を行なうを要す。……(防研戦史『海軍軍戦備①』)

この委員会の研究調査結果は、わが海軍の軍備方針、艦船の充実方針の基礎となる権威ある重みを持っていた。以後、逐次実現されていくのだ。

ワシントン条約体制に入っておよそ七年、国防思想は変化をみせていた。数年前まで同盟を結んでいた英国にも色眼鏡で目を向けざるを得なくなっている。さらに戦時、国民生活の安全を図るためには、通商貿易の幹線は、絶対確保の朝鮮海峡だけでなく東シナ海方面を経由する交通路も必要とし、台湾以北の海域の維持を念頭に置きだしたのだ。

しかし、そのためには、開戦の初っ端《しょぱな》に敵の東洋における根拠地を攻略し、西太平洋方面をわが庭としておくことが必要である。そうして、来攻米主力艦隊を迎撃、猛然撃破する。これをすべての大前提としたのであった。日本海軍として、それは当然の心構えであり、為すべき第一の施策であった。

だから金なし物なしの〝貧国〟日本は、艦隊決戦兵力を建設、維持するために全勢力を集中し、沿岸防備や海上交通保護に必要な艦艇は、第一期、第二期艦齢超過艦すなわちセコハン、ロートル艦で我慢するもやむを得ずと思考し、答申したのである。

だが、それにしても防備兵力についてはもう少し何とかならなかったのか。物的にはセコハン、ロートル艦で間に合わせるにしても、人的軍備については二歩、三歩踏み込んで……。英国海軍の好例もあったのに。

山下大将言うところの〝ゼイセイ〟(噬臍)の悔いを残すことになる。

第二章――海上交通保護に目覚める〈昭和戦前期〉

爆雷の装備は巡洋艦から

一次大戦後、戦訓としての海上護衛の思想は日本海軍に根付かなかった。だが、対潜術科の研究は始まり、徐々にではあったが成果は積み重ねられていった。

大正一一年（一九二二）、ワシントン条約が締結されたことにより、海軍は物的にも人的にも数量上の戦力を大削減しなければならなくなった。しかし、戦力の内実の低下は防がなければならない。そこで、個人とフネ双方の質の優越性で補おうという方向に進んでいった。

元来、日本海軍は〝攻撃ダイスキ、防御オキライ〟の体質である。第一次大戦における潜水艦関係の戦訓対応で、わが海軍がまず具体化したのは、潜水艦を有力な海上兵力に育成する、つまり瀬戸内のお池から太平洋の荒海に放って敵主力攻撃戦に積極的に使おうとの施策であった。立派な戦例も残されている。そのため、教育面では、戦中の大正七年五月に設けられた臨時潜水艦調査会ではやくも学校開設が要望され、大正九年九月に「潜水学校」が発足している。優れたサブマリーナ養成を目指して、であった。

かつ、こんな体質のところへもってきて、日本の駆逐艦部隊が体験した対潜海上護衛戦の舞台は、地中海というエライ遠方であった。しかも派遣部隊も比較的小さく、せっかくの得がたい試練と経験ではあったが、全海軍をドスンと揺さぶるインパクトはなかった。

こうした事情から、海軍全体のなかで潜水艦運用の認識は高まったが、戦略上の〝対潜水艦作戦〟の戦術的重要度に関し、認識が深まることはなかった。この浅さは、「海上護衛の問題」についてもあてはまるであろう。やがて船舶保護についての関心は薄れていった。

だが、さすがに一戦闘術科としての対潜戦研究を忘却することはなかった。わが艦隊が軍港やその他の根拠地を出入りするときには、敵潜水艦の襲撃を十分警戒しなければならない。その脅威の度合いは、戦前にくらべて格段に高くなっていたからである。

大爆雷はすでに記したように、大正六年はじめからわが海軍でも研究試作を進めており、大正一〇年に兵器に採用された。

とはいえ、外戦部隊である〝艦隊〟では、じつはその搭載を本命としなければならないはずの駆逐艦より先に、「阿武隈」「加古」等の巡洋艦に装備された。駆逐艦へは、四年遅れの大正一四年に「羽風」型四隻の第四駆逐隊へ、が初めてだったのである。巡洋艦のような高速大型艦にまず装備されたのは、敵潜水艦に襲撃された場合、まずそれに突進、衝撃を試み、しくじったとき爆雷を投下するという考え方からであったのだそうだ（『海軍水雷史』同刊行会）。

大正一二年一二月、はじめて「爆雷投射訓練規則」が制定され、以後、正式の部隊訓練として投射が行なわれるようになった。大正一五年の連合艦隊の研究項目には「軽巡部隊ノ編隊爆雷攻撃法、駆逐隊ノ編隊爆雷攻撃法」があげられている。といっても、艦艇にハイドロフォンなどの水測兵器がまだ装備されなかったころのこと、艦隊が航行中、潜水艦が潜んでいると思われる海面を突破する場合、一斉爆雷戦で嚇しつけるのが主眼であったようだ。

「爆雷投射訓練」、戦技の仲間に

昭和二年度に、連合艦隊の正規編制部隊ではなかったが、付属となった第二一駆逐隊と第一掃海隊が「研究投射」というのを実施している。「編隊航行中爆雷ヲ以テスル協同攻撃法」がリサーチの目的だったが、従来と異なり単なる威嚇だけではなく、目標を撃破、撃沈する研究のねらいがあったようだ。ただし、炸薬の入った本物をドカンドカン海中へ射ち込むわけではなく、「爆雷ハ擬爆雷（浮標及ビ浮標索ヲ付ス）ヲ用フルヲ例トス　標的ハ試製擬潜望鏡ツキ標的トス」とされていた（『海軍制度沿革・巻一四』原書房）。

翌昭和三年度には、炸薬入りの実装爆雷もまぜて使っている。擬爆雷を主用したのは、漁場を荒らしたり、付近を航行する舟艇の妨害にならないようにとの配慮があったからだ。

ところで、海軍の下士官兵は『戦技』と聞くと目の色を変える。防備隊など防備関係で「機雷敷設戦技」「掃海戦技」が始まったのは、大正八年（一九一九）からであった。日露戦争前に淵源をもつ大砲や魚雷の戦技にくらべるとだいぶ遅い。

〝なぜ目の色が変わるのか?〟。海軍には「検定」という制度があり、艦砲射撃とか魚雷発射など各種の戦闘訓練作業(これを「戦技」という)を、術力の演練、練磨であると同時に下士官兵の技量を評価査定する、重要な〝試験〟にしていた。そして、検定で「成績優等」と認められると賞状と賞品が授けられ、さらに配置によっては胸につける「優等メダル」の付与と一日一〇銭なりの「加俸」がついたからなのである。むろん、進級や将来配置にも影響がある。

そんな防備関係戦技へ「爆雷投射」訓練が仲間入りしたのは、さらにおくれて昭和二年(一九二七)からであった。それまでは、ようやく競技を実施するにとどまっていた。「競技」というのは、たとえば工作術とか烹炊術など〈戦闘作業〉に含まれない項目の演練や、または戦闘作業の実施を義務付けられていない艦船部隊において準戦技として施行するゲームで、検定の対象にはならなかった。爆雷投射はまだまだ、一段低く見られていたのだ。

さらにワンテンポ遅れ、昭和四年からその二月に「防潜網設置訓練規則」を設け、特に指定された部隊が設置戦技に加わっている。この時分、どんな艦艇や隊がどんな対潜訓練をしていたか、実施要綱が出されているので、その要目を表4に抜粋し、掲げてみる。昭和七年度のものだが、〝在役〟というのは連合艦隊だけでなく、中国方面に出かけている艦隊のフネや鎮守府の警備艦も含まれている。「白鷹」は敷設艦だが、泊地防御のため湾口などに防潜網を展張する〝急設網艦〟に類別されていた。さすがにこのころになると、重巡では爆雷戦技は実施していない。

いっぽう水雷学校での対潜術科教育は、昭和三年八月、それまでの高等科水雷術電気練習生の呼称を高等科水雷術機雷練習生に改正した。同練習生の教育は「普通科水雷術練習生ト相連絡シ、機雷・掃海・オヨビ対潜兵器ノ実地活用ニ関スル技能ヲ修得サセル」ことが目的であった。教育綱領中に掲げられていた、従来のどうも適当とはいえない〝水雷科電気兵器〟に変わる用語として、新たに「対潜兵器」が用いられている。防備部門の気分を一新し、一歩前進させようというところか。

表4　対潜戦技の一例

（「海軍制度沿革・巻14」より）

<table>
<tr><th colspan="2">種別</th><th>実施部隊</th><th>使用兵器</th></tr>
<tr><td rowspan="9">投射</td><td rowspan="4">教練投射</td><td>在役、第1予備軍艦</td><td rowspan="9">爆雷
（教練爆雷）</td></tr>
<tr><td>在役、第1予備駆逐艦</td></tr>
<tr><td>第1掃海隊</td></tr>
<tr><td>防備隊</td></tr>
<tr><td rowspan="5">戦闘投射</td><td>第1水雷戦隊</td></tr>
<tr><td>第2水雷戦隊</td></tr>
<tr><td>第15駆逐隊</td></tr>
<tr><td>第27駆逐隊</td></tr>
<tr><td>第1掃海隊</td></tr>
<tr><td rowspan="4">設置</td><td rowspan="2">教練設置</td><td>軍艦白鷹</td><td rowspan="4">白鷹
14式2号防潜網
防備隊
14式1号防潜網
燕、鷗
捕獲網</td></tr>
<tr><td>防備隊</td></tr>
<tr><td rowspan="2">戦闘設置</td><td>軍艦白鷹</td></tr>
<tr><td>佐世保防備隊
（敷設艇燕、鷗）</td></tr>
</table>

なお、この文章からお分かりだろうが、普通科水雷術練習生の課程は、〝魚雷〟と対潜を含む〝機雷〟の両方を平等に教わり、高等科になってどちらかを専修したのだ。後日、普通科も分科修習とされることになるが……。

水中聴音機・事はじめ

日露戦争後まもなくの明治四〇年（一九〇七）一〇月に鎮海防備隊が置かれたのを手始めに「防備隊」と称する部隊が各地に開設されることになっ

た。いやそれ以前に、この部隊にはいささかの来歴、由来があるのだが、ここではそれは省く。

主として軍港、要港などやその付近要地の海面、海岸に機雷敷設をする、あるいはまた逆に機雷の掃海作業に当たる部隊だ。それだけでなく、ちかくに海兵団がない地域では、陸上の警備や火災が起きたら消火、防災活動までする。

すなわち、こちらから積極的に敵に攻めかかっていくのではなく、エネミー（敵）の水上艦艇や潜水艦が出現したらその行動を妨害し、それも消極的手段で被害を極力防止しようとの受身の部隊であった。

そのため大正末期には、防備隊の戦闘編制では水雷長の配下に機雷科、掃海科を置き、敷設艇や雑役船などを持っていた。かつそのほかに、水雷艇隊、掃海隊などが防備隊に付属することにもなっていた。当然ながら、魚雷は扱わない。

このように、定められた業務を見ただけでもお分かりいただけようが、〝派手好きで、見てくれのよい仕事を好む〟われわれ日本人には、そこでの勤務はあまり歓迎したくない部隊ではあった。労多くして報い少ない任務なのだ。しかし、華やかな〝攻〟の裏側を支える地味な〝守〟にも、誰かが当たらなければならない。

潜水艦の急成長によって新たに誕生した〝対潜術科〟は、艦隊外では当たり前のように防備隊の編制に組みこまれ、水雷長指揮下の「機雷科」に入れられた。昭和四年二月ころであったらしい。

だが、翌五年になると、〝対潜〟は機雷科から離れ「対潜科」を名乗った。「防潜網、爆雷、水中聴音機等ニ関スルコトヲ掌《つかさど》ル」と、水雷長指揮下ではあったが、一家を張るようになったのだ。しかもここでは、〝水中聴音機を使おう〟というのである。これは画期的なことであった。

そんな段階に入った港湾防備用聴音機の研究実験のため、昭和六年五月、専務者が水雷学校教官に配員された。当事者であった朝広祐二大佐（当時大尉）はこう語る。

「横須賀防備隊司令承命服務に補せられたので、吊下式聴音機を防備隊の曳船や敷設艇などに（中略）取り付ける架台を隊内にて製作し、聴音訓練を行った。また防備衛所用として海底沈置用の架台を作り、東京湾入り口の第二海堡に設備し、出入港の各種船舶の推進器音を聴知測定して、基礎的な訓練を実施することにした。これが防備関係の水中測的訓練の事始めとなった」（『海軍水測史』同刊行会）

朝広大佐の言葉はさらにつづく。

「昭和七年一二月、全国各防備隊へ出張して講演し、実習を行った。また各防備隊より、優秀なる指導者となる下士官を水雷学校に参集せしめ、講習を行った。これらの下士官が各地における指導的立場に立って初期の水中測的の礎となったのである」

ようやくといってよいか、つづいて朝広教官たちが先達《せんだつ》となり、昭和八年ころから水中測的関係教科書の作成が始められた。昭和九年五月以後になって、水雷学校の学生、練習生の教育課程表に〝水中測的〟の条項が書き加えられたのだ。ただし、なお練習生に関しては機雷員の副業としてである。〈水測〉専修の練習生が養成されだすのはもう少し先のことであった。

連合艦隊に〝機雷参謀〟

新式兵器である曳航式機雷防御具のパラベーン（防雷具）や対潜水艦用の防潜網等も大正一〇年前後からいくたの研究実験と改良を経て、それぞれ実施部隊に供給されている。

また、この時期、機雷の手引き書・基礎教科書である「機雷操式」、応用教科書・参考書といえる「機雷教範」がつくられ、あるいは「掃海教範草案」が改定された。

そんななか、「爆雷教範草案」がつくられたのは昭和二年（一九二七）である。そしてそれが、「爆雷投射教範」として正式に制定されたのは、昭和六年だった。防備術科について各種の関係訓練規則がきまり、操式、教範等が編纂され、教育訓練上の基準が示されたのであった。

〝投射教範〟は主として駆逐艦での、爆雷投射の標準的な拠《よ》りどころとして書かれたものだ。文中に「艦艇と航空機による対潜協同攻撃は有効なれば、実施要領につき研究の要あり」と見えていたそうだ。

地中海で戦った中山友次郎第二二駆逐隊司令（大佐）は「駆逐艦および飛行機の連携せる攻撃は、対潜水艦戦闘においてもっとも価値ある手段にして、今回期せずしてこれを実行し得たるは将来のため大いに得るところあり……」（『海軍水雷史』同刊行会）と戦闘詳報に所見を述べているという。教範はおそらくこの中山報告に注目し、取り上げたのであろう。詳報提出は一三、四年も昔の大正七年（一九一八）、飛行機の将来を見通した先見のある進言だったと言えよう。後年、太平洋戦争になって、その有効性があらためて実証された。

そうした一方、大正一二年度から昭和二年度まで、防備艦艇である軍艦「常磐」と第一掃海隊が毎年約六ヵ月間、連合艦隊に付属されて訓練に従事するようになっていた。

これは機雷の発達にともなって、「敷設艦や掃海艇等も、一部を外戦部隊たる〝艦隊〟に入れて見たほうがよいのではないか」と考えられ始めてきたからであった。日本海軍ではそのころ、「一号機雷」と名づけるいくつかの機雷をつなぎ合わせた〝連〟を、決戦時、敵主力艦隊の進行方向に撒いて撹乱《かくらん》する戦法を考えていたのである。

昭和二年度には、連合艦隊司令部に機雷参謀（防備参謀）が配置された。この年度、GF（連合艦隊の略符号）は加藤寛治司令長官統率のもとに、例の軽巡と駆逐艦の夜間衝突事故「美保ヶ関事件」を起こすほどの猛訓練を実施した。並行して防備関係でも敷設、掃海、爆雷投射などに関し、実戦的な訓練を行なっている（防研資料『日本海軍の海面防備に対する一考察』）。

防備艦艇の外戦部隊への加入は、艦隊の進攻に即応するため、仮根拠地とする港湾の防備、対潜警戒やら沿岸における対潜機雷堰の設置、あるいは上陸戦闘に必要となるであろう攻勢的機雷掃海戦の実施を研究する目的のためであった。

と、こう書いてくると、何がし防備関係部隊も大いに気勢が盛り上がってきたかに感じられる。が、制度や教育訓練のシステムが整い出してきたのは、防備関係内部の自助、自発の効果というより、攻防のバランス上、〝防〟もある程度充実すべきでは、との海軍上層部の軽い思い付き？　だったようである。

であったからか、せっかくそういう前向きの姿勢をとったのに、数年たらずで機雷参謀を廃止してしまった。予算その他の関係だったといわれているが、惜しいことであった。連合艦隊との交流により、活性化を望んでいた防備関係者から大いに歓迎された人事であったにもかかわらず――、だったからである。

士気沈滞の防備隊幹部

機雷、掃海、対潜などについて兵器の開発研究や術科訓練が次第に充実されていくのと裏腹に、防備関係部隊の空気は沈滞していった。

太平洋戦争後、「日本海軍は砲術、水雷術等に比して防備・対潜関係の人材に乏しく、そのため戦力の均衡が崩れて敗戦の一因になった」という批判がある。既述したところだが、たしかにわが海軍は攻撃に徹するのあまり、伝統的に防御を軽視し、ときには蔑視する傾向さえあった。青年将校の多くは鉄砲や水雷、航海なんぞ華やかな分野に志し、艦内防御の運用科とか防備隊や防御艦艇のような地味なセクションへ〝積極的〟に進んだ者は稀《まれ》であった。

山本英輔大将は一次大戦の直後に再度、欧州視察をしている。その報告によって、防備関係に優秀な人材を採り入れることが問題となり、ふさわしい人材がこの方面に配員されて大いに新風を吹き込んだ、といわれている（山本ご本人の回想録には、そういうことは一言も触れられていないのだが……）。

ともあれ、浮田秀彦（海兵三七期）、園田滋（三七期）、河瀬四郎（三八期）、中村俊久（三九期）といった、兵学校を〝上位の中〟のハンモック・ナンバーで出た者たちが、海大甲種学生を卒業してすぐか、あるいは入学直前の時期に相ついで防備界に送り込まれた。大正の一〇年代、大尉から少佐の時分で、艦隊の分隊長さらには水雷長という配置経歴をもつ出来のよい人物が、である。

だが、園田氏を除いてこれらの人々は防備関係ではウダツがあがらないと見きわめたのか、数年もたたないうちに陽の当たる分野へ転じてしまった。園田サン（のち中将）だけは水校で「機雷敷設」の特修科学生コースも終えており、のち海軍生活のあらかたを防備畑で過ごした。

もっとも、中村氏に言わせると、ご自身は「大正一一年、海軍大学校甲種学生となったが、……卒業すると休養の意味もあったが、横須賀防備隊水雷長となった」と、卒業前にかかった腸チフスの病後保養のため赴任した気分であったらしい（実松譲『海軍を斬る』）。

しかしそのあと、こうつづけている。

「……着任すると、隊内の空気がずいぶん沈滞しておった。士官室では、上級幹部の殆《ほとん》どが海軍をやめる寸前の人であり、話していることは首になってから後のことばかりであった。そこで自分は隊内の士気を振作すべく、大いに実戦的訓練を実行した。機雷装備訓練のごときは実装薬を装塡し、実用信管を使用した。……機雷部員は真剣そのものであり、……わたしも死ぬならみんなと一緒と常に考えていた。

装備完了の機雷を掃海訓練のときに使用して爆発させ、機雷の威力を見学させたので、防備隊の空気は一変し、隊員一同が緊張して士気は大いにあがった……」

中村サンは別に望んで入った配置ではなかったが、全力をあげて任務に取り組んだようだ。二年間の横須賀防備隊水雷長を終えると、伏見宮博義王のお付き武官、軍令部参謀、大戦中は南西方面艦隊参謀長、侍従武官などきらびやかな職務について中将に昇進し、終戦を迎えている。

防備隊下士官兵、軍紀弛緩す

林幸市大佐は中村中将よりひとまわり若い、海兵五一期の士官だ。昭和八年五月、水雷学校高等科学生を終えてまもなく、横須賀防備隊分隊長に赴任した。以後、海上に出ても水雷艇長や敷設艦水雷長、あるいは根拠地隊参謀などと、海軍生活のあらかたを防備関係で過ごすのだが、彼もこう語っている。

「(横防分隊長) 当時、この隊には兵学校出身の若い大尉クラス分隊長が四人いたが、海上では、当時新形式の敷設艇『夏島』『猿島』などの艇長として、防備に関する諸訓練に従事していた。(中略) 若くして新しい敷設艇艇長として、まことに恵まれた勤務であったにもかかわらず、防備隊に転勤したことを非常に恥辱のように考え、不満や愚痴を連発する人がいた……。（一方）特務士官の分隊長や分隊士の兵曹長には、まことに尊敬に値する人が多かった。これらの人たちは長い海軍生活によって心身ともに鍛錬されており、その豊富な体験のお陰で、防備隊の陸上・海上実務ともに円滑に運営されていたといっても過言ではなかった。かれらは防備隊の強力な支柱であった。

防備隊の作業は、ほとんどが危険物を取り扱うので、これら支柱が弱かったならば、平時における安全操作はもちろん、戦時における複雑多岐な作業は絶対に実施できなかっただろう。ただ、これらの人たちは、専門によっておのおの従来の体験を基礎に（地位を）築きあげた人であるから、老練の士ではあるが物事を大所高所より判断して全般の統制・指揮をするには、兵学校出身の有能な士官が必要であった。……」（同前）

昭和に入って数年が経っていたが、防備隊幹部の職務、配置にたいする不満、空気の沈滞は依然つづいていたようだ。

そんな防備隊の組織がどのようにして維持され、活動できたかの裏側も告白されているのだが、上がそのような上官であれば、部下下士官兵の士気も振るわなかった。

掌機雷兵とか掌砲兵といった、水雷学校や砲術学校などを卒業したいわゆる〝マーク持ち〟は、比較的自分の責任を感じ、立場を自覚して作業に従事していた。とはいうものの、自己の将来に望みを失っている者が少なくなかった。しぜん軍紀、風紀がゆるみ、他の艦船や部隊にくらべて懲罰をくう者が多かった。術科学校を出ていない〝無章兵〟はいうまでもない。なぜか？

もっとも主とされる原因は転勤問題だったといわれている。連合艦隊は〝海軍の華〟、進級もよい。であれば、防備隊勤務の下士官兵は艦隊へ行くことを熱望した。けれど、人事行政の不文律であるかのように、当時、いったん防備隊へ入ってしまうと艦隊への転勤はなかった。艦隊と在役警備艦とのあいだでは、たがいに兵員の交流があった。しかし防備隊は、デーンと軍港の奥に腰を据えている予備艦船、あるいは他の陸上部隊との間での人事交流だけだったのだ。

「機雷調査委員会」の答申

一次大戦が終わって間もない大正八年、斉藤半六水雷学校長は、鎮守府、艦隊などの参謀長会議が開かれたさい、「水校高等科水雷術電気練習生（のちの高等科水雷術機雷練習生）の卒業後の進級や配置が、魚雷練習生にくらべて不良である。したがって、受験資格をもつ〝普水〟（普通科水雷術練習生）卒業者は、特別のことがない限り機雷を避け、みな高等科魚雷を希望している」と指摘した。防備関係術科の術力向上のためにも是非その改善を、と言葉をつづけたのだが、取り上げられた様子はなく、別段の効果はなかった（『海軍水雷史』同刊行会）。これも〝攻撃最優先〟の弊である。

それから八年たった昭和二年八月一日、連合艦隊に入っていた敷設艦「常磐」が、佐伯湾において機雷爆発を起こし、死傷者一〇〇名を超す惨事を発生した。とかく沈滞を批判される防備関係の大事故。放置するわけにはいかなかった。この事件を契機とし、末次信正教育局長（のち連合艦隊司令長官、大将）を委員長とする「機雷調査委員会」が開かれた。委員たちは実情をつぶさに検討し、昭和三年、答申書が提出される。とりわけ防備隊の組織、制度と防備関係要員の教育に関わる事項は、将来におよぶ各種問題の改善更新の基礎を固める指針となるものであった。少々長くなるが、『海軍水雷史』から関係部分を要約してみよう。

艦隊決戦思想は日本海軍の有事作戦方針の根本である。だが、それに並行し、局地海面防御を担当する防備隊の、平時における制度と隊員の教育をないがしろにしてはならない。戦時事変に際し、ただちに内地港湾の防御に適するとともに、外地〈特設防備隊〉の増設にも即応できるよう基礎構造を拡大可能な柔軟なものにしておく必要がある。

現代における局地海面防御は潜水艦、飛行機が発達した結果、防御兵器や防御部隊、防御艦艇は多種多様な形態を必要としている。しかも、科学の進歩にともなう攻撃兵器・艦艇の発達は、防御必要地域をも拡大した。

とはいえ、これら防御部隊の大部は、平時からの十全な配備は不要であり、有事に急速設置すれば間に合うものが多い。また、防御艦艇はなるべく大型で高速力、移動性大なるのものを多数要し、かつ、それらへは相当数の母艦艇が要るであろう。

したがって、これら防備機関の十分な活用には、精錬有為な多数の人員を必要とする。そのため、従来の〈常設防備隊〉では、まず重要兵器および艦船運用の基礎要員を確保する。そしてこれら基礎員は、戦時必要な行動勤務に適応できるよう十分に教育しておく。

防備隊制度および教育の改正に関し、終局的に望む第一は、常設防備隊の軍港防備隊に「防備隊司令部」を設置することである。麾下《きか》の防備隊を指揮する司令官を置き、幕僚として参謀と副官を一名ずつ付する。そうすることによって、海面防御指揮の機能がいっそう向上するはずである。

「駆潜艇」新造の提言

答申はさらに細目、個々について言い及んでいた。

戦時、増員が必要となる防潜網員、潜水艦捕獲網員、それから沿岸防備衛所と防備艦艇に配置する水中聴音員の基礎員を育成、確保しておく。そのためには、現在ある二等敷設艇より大型の機雷敷設艇を配属する。この艇には急設網艇を兼ねさせる。

掃海艇として二等駆逐艦級のフネを配属する。軍港防備隊には捕獲網艇二隻を配属する。防潜網艇としては、「戸島」型・四〇〇トン級の二等敷設艇に所要の装置を備えて兼用させ、また敷設艇型曳船をこれに充当するとよい。

優速で耐波性にすぐれ、操縦性がよくて爆雷投下に適する形体の「駆潜艇」を新造し、軍港防備隊に四隻、要港防備隊に二隻を配属しておく。これは、有事のさい、駆潜艇に適するような高性能の船舶を徴用船舶に求めることはできず、しかもきわめて多数を要するため、戦備上、大きな常備数を確保する必要があるからである。

そのほか、以上の駆潜艇、捕獲網艇、急設網艇（兼機雷敷設艇）、掃海艇、二等敷設艇には爆雷投射装置を設けること。また駆潜艇、捕獲網艇、掃海艇には水中聴音機を装備し、軍港防備隊には陸上水中聴音所を二ヵ所常設付属すること。

などなどを提言したのである。久しい間の「艦隊第一」「攻撃一辺倒」にささやかではあるが、水が差された。

永らく水雷学校の校内組織は、魚雷部長のもとに魚雷科長と機雷科長とが併属する体制であった。だが、ようやく昭和五年、「機雷部」を新設して魚雷部と機雷部が校長の下に並立・直属する形に改められた。この年、防備隊に「対潜科」が設けられることになったのは、前に述べたところだ。防備関係が一段格上げされたといえよう。斉藤半六水雷学校長の発言から一〇年がたっていたが、〝キレ者・末次〟答申威力の第一波であった。

昭和八年度計画で、はじめて二杯の「駆潜艇」が造られることになった。建造までにいささかの紆余はあったが、出発のスタートラインを引いたのは、本委員会の報告にあったと言ってよいであろう。

それにしてもなお、部内全般の〝意識革命〟はいまだしであった。

たとえば昭和八年度の水雷学校高等科学生中、将来進路に防備関係を希望した士官は、例外的に一名あったのみだという。また、かねてよりの要望であった防備関係下士官兵の連合艦隊部隊との人事交流もほとんど行なわれなかったようである。エリート意識で固められた〝大艦巨砲の壁〟〝決戦艦隊の壁〟は厚かった。

川井繁蔵少将は昭和八年末ころ、少佐で軍令部部員の職にあったのだが、

表5　昭和10、11、12年度の防備戦隊編制

（『海軍制度沿革・巻4①』より）

	横須賀防備戦隊	呉防備戦隊	佐世保防備戦隊
年度	所属艦名、隊名	所属艦名、隊名	所属艦名、隊名
昭和10年	厳島 第1掃海隊	勝力、白鷹、朝日 第11掃海隊	常磐、八重山
昭和11年	厳島 第7、8、9潜水隊 第1掃海隊	白鷹、朝日 第13潜水隊 第11掃海隊	常磐、八重山 第27、29潜水隊
昭和12年	厳島 第9潜水隊 第1掃海隊	白鷹、朝日 第13潜水隊 第11掃海隊	常磐、八重山 第24、27、28潜水隊

「……当時の防備隊関係は海軍部内でもっとも逆境の立場にあり、不平不満の温床のように感じられていた。そこでこの不満を一掃するため、なんとかして防備隊を強化しなければならないという気運が軍令部内に高まってきた。そして、その最も熱心な推進者が高橋三吉次長（のち連合艦隊司令長官、大将）であった。

まず防備強化の一環として『防備戦隊』の新設が提議された。私は次長の強力なバックアップのもとに、この戦隊設立について起案した。戦隊名が問題となったが、高橋次長の一言で防備戦隊と命名することになった。私はこの決裁をとり、軍務局で条文化した」と、防備機関の編制改革について語っている（『海軍水雷史』同刊行会）。

防備戦隊が実現したのは、川井部員の起案後、二年ぐらいしてからの昭和九年一二月一四日であった。末次進言の〝防備隊司令部〟案が、六年を経て実ったものである。むろんわが海軍には、その間にロンドン条約という〝制限外の軍備〟に、すなわち防御軍備にも進まざるを得ないテコは入っていたのだが……。

「防備戦隊ハ所在鎮守府所属ノ在役艦船オヨビ予備艦船ナラビニ駆逐隊、潜水隊、水雷隊又

ハ掃海隊中特ニ定ムルモノヲ以テ之ヲ編成ス。防備戦隊ニハ各其ノ所在地ノ防備隊ヲ編入ス」（『海軍制度沿革・巻三②』原書房）と戦隊の内容が定められた。この時分の防備戦隊にはどんなフネが編入されていたか、表5に掲げておこう。

　そして、のち次第に、このなかへ航空隊や駆潜艇等が加わっていく。徐々にじょじょにではあったが、防備関係部隊の内容、装備は上向いていったのである。

わが「海軍予備員」制度

　ところで、第一次欧州大戦での海上護衛戦、対潜戦闘の戦訓で、重要なことでありながら、わが海軍にその影響の及んでこなかったものがある……と前に書いた。〝英国海軍予備員〟制度についてやや詳しく述べ、アチラのR・N・RやR・N・V・Rの軍人たちは正規軍人に伍してそういう戦闘に大活躍し、存在の意義を高からしめたことを記したのだ。ならば日本海軍には、同様な組織はなかったのか？

　あった。いや、明治一〇年代の大昔からつくられていた。

　むろん、師である英国海軍を真似てこしらえたのだ。だが、制度上、確とした形態になったのは、日露戦争中の明治三七年（一九〇四）六月二八日付の「海軍予備員条例」制定によってであった。予備員独自の階級ができ、兵科には「海軍予備中佐」以下「海軍予備三等兵曹」まで、機関科には「海軍予備機関少監」（のちの機関少佐相当）以下「海軍予備三等機関兵曹」までのランクが設けられた。服装も、ここでは略すが、正規軍人とは幾分形状の違う階級章と〝予備員徽章〟が新しくつくられた。

このとき以後、かれらは、正規軍人とは別枠になっている階級制のなかで〝予備役〟軍人として進級していくことになった。

かつ、「海軍予備員ハ戦時事変ソノ他必要アル場合ニオイテ勤務マタハ教育ノタメ之ヲ召集ス」と定められた。しかし、召集による海軍勤務がなくとも、一般船舶の職員として乗船していると、その日数が実役停年に算入され、階級が上がっていくのである。この点が、予備員制度の大きな特異性といえた。

第一次大戦終了後まもなくの大正八年(一九一九)六月二日、予備員条例は廃止され、新たに「海軍予備員令」が制定された。そのなかで、機関科にも予備機関中佐が新設され、さらに昭和二年(一九二七)六月三〇日には、ついに海軍予備大佐、海軍予備機関大佐の官階が設けられた。

「海軍予備員」としてはこれが最高階級であり、その後、太平洋戦争敗戦にいたるまで、予備将官が制定されることはなかった。

明治以来、東京商船学校(のちの東京高等商船学校)が商船士官を養成するかたわら、海軍予備員教育を行なってきたが、大正末年において、本制度は四二年の長い歳月を経過していた。その間、年々かれらの養成は進み、昭和元年一二月三一日現在、海軍予備員の現有数は表6に示すように、総数六四八四名にのぼっていた(『海軍省年報・昭和元年』)。

同日調査の現役海軍軍人総数は七万五七六一名であり、その九パーセント弱にあたる人数がリザーブというわけである。この比率は決して小さいとはいえない。しかし、これだけの人員を保有するまでに予備員制度は成長し、長い歴史を持ってきたのに、かれらを召集して海軍に勤務させ、実働させた事実はなんと皆無であった。

範にとった英国海軍では、一次大戦に多数の予備団員、志願予備団員を召集し、戦闘に従事させたことはすでに記したとおりだ。しかも、平時にも、定期的に艦船に乗せ教育訓練を行なっていた。

なのに、日本海軍では、予備員に初の召集を下したのは、じつに昭和三年九月になってから、同年度の小演習に参加させるためであった。

わが海軍の予備員史をさかのぼって見ていくとき、予備員条例の制定が日露戦争の最中であり、システムの上でただちにかれらを召集、海軍艦船に勤務させ得るような、整備された状態になかったことは頷ける。また第一次大戦にわが国も加担したとはいえ、英国とは交戦事情が異なり、日本海軍が全力を傾注して参戦した戦争ではなかった。予備員に召集をかけるほどの必要性は、まったくなかったと認められる。

こうして、かれらが海軍軍人として実戦に参加する機会は、大正が終わるまでなかった。が、では何故、平時の教育、勤務のための召集も、昭和三年まで全然行なわれなかったのであろうか？　それは海

表６　海軍予備員人数
（昭和元年12月31日）

階　級	兵　科	機関科
予備少佐	83	59
予備大尉	177	66
予備中尉	315	317
予備少尉	941	865
予備特務少尉	193	44
予備兵曹長	804	394
予備一等兵曹	1,428	760
予備三等兵曹	32	6
計	3,973	2,511
総　計	6,484名	

軍当局が、(イ)その必要をみとめなかった、(ロ)必要を認めても、教育訓練を実施するための物的、予算的余裕がなかった、(ハ)予備員制度そのものに関心が薄かった……等の理由が、単独あるいは複合して考えられる。

海軍予備員、演習に初召集

さて、昭和三年度小演習に「演習召集」が下令された予備員は、予備一等兵曹、予備一等機関兵曹各一名のわずか二名であった。能力まったく未知数の〝海軍軍人〟をはじめて部隊現場で使用するわけであり、いわば〝テスト・ピース〟である。九月二一日より一〇月一七日までの約一ヵ月間、横須賀防備隊に召集している。この期間、同隊でかれらにどのような勤務をさせたのかは定かでない。

また、この召集で奇異に感じられるのは、海軍予備員中、歴史がもっとも古く、かつ基幹となるべき高等商船学校出身の予備士官ではなく、予備下士官に最初の召集がかけられたということだ。

当時、東京商船学校は大正一四年四月一日、「東京高等商船学校」と改称していた。またそれに先立つ大正九年八月一二日には、「神戸高等商船学校」も創設され、両校が予備士官の最大供給源になっていた。

いっぽう、海軍予備員令ではその条項中に「海軍予備一等兵曹及ビ予備一等機関兵曹ハ海軍予備練習生ニシテ甲種商船学校練習科ヲ終了シタル者ヨリ之ヲ任用ス」と定め、当時の学制上、中等学校である、鹿児島、富山、鳥羽などいわゆる〝地方商船学校〟を基盤とする、兵科（航海系）、機関科の予備下士官養成制度も確立していた。

昭和三年度小演習に召集されたのは、この兵科、機関科予備下士官だったのである。つづいて、昭和四年一〇月に実施された小演習にも、リザーブの演習召集が行なわれた。今回は、予備士官に対してであった。予備中尉二名、予備機関中尉一名、計三名への下令で、一〇月一八日より三一日までの一四日間だった。うち二名は「間宮」に配乗された。「間宮」は給糧艦であり、商船と同様、単独行動をし、艦隊へ食糧等の補給にあたる任務を持っていた。

勤務成績は良好と判定され、その評価には「将来、海軍と予備員との関係はますます緊密を要すべきを以て、できうる限り召集実施の意向なり」（『商船学校校友会誌・第三六〇号』）との付言があった。当局は、さらにかれらの〝試用〟を継続する意志を抱いたようである。

昭和五年秋には特別大演習が行なわれたため、現役を終えた予備役の准士官以上一三名、下士官兵二四一名、それにリザーブ一三名という大規模な演習召集が下令された。一〇名を超える予備員召集は、今回が初めてであったが、予備大尉一名、中尉二名、少尉二名、予備機関大尉一名、中尉二名、少尉三名、予備兵曹長一名、予備機関兵曹長一名、計一三名のバラエティに富む面々である。かれらの所属船会社は日本郵船、大阪商船、三井物産、川崎汽船、国際汽船であった。

日本郵船株式会社の「伊予丸」（六三二〇総トン）を徴用して特設巡洋艦とし、召集者の大部分はこれに乗艦した。艦長以下幹部には予備役士官、予備役特務士官、予備役准士官、それから今書いた予備士官、予備准士官を充当したのだ。ほかに現役下士官兵六二名、応召の予・後備役下士官兵九二名、軍属として郵船船員二八名が乗り組んでいる。昭和二年に離現役した岩崎本彦大佐(海兵三一期)が艦長となり、一〇月七日より二七日まで演習に参加したのであった。

第二期・対抗演習での同艦の主任務は〝哨戒〟だったが、このとき仮想敵潜水艦を発見して猛砲撃を加えた。審判官の判定は「敵勢力半減」。発見者は航海長の山下有鄰予備大尉であった。演習終了後、乗組予備員にたいし、つぎのような講評が与えられている。

① 服務　航海長山下予備大尉以下七名いずれも熱心に軍務に服し、その当直ぶりの謹直なること想像以上なり。演習中ほとんど艦橋を離れず各上官を補佐し、かたわら実務の研究に終始す。

② 技能　航海、運用に関しては、ただちに間に合う優秀なる技能を有す(海軍省人事局『点呼参会者のために・昭和六年』)。

応召予備員への評価はなかなか高かったようである。航海科、運用科だけでなく機関科にあっても、商船機関士の技量は当局の驚異的賞賛を得たといわれている。

昭和六年度の予備員への召集は、この年の演習が小演習だったため、人数は減少して五名。ただし今回の召集の特徴は予備少尉四名、予備機関少尉一名と全員が若かったこと、また「赤軍」すなわち敵方に回った部隊ではあったが、戦艦に配乗されたことにあった。九月一九日から一〇月五日までの短期間ではあったが、これまでの召集も含め、リザーブをどんな部隊のどんな艦船に乗せ、いかに使うべきか模索していた様子がうかがえる。

高等商船生徒の、海軍での教育は砲術学校が担当していた。ここでは、明治四〇年以来、かれらに対し「海軍軍事一般及ビ砲術ニ関シ軍事上秘密ニ渉《わた》ラザル範囲ニ於テ海軍徴用船舶ニ勤務スルニ当リ必要ト認ムル事項ヲ習得セシムルヲ以テ目的トス」(『海軍砲術学校教育綱領』)との教育方針をとっていた。

長年、予備員制度には消極的で、昭和初期まで未活用のまま放置してきた海軍であった。だが、いったん事があった場合には、このように特設艦船に乗り組ませようとの意図は、かねてから持っていたと推察できよう。

予備士官に「勤務召集」下令

ちょうどこの時分、海軍省人事局第二課(予備員関係を所掌)局員の友成佐市郎中佐(のち少将)が、《商船学校同窓会》での講演で、

「……予備員は、応召しても特殊艦船に乗り、戦場の第一線には立たないと考えているむきもあるようだが、じつは有為の青年予備士官は戦闘の第一線に参加しなければならない……」と話している。五名の主力艦配乗は、この言葉を裏づけるものであったろうし、おそらく、それまでのかれらの実績を踏まえての施策であったろう。

予備員へのそんなテストは、翌七年度も試みられた。召集人員は予備中尉一名、予備少尉

一〇名、予備機関少尉四名、予備兵曹長二名の一七名だったが、予備中尉と予備兵曹長を除いて全員が学校出たての新品少尉たちであった。かれらは戦艦、巡洋艦、駆逐艦といった艦隊決戦用の艦艇で、昭和七年一〇月二〇日から一三日間の小演習に参加する。

しかもこの年、予備役士官、予備役特務士官で召集された者は八名にすぎず、予備員召集者のほうが上回ったことは特記すべき現象であった。また、大正七年東京商船卒の松岡実男予備中尉と予備下士官から進級した二人の予備兵曹長といった古参者は、徴用船を仕立てた〝特設掃海艇〟の艇長に充《あ》てられた。これは〝防備〟〝対潜〟方面への充当可否を探る、新たな模索であったといえよう。

昭和三年より始まり、回をかさねた予備員召集で、かれらが収めた成績は好評のうちに当局に受け入れられ、召集そのものをほぼ定常化させたようだ。師の英海軍R・N・R制度の運用にだいぶ近づいていった。

そして、応召者層の重点は、機関科を含めて予備中尉、少尉ごとに少尉クラスの若手に大きく移されていった。つぎの年、昭和八年度特別大演習に下令の演習召集は、友成発言の路線を明確に示している。

予備少尉四名、予備機関少尉三名を五月二八日から八月二五日まで三ヵ月間の長期にわたり、また、予備少尉二〇名、予備機関少尉一〇名を七月二八日より八月二五日まで、以上合計三七名を参加させる大量召集となって現われた。この年も、二三名の予備役士官が召集されたが、予備員の応召数は前年同様、かれらを上回る多数であった。

こうして予備員を、それも初級士官クラス・オフィサーの使用方法を模索しつつ教育訓練する手段は、一応、軌道に乗ったようであった。しかしまだ、十分とは言えないことも明らかだった。有事のさい、本格的にリザーブを海軍艦艇で働かせようと意図するならば、この程度の教育ではあまりに短期にすぎる。

そこで、昭和八年以降の両高等商船学校の新卒者には、原則として約〈六ヵ月〉の「勤務召集」を課すことにしたのである。連合艦隊の前期訓練あるいは後期訓練のどちらかを、戦艦か巡洋艦で勤務させ、ホンモノの海軍の空気を味わわせ、実務を身につけさせようと考えたのだ。いつの日か「充員召集」が下されたさい、防備用あるいは決戦用どんな艦艇に乗り組むにせよ、この体験は実際勤務にあたって重要な基盤となるはずである。

第一陣として、予備少尉五一名、予備機関少尉三二名、計八三名が、「昭和九年一月二三日ヨリ約六ヵ月間勤務ノタメ召集」された。艦隊の各艦、主として戦艦、巡洋艦に乗り組んだが、いままでと異なって大小演習とは関係なく、しかも過去最大規模の召集となった。

昭和三年まではまったく動くことのなかったわがリザーブ制度は、順調に滑りだした。とはいえ、いったん緩急あったとき、どのような艦船部隊に充員し活動させるべきか、具体的に定めた方針は、昭和一〇年前後でもまだ決まっていなかったようである。

〝聴音軍紀〟は地下足袋で！

対潜関係の術科中、昭和のはじめに訓練規則が存在していたのは、大正一二年に制定された「爆雷投射訓練規則」だけだった。つまり対潜の戦技は、久しく潜水艦をブッ壊す爆雷投射についてのみ行なわれていたことになる。後日、太平洋戦争が始まって潜水艦発見に最重要となる水中測的術は、遅れて昭和六年に「水中聴音競技」として開始されたのであった。ついで、翌七年一月、「防備隊水中聴音員ノ配置ニ在ル掌水雷兵ニ対シ水中聴音ニ関スル技量ノ向上ヲ図ル」(『海軍制度沿革・巻一二』)ため、各隊の兵曹一名を横須賀防備隊に集め、一ヵ月の講習を行なうようになった。

この辺の経緯は《水中聴音機・事はじめ》の項に書いたところだが、じつは、水中聴音機に関する講習は、大正一三年から実施されてはいた。ただし〝叩かれる側〟、すなわち潜水艦の搭載聴音機についてであったようで、指定した艦から電信員を呼び寄せ、潜水学校で指導していたのだ。レシーバーで音を聴くには、似たような装置を扱うトンツー屋が適当と考えられたのだろう。

〝聴音競技〟は、昭和一二年に水中探信儀を使う〈探知索的〉〈探知測距〉を組み入れ、「水中測的競技」と発展的に改称された。なのに一三年一一月、なぜかそれは廃止されてしまった。?、どうしてだ。

昭和一四年度に「爆雷投射訓練規則」の改正があり、そのなかへ、水測関係が投射術の一部としてあたかも溶け込むように吸収されたからなのである。水中測的の競技は戦技となり、例の下士官兵待望の検定対象に格上げされたのだ。聴音員検定、探知員検定に分かれて、己《おのれ》の持てる力を存分に振るえるチャンスが与えられることになった(『内令提要・巻二』)。といっても、太平洋戦争が始まるわずか二年まえ、いささか遅くはあったが……。

日本海軍では、探信よりも聴音のほうがズッと研究が先行していた。名和武造兵大尉（のち技術中将）の洞察力が端緒となり、彼の努力によって仏国のランジュバン方式による送波器から音波を打ち出すアクティブ水中音響機器が、はじめてわが国に導入されたのは昭和五年だった。

ランジュバン式装置は、やがて横須賀工廠の機雷実験部において、昭和八年、「九三式探信儀」の制式名称で兵器として出来上がった。そして、この探信儀と六個二組、計一二個の固定捕音器をもつ「ＭＶ式水中聴音機」とを装備した「第一号駆潜艇」が、昭和九年三月二四日に竣工したのである。

駆潜艇は、一次大戦で英海軍が大いに活躍させた戦訓があり、また戦後、潜水艦がいちじるしく進歩したので、それへの対応のため、日本海軍もかねがね持ちたいと考えていた艦種であった。例の末次意見書にも書かれていた。

三〇〇トン、二一ノット、爆雷三六個、浮上潜水艦射撃用に連装四〇ミリ機銃一基も備えている。本格的な対潜専門艦艇としては、もちろんわが海軍最初のフネだ。沿岸・近海での防御用艦艇として、横須賀防備隊に編入された。初代艇長は、先述したようにわが海軍水測術草分けの一人である朝広祐二大尉。その翌日には第二号艇も完成した。

それまで、Ｋ式、吊下式といった初期の聴音機を装備した陸上の防備衛所や旧式防備艦艇は、港湾ちかくで局所対潜戦の術科と戦術の研究、開発に地味で苦労の多い努力を傾注していた。だが、新鋭一号型駆潜艇の就役編入によって、防備隊の訓練は一気に熱を帯び、術力向上は以前にくらべてカクダンの違いになったといわれている。

K式聴音機は元来が潜水艦用、地上の衛所用である。それを昭和一ケタ末期、水雷学校教官の池端鉄郎少佐（のち大佐）や呉防備隊の工夫により、水上艦艇用〝吊り下げ〟聴音機に改造したのだ。よその鎮守府防備隊も一生懸命になって吊下式聴音機による敵潜捜索法、それに基づいた爆雷投射法の演練に取り組んだ。

吊下式聴音機は機構上、装備した艦艇が停止状態でなければ使用できなかった。そのため、「躍進聴音」という探索方式が生まれた。フネを止めて聴音機の〝耳〟を一心にすます。なにも異常音が入らなければ、また一定距離を前進して停止、ふたたび精密聴音する。これを繰り返して進んでいくのだ。

スロウ・バット・ステッディ。船体に固定式に装備されたMV式水中聴音機を持った一号駆潜艇が出現したあとも、能力完全発揮のためには停止聴音が最良とされた。

やはり水測術開拓者の一人、三瓶寅三郎元大佐（海兵五二期）は、

「〝停止聴音〟のときは、主機械を止めるだけでなく可能なかぎり補助機械も停止させ、さらに乗員は地下足袋にはきかえ、甲板の歩行やラッタルの昇降も駆け足は厳禁である。……それは吊下式時代からの聴音艇の躾となった。この真剣な雰囲気のなかで、鎮守府防備部隊の水測訓練は猛烈をきわめ、名人技の域に達する水測員さえ現れた……」（『海軍水雷史』同刊行会）と語っている。

至難の業――聴音と探信

開発、採用当初の幼稚な水中聴音機でも、停止中のテストではかなりよく聴こえた。それでも、精密に聴音したい場合には自分のフネが出す音が邪魔になってしまう。

前記の三瓶大佐ならずとも、水測に熱心な艦長サンは自艦雑音の妨害を防ぐため、主機械・補助機械オールストップの無音状態から、逐次、モーター類、ポンプ類の一つ一つを発動させ、聴音機に入る雑音の発生場所と大きさ、特徴を徹底的に調査させていったそうである。

こういう努力により、昭和一三、四年ころには〝艦艇音響規程〟制定の必要が認められ、対敵情勢に応じてどのような規制処置をとるべきか「自艦雑音管制配備」がルール化されていったのだ（同前）。

しかし、海上に実際出たとき聴音機に入ってくる音は、求めようとする敵艦の音響と自艦音だけではない。周囲にいる味方艦船の発する音も魚群の鳴き声も、ときには潮騒までも飛び込んでくることがある。そんな場合には、そのなかから探し求める敵艦船の機関音、推進器音だけを「分離聴音」しなければならないのだ。そこに難しさがあり、水測員の腕の見せ所があった。

ベテラン聴音員ならば、音源のリズムから推進器の回転数を判定してその速力を推定したり、聴音感度に急変があると、それで相手艦船の変針を知ることもできた。また、いったん狙いをつけた敵サンの音をしつこく追いつづけて逃がさない「保続聴知」によって、その方位の変化と、艦速の判定、感度の大小などを組み合わせることにより、報告を受けた艦橋幹部は態勢を作図して、目標までの距離を求めることも可能になっていった。

ならば他方、水中探信儀のほうはどうであったか。

一号駆潜艇に備え付けられた九三式探信儀は、のちの三式探信儀とともにわが海軍アクティブ・ソナーの主流をなす兵器であった。

水中に一七・五キロヘルツの音波を送波器で全周に、あるいは指定角度の範囲内に輻射《ふくしゃ》する。その反響音を捕捉受信することによって、目標の方位、距離を知ろうというのであった。これを「捜索探知」と呼んでいた。一度つかまえたら逃がさないよう、目標を捕捉しつづけることを「保続探知」といったが、保続聴知と同じ意味合いをもっていた。

しかし、九三式探信儀のように狭い発振音波のビームを一定時間内に射出して、いかに広い海域を捜索するか、またピンポイントした目標の探知をいかに保続するか。それはなかなかの難業なのだ。艦底の狭くて暑い部屋で、水測員は苦心惨憺するのであった。

海のなかは〝複雑怪奇〟である。音波は、海中では素直にまっすぐ進んでくれないこともあるのだ。

温度差のある海水の層がある。冬季では表面の海水温度が深層より低いため、探信儀から水平方向に発振された音波は海面直下で反射され、減衰することなく遠距離に到達しやすい。これに反して夏季では、深層にいくにしたがって、水温、水中音速は低下するので、音波は海底方向に屈曲してしまい探知距離は伸びない。水中音波伝播の特性上、海中の温度分布の如何《いかん》によって探知距離が大きく影響されるのだ（『海軍水測史』同刊行会）。

こういう現象には、わが海軍でも聴音競技を始めたころ、すでに気づいたようだ。朝広祐二水校教官は、昭和六年、東京湾の海堡での聴音機実験のさい、その能力がきわめて不安定なのに首を傾《かし》げたらしい。サンザン検討のすえ、海中状態の変化により測定結果が大きく変動することを知ったのであった。のちになってだが、竹下峰吉教官（戦死、大佐）も東京湾では、午前と午後で水測能力に差が生ずることに気づいた。

いっぽう、部外の音響学会においても、水中音波と水温、水圧、塩分等との関係が研究され、水中音響理論の解明が進められ出した。やがて結果は数式にまとめられ、水測関係者の教育に使われるようになった（『海軍水雷史』同刊行会）。

目に見えない敵、サブマリーンを探り出し、しっかり捕らえて離さない水中測的……、それはなかなか一筋縄ではいかない難物なのであった。

推測投射から〝水測投射〟へ

旧来、水測は水雷学校高等科水雷術機雷練習生が、機雷を正業とするかたわら、副業として学んでいた。が、時代は進む。水測専業の下士官兵養成の要ありとされ、そのため〝高機雷〟練習生を「機雷班」と「水中測的班」の二つに分けて教育するようになったのは昭和一三年四月からであった。ただし、相変わらず〝普機雷〟の課程では、機雷敷設、掃海、（防潜網、捕獲網の）設置、爆雷投射、水測をみな一様に習っていた。

だがしかし、翌一四年一〇月から、普通科でも独立した水測専業の練習生教程を置くことになったのだ。それも機雷の屋根の下においてではなく、「普通科水雷術水中測的練習生」の名で堂々たる一本立ちであった。水測重要視の結果である。であれば、むろん高機雷・水測班も一転し、「高等科水雷術水中測的練習生」であらずばなるまい。

表7を見ていただきたい。機雷練習生時代の間借り住まいのときと比べると、一軒家に移った水中測的練習生の教育科目の重点は大幅に変化した。水雷術を謳いながらも、機雷とか魚雷はほんの付けたし程度に薄くされてしまったのである。なかんずく、かれらのうち〝高練〟の教育目的は「防備兵器特ニ水中測的兵器ノ実地活用ニ関スル識能ヲ修得セシメ聴音員長等対潜攻撃ニ関スル重要ナル配置ニ充テ其ノ職務ヲ遂行スルニ遺憾ナカラシムル」ことと定められたのであった（『海軍制度沿革・巻一二』）。

ただ、配置でのパート長の名が〝聴音員長〟であった。水中探信儀の責任者〝探知員長〟という名称が出てくるのは太平洋戦争が始まってからなのだ。当時の水測兵器のなかでの、アクティブ・ソナーの比重がわかるではないか。

ところで、爆雷投射のことだが……。

昭和初期の対潜攻撃法は、よその海軍もそうであったが「水測投射」ではなく「見張投射」だった。目視で敵を発見したら、水中聴音機とか探信儀は使わずに水測ならぬ〝推測〟で、潜っている潜水艦の位置を推し測り、爆雷攻撃を行なう方法だ。

表７　「水雷術水中測的練習生」の教科目（普通科、高等科）

（S14.10.11）

《共通教科》

科目			項目
本科	水中測的	兵器学	水中測的理論　水中測的兵器
本科	水中測的	操法	水中測的兵器操法
本科	水中測的	水中測的法	水中測的法　水中測的実習
本科	電機術及び工術		電気　磁気　水雷関係電気兵器大要 金属工業及び電機工業大要
本科	防備兵器		機雷兵器　掃海兵器　防潜網兵器　爆雷兵器　爆破兵器大要
補科	武技		銃剣術　剣道　柔道　遊泳術
補科	体操　体技		
補科	潜水艦及び航空機		潜水艦及び航空機大要
補科	運用術 信号術 衛生学		運用応急一般　短艇操縦法 手旗信号法 救急法

《高、普別教科》

科目		項目	
		普通科練習生	高等科練習生
本科	魚雷	魚雷大要	
本科	要務		掌水雷要務　教授法大要
本科	普通学	代数初歩	代数　三角　幾何初歩

昭和三、四年ころまで、対潜艦艇の〝投射運動法〟はまさに手探りであった。しかし、関係者はこんなことではイケナイと考えていたのであろう、「誤差を加味し投射針路を示す形式はもっとも実際に近き攻撃法にして、実施もまた困難ならず。おおむねこれを基準として訓練するを可とするがごとし」（『海軍水雷史』同刊行会）と、潜在面に対する公算射法の思想へと移っていった。

いくつかの公算投射法が考えられた。敵潜の逃走針路、速力を予想し、攻撃艦の速力から割り出した、双方がブッカリあうであろう地点に向かう「出会法」、敵の速力は判定できるが針路がまったく不明な場合には渦巻きを描くように絞り込んでいく「渦状法」等、いくつかの攻撃法が案出され、昭和六年一二月制定の「爆雷投射教範」に示されたようである（同前）。

対する「水測投射」とは、水中測的をフルに活用して爆雷攻撃を行なう方法だ。

昭和八年には全没潜水艦を目標として、聴音機利用の対潜攻撃の研究が行なわれている。そして翌九年、九三式探信儀を装備した第一号駆潜艇が就役するにいたって、水測投射は本格的になり大きな進歩を遂げた。探信儀による投射法は単艦の場合、二隻以上の協同、あるいは陸上防備衛所と協同の場合等について研究演練され、まもなく防備部隊では一応の標準的方式が作成された。

大正一四年に艦隊駆逐艦に爆雷が初装備されたが、のちの一号駆潜艇の三六個に比べてその数はきわめて少なかった（十数個？　詳細数不明）。駆逐艦はネズミを捕らえる猫にたとえられる。なのにこんなアンバイだ。どうも艦隊には、それほど対潜戦への熱意がなかったことがうかがえる。

これにひきかえ、鎮守府所属防備部隊の対潜攻撃法、爆雷投射法についての術力は、艦隊駆逐艦とは対照的に、地味ながらも着実な進歩の道を歩んでいった。防備部隊では見張投射から水測投射への移行がスムーズに、かつ比較的早い時期に行なわれているのだ。

とはいえ、艦艇に探信儀が装備されるようになっても、しばらくは対潜水中捜索の主兵器は聴音機と考えられた。が、なにぶん聴音のみで目標をピンポイントすることは性能上不可能に近いし、攻撃運動も思うようにできない。聴知中の目標を探信儀に移し、捉えなおして投射運動に移るというのがオーソドックスな手順であった。

なお一言付け加えておくと、発見敵潜に対する爆雷の投下、投射そのものは、専務要員は居らず〝機雷員の正業〟の一つとして行なわれたのである。

対馬海峡は確実に防衛

昭和一ケタ台後半になると、世の中が俄然、騒がしくなってきた。巷《ちまた》は不景気、浜口首相が暗殺される、満州事変、上海事変が勃発する、五・一五事件が起きた。そして後半、昭和八年には日本は、国際連盟から飛び出してしまうのだ。ようやく〝非常時〟という言葉が声高に叫ばれるようになった。

昭和一一年、「国防方針」や「所要兵力量」「用兵綱領」に三度目の見直しがなされた。いや、見直さざるをえなくなったといったほうがよいか。五月一日、昭和天皇よりそれにたいし〝裁可〟下る。

このとき、伏見宮軍令部総長は天皇への説明のなかで、改定する「所要兵力」は三種類に区分するとし、防備用兵力である「第二区分」についてはつぎのように〝言上〟していた。

「主トシテ内地防御作戦ニ任ズベキ内戦部隊デ、ソノ所要兵力ハ航空機オヨビ艦齢超過艦ヲモッテアテマスホカ、所要ノ艦艇ヲ新造充実イタシマス」と。

かつ、同時に改定された「用兵綱領」では、総論として「……陸海軍協同シテ先制ノ利ヲ占メ、攻勢ヲ取リ、速戦即決ヲ図ルヲ以テ本領トス……前記作戦ノ本領ニ背馳《はいち》セザル範囲ニオイテ防衛ヲ実施ス。対馬海峡ノ海上交通線ハ陸海軍協同シテ常ニ確実ニコレヲ防衛ス」と定めたのであった（防研戦史『大本営海軍部・聯合艦隊①』）。

国家としての大方針では、従来の既定事項をほぼ再確認しているかのように、一見みえた。しかし、細部に入るとそうではなかった。ことに、海軍作戦では変化させざるをえなかったのである。

従来わが海軍は、対米国戦の場合、主力艦同士の艦隊決戦に勝利さえすれば、相手を完全に屈服させることはできないにしても、有利な条件で終戦に持ち込みうると希望的に考えていた。だが、いま書いたように満州事変以来、日本は国際的に一人ボッチになってしまった。海外諸国からの風あたりはきわめて強い。

かつてはアメリカ海軍だけを考えていればよかったが、今後、事が生じたときは悪くすると「露国、米国、支那オヨビ英国ノウチ二国以上ヲ敵トスル場合」（用兵綱領）も考慮しなければならなくなっていた。日本海軍の師・英国海軍とも戦いを交えるかもしれないというのだ。

大正一一年の第二回目国防方針改定のさいも、「之ト同時ニ海外物資ノ輸入ヲ確実ニシテ国民生活ノ安全ヲ保障シ以テ長期ノ戦争ニ堪フルノ覚悟アルヲ要ス」と注意喚起がなされていた。が、今回は「尚将来ノ戦争ハ長期ニ亙《わた》ル虞《おそれ》大ナルモノアルヲ以テ之ニ堪フルノ覚悟ト準備トヲ必要トス」と、より強い筆勢で〝注意〟を書き込まなければならない情勢に立ち至っていたのである（同前戦史）。まさに『非常時』到来であった。

ではあったが、昭和一一年度の「帝国海軍作戦計画書」では、なお対米一国作戦を基本としていた。日本本土と領地付近海面の海上交通の保護は、各鎮守府、各要港部（のちの警備府）部隊が分担し、第四艦隊もこれにあたる。必要によっては、連合艦隊など外戦部隊の一部がこれに協力する。そのほか、領土付近海面以外の海上交通線の保護は、作戦担当部が適宜部隊に指示して実施する、と規定したようである（同前）。

第四艦隊とは、対米作戦のさい南洋群島方面に展開し、グアム島攻略のほかは防御を主に予定された部隊で、昭和一一年当時は、まだペーパー・プランのみで実在していなかった。

海上交通保護に目が向いた？

こうして、昭和一一年度の防備一般に関しては、「本邦太平洋沿岸オヨビ付近海面ヲ特ニ厳重ニ防御警戒シ、且オホツク海、日本海、黄海、オヨビ東海ヲ安全ナラシメ、瀬戸内ヲ確保ス」と定めたのであった。さらに、海上交通線の保護については「オホツク海、日本海、黄海、東海（東シナ海）オヨビ本邦太平洋沿岸ノ海上交通線ハコレヲ確保ス。支那海オヨビ南洋群島方面ノ海上交通線ハ情況許ス限リコレヲ確保スルニ努ム」と規定している（同前）。

首脳部も、日本をめぐる世界情勢の変化とともに、決戦一本槍・攻撃一辺倒だけでなく、受動的な防備の重要性にも目覚めてきたかに見えた。

昭和一一年六月に、「帝国国防方針」「用兵綱領」等が改定されたのは、また、翌年から入る無条約時代に備えるためでもあった。所要兵力量としては、主力艦一二隻、空母一〇隻保有その他が決定され、軍備計画上あらたな転機を迎えた。

これによって昭和一二年度の第三次補充計画、いわゆる「③計画」の実行に着手したのだ。巨大戦艦「大和」「武蔵」が、このプランで着工されたのはもう有名な話だが、そのなかに、海防艦(占守型、八六〇トン、一二センチ砲三門、爆雷投射機一基、速力二〇ノット)という軍艦四隻が入って議会を通過し、ようやく建造が実現する運びになったのは注目すべき事柄であった。

それまでの海防艦は、明治時代の戦艦や巡洋艦を流用した、沿岸防御用の〝浮き砲台〟みたいなオンボロ艦だった。だが、新建造の海防艦は、北洋漁業の警備を第一の目的としたフネで、同時に、戦時になったら多数必要となるだろう〝海上交通保護用護衛艦〟急造の試作品ともいえる面を持っていたともいわれている。

第一章にチョット書いたところだが、一九二〇年代のこと、「オーバーシーズ・キャンペイン」という米国の「対日渡洋作戦」機密文書がわが手中に落ちた。それには「敵に戦闘を強いて海上権を奪い、自ら海上権を行使しなければならぬ」、そして「国民の生存と繁栄とが海外貿易に依存する国に対しては、その海上交通を途絶させることによって決勝を求めるであろう」と書かれていたという。さらに「日本艦隊を個々に撃破し、ついには主力の決戦を強要する。日本側が決戦を避けたなら、経済封鎖によって日本を窒息させる」(実松譲『海軍大学教育』、高木惣吉『私観太平洋戦争』)とも。

読んだ日本海軍は「やぁ、アメリカ海軍も〝まず渡洋、進攻、決戦〟を企図しているのか」と、そこだけに気をとられ、まっしぐらに大艦巨砲の艦隊オンリーで猛進してしまったのだ。ときは第一次大戦のすぐ後である。

だから、大戦での教訓もジュットランド海戦の経過には、オフィサーたちはみんな目を食い入らせた。しかし、〝二特〟がやってきたような海上交通線の保護にはほとんど関心が向かなかった。

樹上に実るたわわの熟柿は何も一つ一つもがなくとも、大枝をドサッと揺すればいっぺんに手に入る。すなわち艦隊決戦に勝ちさえすればすべては一挙解決……という考え方だった。しかしそれは、潜水艦なぞ、飛行機なんぞなかった時代、いやあっても、艦隊の王者・戦艦の眼から見れば吹けば飛ぶような微々たる存在に過ぎなかった、「制海上権」＝「制海権」が通用する旧時代の思想であったのだが。

宇垣海大教官、通商保護を軽視

海上護衛を担当する中央機関は、艦隊作戦と同様、軍令部である。時代によって変わったが、第一課、第二課あるいは第三課で扱ってきた。が、「通商保護計画」のメニューをはじめて第二課のお品書きにのせたのは、じつに〝非常時〟の声が高まろうとする昭和七年一〇月だったのだ（『海軍制度沿革・巻二』）。しかも、そのための専務担当者はいなかった。

皇族が軍令部に勤務するとき、その御付武官が兼務という形で仕事をしていたに過ぎなかった。彼は手の空いたとき、『戦時通商保護計画要領』という薄っぺらな赤本（機密文書）をつくり、鎮守府や要港部などに配布して事たれりとしていたのである。軍令部に勤務する皇族がなく、御付武官も空席のときは、この赤本の作成はほかの軍令部部員の片手間の内職になっていたのであった（実松譲『海軍大学教育』）。これが当時の、軍令部の海上交通保護に関する実情であり、海軍大学校の教育もその埒外《らちがい》ではなかった。

昭和一一年ころの話だが、海大で行なわれた「対A国作戦用兵ニ関スル研究」のなかで、〝〈A海軍ノ戦略思想〉ハ、ワガ近海ニオイテ潜水艦戦ヲ企図ス〟と予想されていたそうだ。A国とはむろん米国である。

同年の大演習のとき、朝鮮南岸と九州北岸のあいだで、ようやく注目されだした通商保護演習が実施された。海大も参加した。日本海軍はじめてのことなので参考とすべき資料は皆無、あるものは例の赤本だけである。参加した教官も学生もみんなシロートばかり、万事がないナイずくめであった。

少佐で甲種学生だった実松譲氏（のち大佐）は、そのときに味わった痛憤の思いを前掲書にさらけだしている。

実松学生と相棒の鈴木剛敏学生は、臨時に鎮海要港部に配属された。二人は無から有を生み出す開拓者精神をもって、事前勉強に精進したという。通商保護の具体的方法について一案をつくり、実行に移った。

演習がおわり、学生たちは学校にもどる。戦略教官宇垣纒《まとめ》大佐（のちの連合艦隊参謀長・中将）の主宰で研究会が開かれた。実松の報告の番になった。彼は要港部で苦労した海上交通保護について報告する。が、シャベリ始めて間もなく、にわかに宇垣教官は実松の発言を遮った。

「あぁ、通商保護については、もうその辺でよろしい。つぎは〇〇少佐、艦隊決戦について報告せよ」

なんたる仕打ちか、実松サンはアタマにきたそうだ。はじめての通商保護演習なのだから、なおのこと最後まで発言させ、海上交通線の安全について研究する機会を学生に持たせるべきじゃないか、と。

そのころ一般に、わが海軍士官のあいだでは、米海軍の弱点の一つは潜水艦にあると考えられていた。「米潜水艦なんぞ、たかが知れている」とである。だからの、発言ストップだったろう。宇垣大佐は自他ともに認める作戦のエリート。その彼にして、頭をもたげだしたばかりの海上護衛についてはこの程度の低い関心、認識であった。

防備部隊、水測に自信を持つ

それはそれとして、駆潜艇の建造は、昭和一二年度に「四号」から「一二号」まで九隻が計画され、工事は進捗していった。その建艦に同調するかのように、海上現場での対潜戦闘術力の練磨も着々と進んでいった。

このころになると、どこの防備部隊も水測兵器、とりわけ後発の探信儀の用法に自信を持ち始めた。一二年度の戦技に参加した呉防備戦隊の第一掃海隊は、終了後、「九三式探信儀は、探知せば捕捉追尾確実なるをもって、単艦攻撃にて十分効果を期待し得べく、あえて公算的攻撃法による連合攻撃を行う必要なしと思料す」との所見を提出する（『海軍水雷史』同刊行会）。

さらにつづけて、「……（探信については）認識を新たにし大いに研究の価値ありと信ずるとともに、探信儀員にたいする実艦的（実潜水艦を標的にすること）をもってする訓練の実施を切望する」との重要、積極的な意見も進達したのであった。

「探信儀による対潜攻撃の要訣は、最近の距離まで保続探知するにあり……」。これは、昭和一二年度戦技に対する水雷学校の所見だが、こうして、対潜爆雷攻撃は、敵潜望鏡発見もしくは敵潜水測探知、即増速、転舵向首、近迫、投射という一連の敏速な対応こそ唯一勝利の道とし、わが海軍「対潜戦法」に強い指針を打ち出したのである。

しかしながら、これはあくまでも、鎮守府や要港部の防備部隊でのこと。連合艦隊（GF）では、対潜に関しては相変わらずあまり熱心ではなかった。というのは、GF所属水雷戦隊のもっとも重要な訓練項目は魚雷戦であるとされていた。であれば、高速編隊運動、突撃訓練がかれらの身上である。

いかに対潜問題が重要で、水中測的兵器が装備されるようになっても、低速時においてのみ効果を期待でき、しかもその能力が不安定だとなると、対主力艦決戦訓練のみを専《もっぱ》らとし、精魂をかたむけている艦隊駆逐艦が、身を入れたがらないのも無理はなかった。

駆逐艦出身者の太平洋戦争後の回想の中には、「駆逐艦の低速運動は自滅行為である。低速探信などより、高速で攻撃撹乱戦法をとるべきである」「駆逐艦は潜水艦伏在海面に対しては、高速突破が建前であった」「一〇ノット前後でなければ使えぬような探信儀をあてにするよりも、潜望鏡を発見してただちに増速攻撃すべきである」「高速の対潜攻撃になれている駆逐艦を、低速船団の護衛に使うなどは、当を得たものとはいえない」……。さらには「九三式魚雷搭載の〝第一級艦隊駆逐艦〟を船団護衛などに充当するのは勿体《もったい》ないかぎりで、モッテの外」などのドギツイ所見もみえていたそうである（同前）。かれらの本音がうかがえる。

だが大戦たけなわになると、米潜水艦の対艦船襲撃法はいっそう進歩し、潜望鏡露出回数、露出時間ともに減少していった。そして、しだいに全没襲撃に移行する傾向がみえてきた。それに対処するには、対潜艦艇が水測能力を極度に発揮するとともに、哨戒、探索には航空機の協同を受ける必要が大きくなっていったのである。

お～ッと、これは少々話が先走りすぎたようだ。戦前に戻そう。

予備士官に「充員召集」下令

昭和一二年（一九三七）七月七日、華北・北京にちかい盧溝橋のたもとで銃声一発が響いた。これが引き金となって日華事変が発生する。最初は局地の〝事変〟で短期に終結させるつもりだったが、戦火は止むところを知らず、華中へ、華南へとドンドン拡がっていった。陸軍が主体の戦《いくさ》であったが、となると、海軍も傍観しているわけにはいかなかった。

すでに記したように昭和九年初頭から、商船学校出たての予備士官へ毎年計三、四回ほどに分割して、勤務召集がかけられはじめた。

この教育方式は順調に成果をあげていったが、日華事変勃発のため中止しなければならなくなった。かれらへの召集が、「充員召集」に切り替えられたためである。充員召集とは、戦時や事変などにさいして増勢される軍隊の構成人員をより充実するため、在郷の軍人を召集することをいう。すなわち、戦闘の実務に就かせるのを目的としていた。

目下、乗船中のオフィサー、エンジニアはもちろん、なかには、〝高等商船〟の卒業証書と一緒に赤紙――「充員召集令状」を手渡されて応召する〝生まれたて〟予備士官もあった。こういう新卒のかれらには、海軍は、いきなり戦地へ送り出すような対応はせず、戦艦や巡洋艦などの大艦にまず乗せて初級士官教育を行なった。〝充員〟と名をかえた勤務召集であったろう。

数ヵ月の大艦勤務がすむと、中国大陸沿岸や揚子江の戦線へ出征していった。特設水上機母艦、特設砲艦あるいは掃海艇とか敷設艇などへ。それは、兵学校や機関学校を卒業した正規の青年現役士官は通常勤務しないフネが多かった。まさに戦列増勢の隙間をうめるための充員である。

充員召集の範囲は、さらに予備中尉級はもちろん、四〇歳近い予備大尉クラスにまで広がっていった。商船で二等運転士（のちの二等航海士）とか一等運転士（のちの一等航海士）、一等機関士などを務めていたかれらは、ただちにこういった特設艦船や小型艦艇へ乗り組む例が多かった。

特設艦船というのは、平時から海軍の艦籍を持つ正規の艦艇ではない。戦争や事変が起きたとき、民間の貨物船、客船などを徴用してグンカンらしい艤装やら兵装を施し、海軍固有の艦船だけでは回《めぐ》らしきれない戦線の間隙とか、後方の空所を埋めて行動させるフネだった。種類は多い。特設巡洋艦、特設航空母艦、特設砲艦、特設駆潜艇、特設掃海艇……。船そのものとしては、商船出身予備士官には日頃なじみのある扱いやすいシップであった。応召して航海士の職についたかれらの、六分儀をあつかう天測技術や航路計画作業は兵学校出の青年士官よりはるかにうまかった。また、航海長や運用長になった古参予備士官たちは、艦の入出港時にはブイ取りや横付けにあざやかな腕前を見せたものだった。

しかし、商船は安全第一、軍艦は戦闘第一である。平時の商船は単船で動くが、軍艦は編隊で行動するのが原則だ。最初かれらは、発光や旗旒、手旗による艦相互の信号にとまどい、暗夜、無灯で出港したり入港したりの大胆、奔放な操艦にはずいぶん面食らったようだ。だが、それも、たちまちのうちに上手になっていった。

機関科も同様だ。ボイラー、エンジンに商船と軍艦とで本質的なちがいはない。ディーゼル機関の取り扱いでは、むしろ商船士官のほうが手慣れているくらいであった。

日華事変に召集をうけた商船出の予備士官が、どんな特設艦船や小艦艇に乗り組んだのか、具体的な例をいくつか見てみよう。表8に掲げた。

F氏が勤務召集がわりに乗せられた戦艦「霧島」は別として、みな見事なばかりに艦隊決戦とは縁のないフネばかりだ。けれど、こういう第二線級と考えられた艦艇が、日華事変では第一線に出て戦ったのだ。ただ、相手は中国軍、むろん〝対潜戦〟はない。

そして、商船学校だけでなく、昭和一二年四月からは水産講習所（現・東京海洋大学）遠洋漁業科の生徒も入学の日から「海軍予備生徒」に任命されることになり、それ以前の入学生でも志願者は、卒業後、予備士官に採用されるようになった。

将来は捕鯨船で南氷洋へ鯨取りに行くことを望んだであろう〝漁船乗り〟も、海軍軍人になったわけだ。かれらへの召集もどしどしかけられていく。

こうして、マーチャントシップ出身の士官を戦線に組みいれる充員召集は、昭和一五年ころからとみに強化されだした。しかし、それから幾ばくもたたないうちに、かれらが海上護衛戦、対潜戦闘の主役になる運命が待ち構えていようとは、どの程度予測されていたであろう。

それにしても、日華事変に多くの予備士官が召集されたことによって、かれら自身も〝海

表8　商船系予備士官の勤務の一例

	学校	卒業	勤務召集	充員召集
A氏	東京	T10.12	なし	S15.11 召集時大尉 「小牧丸」航海長→「長田丸」砲艦長→敷設艦「常磐」航海長→「対馬」海防艦長→第48掃海隊司令 終戦時中佐
B氏	東京	S3.5	なし	S16.8 召集時大尉 「白海丸」航海長→「長白山丸」砲艦長→「第97号」海防艦長 終戦時少佐
C氏	東京	S8.7	なし	S16.9 召集時中尉 「第6京丸」駆潜艇長→「第50号」駆潜艇長 終戦時大尉
D氏	東京	S8.12	S9.1～S9.7 「高雄」乗組	S16.2 召集時中尉 水雷艇「雁」乗組→「第14号」駆潜艇長→「第81号」海防艦長 終戦時少佐
E氏	神戸	S10.5	なし	S16.8 召集時中尉 「第23朝日丸」掃海艇長→「第154号」海防艦長 終戦時大尉
F氏	神戸	S13.6	なし	S13.6 召集時少尉 戦艦「霧島」乗組→敷設艇「猿島」乗組→特設掃海艇「小鷹」乗組 S15.1 召集解除 S15.11 再召集時中尉 測量艦「駒橋」乗組→駆逐艦「高波」航海長→特設輸送艦「日海丸」航海長→「第10警備隊」分隊長 終戦時大尉

軍慣れ〟し、また海軍も予備士官の実態、能力を知るよすがが得られたのではなかろうか。

水測兵器強化の要望強まる

いっぽう連合艦隊においては、対中国との事変下でありながら、高まる太平洋の荒波にそなえ〝月月火水木金金〟の掛け声のもと、寧日《ねいじつ》ない艦隊決戦の訓練に一意専心であった。ではあったが、対潜兵器の改善とその関係人員の増強を望む声も急速に強まりつつあった。

昭和一三年、連合艦隊司令長官は対潜戦備の推進について意見具申を行なっているが、そのなかで水測兵器を取り上げ、

「帝国海軍における水中測的兵器装備の現状ならびに人員はきわめて貧弱にして、作戦要求に及ばざることはなはだ遠く、なかんずく、水中艦艇における水中測的機関の欠如は帝国艦隊兵力の一大欠点なり。これがため、関係諸制度の改正、兵器の改善、装備の充実、ならびに教育制度の改善等の研究実行を目的とする調査会を組織する等の緊急処置を講じ本問題の解決を図る要ありと認む」(『海軍水雷史』同刊行会)と強調していた。

それまでの過去を振り返ってみると、いささか「?」と思わないでもないが、時勢、風向きも変わったものである。

とりわけ強く指摘されたのは潜水艦についてだが、駆逐艦だって一緒だ。魚雷襲撃戦の訓練に血道《ちみち》を上げている水雷戦隊にとって、対潜戦なぞ本質的に肌にあわないのだが、上層部ではこういう認識を持ちはじめてきたのだ。

GF司令部からの意見進達があってまもなくの昭和一四、一五年ころから、艦隊駆逐艦に逐次、水中探信儀が装備され出した。その教育、訓練に水雷学校も教官、教員を出張させて協力する。しかし、水測兵器装備艦艇が増え、その行動海域が拡大するにつれ、逆に水中測的能力の不安定をケナス声がしだいに大きくなっていった。

一五年ころの実施部隊の意見として、「現用水測兵器は用兵上の要求を満足せず。列国に比し甚《はなは》だしく立ち遅れあるは、わが海軍の一大欠陥にして、これが進歩発達を図るは目下の

急務なり」とか、はるか高所から指揮をとる司令部側からも、「艦隊長官として出撃の場合、潜水艦攻防に関し自信なし」という所見までもが見え出したのだという（同前）。

かつての自分たちの不熱心を棚に上げ、こんな意見が現われてきた理由については、訓練経験の積み重ねによって内部から吹き出てきた不満だけでなく、遠くヨーロッパのほうから聞こえてくる外部因子の影響もあったのではなかろうか。

前年昭和一四年秋から始まった第二次欧州戦争の、潜水艦戦、対潜戦の様相は逐一、わが海軍首脳部、艦隊指揮官の耳にも届いていたはずだ。一五年春には国内一般にすら、その一月時分までの戦闘実態が報道されていた。阿部信夫海軍中佐の著した『第二次欧州戦争と潜水艦戦』は発売そうそう売れに売れ、増刷が相ついだという。

同書によると、ドイツ潜水艦は、開戦するやたちまちのうちに英空母「カレージアス」を、ついで戦艦「ロイアル・オーク」を撃沈した。

これはまったく驚きの事件であった。そして、水中聴音による潜水艦の〝全没発射〟は以前より考えられていたところであったが、どうもドイツ海軍ではそれを実戦使用しているようだ、と記されているのだ。

だが、他方、英海軍は対潜戦闘、海上護衛については一次大戦以来相当の自信をもっており、開戦前の一九三八年（昭和一三年）三月、下院においてつぎのように説明したとされている。

「今日は対潜兵器が完備しており、必要な人員、施設も整い海上交通はますます安全確実となっている。これは過去二ヵ年にわたる海軍省と船舶会社の協力の結果である。すなわち、一二〇〇〇門の爆雷砲がただちに商船に装備できるよう準備されている。また今年中には、一〇〇〇隻の商船の甲板は補強され、大砲が据えつけられるようになる。

前年度中に約九〇〇〇名の商船士官に主として射撃、護衛法、被護衛法に関する軍事教育をしたが、今年度ではさらに普通船員にたいして教育を行なうはずである。

英国現用の水中探信儀はきわめて優秀で、これによって敵潜水艦は十中八九まで発見され、コンボイ制度の採用と相まって敵潜の脅威を減殺しうるにいたった」(前掲書)

自信たっぷりの豪語だが、開戦後の一九三九年一二月六日、英海相チャーチルは下院において「英海軍は〝アスディック〟戦術を採用して顕著なる実績をあげている」と発表した。その戦法内容は「英海軍が、厳秘に付しているものである」と勿体《もったい》をつけているが、いうまでもなく、米海軍でいう〝アクティブ・ソナー〟だ。

それにしても、戦艦、空母がアッサリ潜水艦にひねられる。「これは油断できず」とわが実施部隊もビックリし、前述のような意見上申になったのでは……。

なお、開戦前の下院説明で今ひとつ目を引く発言は、商船士官、普通船員たちに対する〝海上護衛戦教育〟であろう。前大戦で飲んだ苦汁がもたらした被害予防策であった。しかしこの点について、わが海軍には特段の反応はなかったようだ。

欧州戦争の推移看過できず

二次欧州戦争が起きて、まだ三、四ヵ月しかたたない昭和一五年春のこのころ、前記阿部中佐はすでに戦争の推移をつぎのように予測していた。海兵四二期、水雷屋で潜水艦勤務が多かったが、数年前に予備役に入ったOBであった。

今次戦争の帰趨は、海上作戦の成敗に大きいウェイトがかかっている。といっても英独海軍主力部隊のバランスを考えれば、乾坤一擲の大海戦の起こりようはなく、勢い長期戦とならざるを得まい。したがって、華々しい純軍事的戦闘のかわりに全面的の国力戦、惨憺たる経済戦が、海上戦の勝敗に関連して展開されるであろう。

英国の対独封鎖作戦は、長期戦となったとき、漸次その効力を発揮するのではなかろうか。

これに対しドイツ海軍のとる手段は、奇兵作戦をもって封鎖を突破し、英国海軍の虎の子である新鋭戦艦を個々に分撃していく。同時に英国の生命線である海上交通路を攻撃し、通商破壊によって、英国を屈服させようという作戦に出るであろう。

その後の戦争はかなりの部分、この阿部推測のスジミチをたどっていった。

ところで、ここで書くのも如何《いか》にもいまさら――の感があるが、近代の海軍戦闘では潜水艦の出現によって、水上艦艇は水中からも油断のならない、脅威ある攻撃を受けることになった。

しかも、潜水艦は飛行機と異なり、なんらの支援部隊がなくても単独で遠大距離の海洋に進出し、長期間の行動に堪えうる強靭さを持っている。かつその不気味きわまる隠密性により、水上艦船は時と所とを問わず、絶えず安全感を脅かされることを免《まぬか》れないのだ。どんなに水上艦艇の砲力が勝り、上空を覆う航空兵力が優越していても、敵潜水艦を撃滅もしくは封鎖してしまわない限り、厳密には完全な〈制海権〉を確保することは不可能なヤッカイな時代になったといえる。

すなわち、飛行機と潜水艦の発達による海上作戦の立体化によって、いわゆる制海権なるものは、従来のように平面的にのみ考えることは許されなくなった。立体的に考えなければならないことになった。

「制海上権＋制海中権」を得て、はじめて「制海権」を獲得したと言えるのである。

日華事変の不終息はアッチコッチに差しさわりを生じ、わが海軍の「年度作戦計画」にも影響を及ぼした。

昭和一三年度までの計画では、〝海上交通保護〟全般については、従来どおりであった。また、対中国との作戦中米国と開戦した場合の「南シナ海オヨビ南洋群島方面ノ海上交通ハ情況許ス限リコレヲ確保スルニ努ム」……と、ここも変わりはない。

だが、一四年度になると前年度には見られなかったことが新たに書き込まれている。総論に変化はないのだが、対中国作戦中、英国と開戦になったときは「日本海、黄海、東海（東シナ海）、南シナ海オヨビ南洋群島方面ノ海上交通ヲ確保ス」となった。〝情況許す限り……務める〟なんぞではない。なにが何でも遮二無二《しやにむに》〝確保〟と改まったのである。

米国と英国の結びつき、両国の切っても切れない間柄を考えるとき、わが国は容易ならぬ事態を想定しなければならなくなったと言えるだろう。それに対する海上交通保護の準備、態勢は出来上がったのか。紙の上に計画のペンを走らせるのは簡単だが。

海運統制——臨戦体制成る？

昭和一四年度、日本が持っていた船舶は五月一日現在でおよそ五〇〇万総トンだったが、日華事変のため陸軍が約八〇万総トン、海軍が約一七万総トンを徴用していた。かねがね軍令部は、いざ対米戦争というような場合、保有船舶の半数以上を海軍に徴用し、全態勢を「戦時編制」に移行したうえ敵主力と一大決戦を交え、〝短期間〟で戦争の決着をつけようと願い、そうなることを期待していた。したがって、民間海上輸送の保護などはほとんど顧慮していなかった。〝二兎を追うものは一兎を得ず〟の心構えであったか。

しかし、事変下、国内外の情勢を見るにつけ聞くにつけ、「これは、一朝事あったさいは、長期戦を覚悟しなければならないぞ」と、考え直さなければならなくなっていた。やむなく昭和一五年度作戦計画では、対米戦について〝敵艦隊ニシテ持久ヲ策スル場合ノ、ワレノトルベキ作戦方針ヲ加ウ〟と、今までのスジガキを多少改めることにしたのだ。

長期戦は避けたいのだが、敵艦隊の主力が米本土またはハワイ方面に居すわって持久戦に出てきたならば、敵の周辺勢力をジリジリ減殺したり、海上交通線を破壊するなどによって主力の渡洋来航をアブリ出スように強要する。とともに、西太平洋の制海権、制空権をガッチリ確保してわが方の戦略態勢をいっそう強化しよう、とである。

昭和一五年九月、政府は「海運統制国策要綱」を閣議で決定した。「最近ニオケル内外情勢ノ急激ナル変転ニカンガミ、高度国防国家建設ノ要キワメテ緊切ナルモノアルニツキ、海運ノ統制ヲ更ニ強化シ、企業組織ノ合理化ヲ促ストトモニ、船腹ノ徹底セル拡充計画ヲ実施シ、モッテ強力ナル国家管理態勢ヲ確立スル」ことが、この要綱の目的であった。

方針として、各航路への配船の管理決定は政府が行なう、運賃等も公定にする、その実施のため政府の指導監督機構を拡充整備する、政府の指令によって海上輸送を共同引き受けする、海運中央統制組合を結成する、などなどのことが決定された。

要綱に示された政府機構整備の具体策として、「海務院」の設立が計画された。昭和一六年（一九四一）一月から準備が始まり、開戦直後の同年一二月二九日に発足を見た。海務院は海運関係統制の、国としての中央機関だ。逓信省の外局とし、長官には海軍省から次長には逓信省から出るほか、その他の主要幹部は逓・海一応折半の形となった。

海上運輸の臨戦体制成る！　と言いたかったが、さてそういう海運を護る側、すなわち日本海軍の防備関係、海上交通保護に関わる次元の高い施策は、事変二年目、三年目の昭和一三年、一四年になっても、一向に進んでいなかった。これまで書いてきたとおりだ。

前まえからこのことをひそかに案じていた海軍省、軍令部の心ある関係者たちは立ち上がった。昭和一五年に入り、海運統制国策要綱決定と同調するように、海軍次官を委員長とする「防備関係調査委員会」設立の運びとなったのである。

委員会の任務は、まずディフェンス関係制度、機構、艦船、航空機、要員教育訓練等の全般について、具体策を研究答申することであった。委員は海軍省、軍令部、航空本部、艦政本部等の局員、部員によって構成された。大臣に答申がなされたのは昭和一六年九月になってからだったが、その結果つぎのような事項が逐次実現していったのだ。

○　軍令部に防備担当課を開設する

○　軍務局に防備、防空担当局員を配員する

○　対潜術科研究、教育の「機雷学校」を設立する

○　各鎮守府、各艦隊等に防備関係を専門に担当する職員を配置する

このうち、機雷学校だけは早手回しというか正式答申がなされる前に開設された。

だが、「戦時作戦計画」においては、昭和一五年に書かれた昭和一六年度の計画でさえ、なお方針の主体・主柱は、従来どおり「艦隊決戦」主義、「速戦即決」主義であった。これは断固として変えていない。対米国戦第一を念頭におく限り、当然のことではあったが。

ただ外洋輸送における対潜作戦は、連合艦隊等の外戦用兵力が実施することになっていた。といってもそれは、軍民の物資、人員など一般輸送保護のためではなく、洋上作戦、軍隊輸送にともなう船団の直衛とか間接護衛に関してであった。

本土の港湾付近や沿岸での防御対潜作戦は、鎮守府部隊、警備府部隊など内戦部隊に属する防備隊等が実施する建前だったのだ。対潜航空作戦も、外洋におけるものは連合艦隊の兵力によるが、本土沿岸、港湾近辺では内戦部隊の航空兵力が実施、と定められていた。

〝機雷学校〟設立

防備委員会の関わった施策で最大なものの一つは、「機雷学校」開校であった。

昭和九年に防備戦隊が設立されたころから、防備関係の人材・要員養成強化の気運は高まっており、「そのためには、独立した学校を創るべきだ」との意見が、本省、軍令部等の関係者のあいだに起こっていた。

その後、対潜艦艇の建造や水中聴音機、探信儀装備の隊や艦の増加などによって、水測関係員は急増し、その教育問題が大きく取り上げられるようになっていった。

昭和一〇年には水雷学校に、水中測的兵器を専攻する学生制度が初めて誕生した。すでに水校高等科学生を修了した士官のなかから指名して、水測の専攻科学生を命じたのである。昭和一三年には、特務士官准士官から、水測兵器取り扱い実務の専門指導者養成を目的とした特修科学生も採用しているのだ。

こうした背景のもとに、防備委員会が発足したのである。学校設立の気運は加速された。結果、正式答申が出ないうちに開校になったのだが、昭和一六年四月、「海軍機雷学校」の名においての店開きであった。久里浜に設立した主な理由は、機雷術、掃海術教科のためではなく、水中測的関係の研究とその教育上の要求にあったようである。東京湾口なら、「軍艦も商船も多種多様のフネがたくさん通って都合が良い。

当初、学校の名称が問題になった。設立推進者たちの推す《お》「対潜学校」とか「防備学校」

という案は認められず、つまるところ機雷学校と定められた。「〃防備〃とか〃対潜〃とかは戦略、戦術の分野名称であって、術科学校の名前としては不適当だ、オコガマシイ」というのが理由であったそうだ。何ともつまらない、論争であった。

そもそも、学校を創ることにすら反対論があったらしい。

水雷学校から「分立せしむるの要なし」――防御をことさら重視する風をはびこらせ、わが海軍の伝統である攻撃精神を鈍らす恐れがある。「防備」という語のあたえる名称も適当でなく、面白くない。機雷もやり方によっては攻撃的に使用できる。だから、どうしても分離、独立というのであれば、たとえば「機雷対潜学校」というような別名称を研究する必要があるのではないか、などと。

一方、設立賛成者の意見はこうであった。

現在の防備関係教育は、機雷のほかに水中測的、爆雷投射など、かなり複雑多岐にわたらなければならない。かつ、戦時においては海上交通保護の事項までも包含し、昔のような機雷敷設、掃海だけの時代とは大いに様相が異なっている。最初から〃防備〃の専門術科学校たる意識を強化しなければ、十分な発達は期待し得ない。反対論は要するに防備の重要性について認識が不足しているのである……。

が、最終的には、軍務局の「今後、防備関係の整備独立を大いに期待せざるべからず。分離独立せしむるを可とす」との判断、決定で設立となったのであった（海軍省資料『「海軍防備学校」の必要性に関する所見』御茶の水書房）。

〝機雷校〟新設を機に、当然であったろうが、機雷、掃海、水中測的の術科は水雷術から分離・独立して「機雷術」と称されることになった。そして、本校の練習生課程を卒業した下士官兵は、「掌機雷兵」というマーク持ちになったのである。

昭和一四年度の「④計画」では、駆潜艇四隻の建造が認められた。

このとき議会にたいする海軍からの説明は、潜水艦のいちじるしい進歩により、近代の海軍戦闘においては、艦隊の泊地や重要港湾は、開戦直前より厳重な対潜警戒を行なわなければ、由々しい大損害をこうむることは明らかである。しかもなお、極東に派遣されているソ連潜水艦勢力が急速に増加しつつあるので、現状ではとくにこの点に注意しなければならない、と強調していた（防研戦史『海軍軍戦備①』）。

そのころ、ソ連はとくに海軍力の充実を痛感し、膨大な予算をもってその建設に邁進しつつあった。とりわけ多数の潜水艦を保有しているのは事実で、正確な数は不明だが一五〇隻は持っているであろうと推測されていた。昭和一五年九月の調べによると、約二二〇隻に達するのではないかとも（『昭和一六年版海軍要覧』海軍有終会）。

駆潜艇は従来型より大きく、航洋性に富む四三八トンの「一三号」型と決定された。既述した海防艦も「占守」型四隻が昭和一三年より起工され、一六年春までに完成するのである。ただし繰り返すが、この時点でのこれら海防艦は海上護衛専用・対潜艦ではなかった。

太平洋上日米間の雲行きはいよいよ怪しくなり、開戦間近の感が強くなってきた。

昭和一六年八月一五日、「出師《すいし》準備第二着作業」が発動された。

〝出師準備〟、一体なんだ、それは？

出師とはずいぶん古臭そうな言葉だが、大昔の中国から伝来した用語で、軍隊を出すということだそうである。そして、わが海軍では、「国軍を平時の態勢より戦時の態勢に移し、かつ戦時中これを活動せしむるに要する準備作業を謂《い》う」と定義していた（『出師準備計画講義摘要』）。この準備作業のうち、第一着作業は「戦時編制」発令までに完了するのをメドとしていたが、第二着作業はその後に実施される準備をさしていた。

この第二着作業うち、戦時計画として開戦決定時に実行を発令されたのが、「㊎計画」だ。戦時計画の中には、海防艦（「択捉」型、八六〇トン）一三隻と海防艦（「御蔵」型、九四〇トン）一七隻が含まれていた。

やっと外洋での海上護衛に用いようと意図された、最初の艦の建造であった。海上交通保護の声に覚めたネボケ眼が、ようやく開きかかってきたという感じであった。しかしながら、これら各艦の完成は開戦翌々年になってからなのである。

〝地方在勤武官〟運航を管理

ところで、日華事変が起きて一年とたたない昭和一三年四月三〇日を発端に、「地方海軍在勤武官府」という機関が内外地数ヵ所に置かれ始めた。字づらだけからは、何をするお役所なのかすぐパッとは分からない。

最初、設置されたのは京城、台北、南洋諸島の三ヵ所であったが、「地方在勤武官」の任務は、「所属長官ノ命ヲ承ケ在勤地方ニ於ケル海軍部外ノ官憲等ト連絡ヲ保持シ警備、通商保護、出師準備、資源調査、軍需品調査、運輸等ニ関スル事項ノ交渉、処理ナラビニ諜報オヨビ防諜事務ニ服スルモノトス……」と定められていた。

まあ、海軍の地方におけるエージェント、といったところであったろうか。ところが、やがて情勢の変化にともない、そのうちの一項〝通商保護〟の重要性が認められるようになると、急に海上護衛機関としての性格が強調され出したのである。

昭和一六年七月二一日、この武官府に勤務する武官たちのための「通商保護ニ関スル服務要領」が発布されたが、一六ヵ条、二二項目からなる詳細かつ具体的内容を示す規定であった。「戦時事変等ニ際シ帝国船舶ヲ保護スルノ要アル場合ハ本要領」に則《のっと》って、としているのだが、その要点のうちいくつかを挙げてみよう。

1 担任港を出入する船舶について、関係各部と密接に連絡して安全と運航の円滑を期する。

2 担任区域に所在する船舶中、護衛隊のついていないフネに関しては、その行動を管制する。船舶の使用航路、航行区域および避難港を決定する。

3 船長以下が商船隊運動や通信規程、戦時船長心得等をよく知っているか否かを確かめ、必要があれば、船舶職員に船舶保護上の講習を行なう。

4　必要に応じ、商船隊を編成する。ただし二四ノット以上の船舶は、単独航行させるのを例とする。

5　関係各部と協議のうえ、保護上必要な船舶の、出港予定時刻を決定する。出港船舶に対し所要の情報、注意を与える。

6　船舶が潜水艦または航空機の襲撃を受けた場合、とるべき処置について、必要な注意を与える。

7　重要海面において敵の通商妨害による危険が大なる場合は、商船隊を編成する。商船隊には船隊長を置き、地方在勤海軍武官または護衛指揮官がこれを命ずる。

などなどであった。すなわち地方在勤武官は、管轄する港湾に出入する船舶の停泊、運航や商船隊の編成等に関して〝管制権〟をもつ重要な機関、とりわけ太平洋戦争開戦後は海上護衛上も欠くことのできないきわめて重要な機関になったのであった。したがって船団出港等のさいは、船長その他フネの主要幹部は武官府に出向き、あるいは出頭を命ぜられて細目の指示を受けるのが通例であった。

かねてより、中央で海上護衛について関係する事務を扱っていたのは、軍令部第一部第二課の、それも国防方針、用兵綱領、作戦計画など立派な所掌業務をとるデスクの、その片隅においてであった。本章《宇垣海大教官、通商保護を軽視》の項に書いたところだが、所掌事項に「通商保護」が入っていたからである。

だが、太平洋戦争突入直前の昭和一六年一一月一七日、第二課内に「防備班」が設置されると、やっと、それまで第一課が扱っていた防備と二課の通商保護と軍機保護に関する事項、内戦作戦に関する業務を合わせ、この班で担当することになった。

とはいえ、海上護衛部隊に必要な兵力量の決定や編制、出師準備など肝心なポイントを取り扱うのは、依然、第一課と第二部・第三課や四課であるといった状態であった。したがって、防備班は通商保護の主務担当部署になったとはいうものの、〝防備・内戦作戦〟に関する事務の一部を扱う微々たる存在にすぎなかった。防備班の仕事は、

1 作戦計画の一部（内戦作戦、防備計画および通商保護計画）
2 戦時編制に関する事項の一部（防備関係）
3 国防上必要なる兵力に関する事項の一部（防備関係）
4 作戦行動を予期する艦船部隊の派遣、任務、行動に関する事項の一部（内戦および防備関係）
5 戒厳ならびに軍機保護に関する事項
6 海戦要務令続編に関する事項
7 防備および通商保護関係教育訓練に関する事項

であった（『内令提要・巻一』、防研戦史『海上護衛戦』）。

そして人事上変わったのは、防備班設立のためであったろう設置寸前の一〇月二〇日、中村健夫中佐（海兵五〇期・水雷）が通商保護の〝専務部員〟として軍令部に配属されたこと

であった。いくらなんでも、皇族の〝御付武官〟に片手間仕事としてやらせておくわけにはいかないと考えられたのだ。

通商保護ということ、海上護衛ということは、それほどまでに顧みられていなかった。これがそのころの日本海軍の実情だったのだ。

とうとう、日本は中国と戦いながら、さらに米国、英国、そしてオランダと四ヵ国を向こうに回して戦争しなければならない、最悪の事態におちいってしまった。

さぁ、どう戦ったらよいのか。

そのための、海軍作戦計画書の正文は残されていないそうだが、天皇への説明案文書が残されていた。防研戦史『帝国海軍年度作戦計画』によって、防備と海上交通保護についてはどのような方針で臨もうとしていたか、概略をたどってみよう。

第一段作戦、すなわち南方攻略作戦が終わったならば、第一、第二艦隊はなるべく早期に内地へ帰り、補給、修理を行なう。第三艦隊は引きつづきフィリピン、蘭印方面の防備に、南遣艦隊はシンガポールおよびスマトラ方面の防備に任ずる。第四、第五艦隊の当面任務は第一段作戦とほぼ同様とする。

長期戦になったら、海上交通線の保護と通商破壊戦が戦闘の主体をなす。内戦部隊のほか、第三艦隊、南遣艦隊および連合艦隊の水雷戦隊の大部をもって、内地沿岸、日本海、黄海、東海（東シナ海）等の海上交通路を確保するほか、南方地域とわが本土との間の海上交通線の確保に任ずる。
また、敵の企図する海上交通破壊戦を困難にするため、敵が潜水艦基地として利用するであろう豪州北部、ニューギニアその他南太平洋諸島にある敵前進基地の破壊に努める。
なお、持久戦となった場合の作戦の見通しはきわめて困難である。しかしながら、年月の経過とともに海上交通保護のために必要な小型艦艇ならびに沿岸哨戒用飛行機等は次第に整備されていく。また、たとい敵が多数の潜水艦を建造しても、日本沿岸や南シナ海方面で使用できる数は、根拠地がいちじるしく遠距離にある関係上、その四分の一にも達しない見込みである。したがって、わが国が自存上必要な海上交通線の保護はおおむね可能……としていたのである。

艦隊決戦に勝ちさえすれば、「日本海、黄海、東海、本土太平洋沿岸オヨビ南シナ海、セレベス海等ノ海上交通ハ之ヲ確保ス。南洋群島方面、フィリピン東方海面ナラビニ『オホツク』海ノ海上交通ハ極力之ヲ確保スルニ努ム」る態勢が安易にとり得る、との考えでわが海軍は太平洋戦争に突入していったようである。

つまりは、南方進攻作戦、つづく次期作戦が順当にいった場合は当然のこと、長期戦になっても、水上艦隊が健在であるかぎり、わが権益保全予想海域での海上交通線の確保は容易だ、ということであろう。また、かりに水上艦隊決戦に齟齬《そご》が生じても、敵潜水艦の活動はかなり限定的であって、味方対潜艦艇の整備進捗と相まち、海上交通線保護はさして心配なし、という予測のようであった。

結果論になるが、ずいぶんと甘い観測、とりわけ米潜水艦戦力については、予測を誤ったと言わざるを得ない。決戦に勝ちさえすれば……の楽観思想に輪がかかってしまった。くり返す。日米戦に関しては、その帰趨は両国海軍の艦隊決戦に左右されるところがはなはだ大なのはモチロンなのだが、その大勝負の脇には気を付けなければいけない深い落とし穴があった。

第三章――海護戦始まる〈太平洋戦争Ⅰ〉

「内戦部隊」――警備とは防備とは

いよいよ始まった。あの当時、〝大東亜戦争〟と呼称した『太平洋戦争』が、である。

わが進撃ぶりは、じつに目をむくほどに素晴らしいものがあった。ハワイ奇襲の大成功に発し、フィリピンの航空撃滅戦、二戦艦を含むイギリス東洋艦隊の撃滅、マニラ占拠、シンガポール占領、蘭印方面への進攻成就。数ヵ月後の昭和一七年（一九四二）三月には極東地域から、敵米・英・蘭のあらかたの勢力を駆逐してしまったのである。

戦局の推移はまるでツンノメルほどに快調だった。米国主力艦隊は真珠湾軍港に腰を抜かし、ウェーキ、グアム両島も落とした。南洋群島南東端の外側にあるマキン、タラワの両島も占領する。制空権、制海権わが手に帰す。

内南洋方面の西太平洋は文字通り日本側から見て、パシフィックな大洋になった。ただし海面上だけであったが……。

開戦にあたって日本海軍は、本土と北洋、朝鮮、台湾の警備、防衛のため「内戦部隊」の編制を発令してあった。〝横須賀鎮守府部隊〟〝佐世保鎮守府部隊〟、あるいは〝大湊警備府部隊〟〝馬公警備府部隊〟などなど。

ならば、連合艦隊、支那方面艦隊の「外戦部隊」の挙げた戦果があまりにも著大だったので、もう内戦部隊は昼寝をしていてもよくなったのか。

いや、そうはいかなかった。

「制海上権」は握ったものの、潜水艦というヤッカイな存在が水面下に残ったのである。

昭和一七年一月、マニラを落とされて以後の米潜水艦部隊は、豪州・フリーマントルの遠方に後退していたが、依然ハワイ軍港もある、ミッドウェーもある。さっそく蠢動《しゅんどう》を開始したのだ。

わが「制海中権」は不完全である。敵潜の戦意は旺盛であった。

開戦直後の昭和一六年一二月、進攻作戦地での話だが、はやくも比島やマレー、ボルネオなど、わが軍の上陸地点に来襲し、船団目がけて魚雷を射ちかけてきたのだ。商船六隻もが沈められ、他に三隻が空襲で撃沈された。

当時、内戦部隊の対潜戦用艦艇には、表9にあげたような正規の〔艦艇〕と〔特設艦艇〕が張りつけられていた。

特設艦艇というのは、戦争や事変などのさい、商船とか漁船を徴用して武装を施し、軍艦

表9　対潜戦用の艦船部隊と特設艦船部隊

(S16.12.10)

区分		艦艇	特設艦艇
横須賀鎮守府部隊	直率	第22号駆潜艇 第23号駆潜艇	
	横須賀防備戦隊		第25掃海隊 第26掃海隊
大湊警備府部隊	直率	石垣、国後、八丈	第27掃海隊
呉鎮守府部隊	呉防備戦隊	第19号駆潜艇 第20号駆潜艇 第21号駆潜艇	第31掃海隊 第33掃海隊
大阪警備府部隊	直率		第32掃海隊
舞鶴鎮守府部隊	舞鶴防備戦隊		第35掃海隊
佐世保鎮守府部隊	佐世保防備戦隊		第42掃海隊 第43掃海隊
	大島根拠地隊		第41掃海隊
鎮海警備府部隊	鎮海防備戦隊		第48掃海隊 第49掃海隊
馬公警備府部隊	直率		第44掃海隊 第45掃海隊 第46掃海隊
旅順警備府部隊	直率		第50掃海隊

旗を掲げて臨時のグンカンとして戦わせる船のことだ。したがって、戦《いくさ》ブネとしての戦力、能力は本来の艦艇より多少（いや、だいぶか？）下がるのはやむを得ないことであった。

一例をあげれば、「第二号朝日丸」という特設掃海艇。元は二八三トンの小型貨物船で、〃海上トラック〃と呼ばれていた代物である。艇首に八センチ砲を一門、機銃一梃を搭載し、さらに爆雷投下台と船底に水中探信儀があった。最高速力は一一ノット。開戦時は第三三掃海隊の一艦で呉鎮部隊の所属であった（表9参照）。

内戦部隊には、これら対潜艦艇以外に、航空隊、通信隊、海兵団、港務部、潜水艦基地隊などがあって、外戦部隊の後ろ支えをし、防備を固めていたのはいうまでもない。

ところで、分かりにくいのは、よく出てくる〝警備〟と〝防備〟の用語の違いだ。ある程度の長さと幅をもつ海面（すなわち沿岸）の哨戒をし、船舶の交通保護にあたり、敵艦船・航空機を発見したならば攻撃するのが警備、いっぽう水道とか湾口といった限定された防御海面で、敵艦船や航空機からの攻撃に対処し、かつ現場の航路指導や海上交通保護に従うのが防備——と説明されることが多い。実際には、その意義に区別の線を明瞭に引くのはどうも難しいのだが。

内戦用艦艇で船団護衛

表9に戻る。のちにコンボイを組んだとき対潜護衛艦艇の主力となる海防艦は、開戦当時、まだたったの四杯しかいない。「占守《しむしゅ》」は外戦部隊の南遣艦隊へ出ていたので、「八丈」と「国後《くなしり》」が津軽方面の防備に、「石垣」が千島方面の防備に当てられた。ただ、北洋警備のためという建造の由来からして三艦は、水上艦に対する海上警戒と海面防備が主務で、対潜に重きを置く海上交通保護は次等、次々等の任務にされていた。
であったから、「占守」型の要目は、八六〇トン、内火機械二基四五〇〇馬力、一九・七ノット、航続力は一六ノットで八〇〇〇浬であった。主任務からいって、当然のように砲力に重点がおかれ、一二センチ砲三門、二五ミリ連装機銃二基、対潜兵装は爆雷一八個を持ち、爆雷投射機は九四式一基、投下台は六基であった。要のはずの水測兵器は当初、設置してい

表10　対潜戦用の艦船部隊と特設艦船部隊（外戦部隊）

（S16.12.10）

区分		艦船部隊	特設艦船部隊
第3艦隊	第1根拠地隊	第21掃海隊 第1駆潜隊 第2駆潜隊	
	第2根拠地隊	第21水雷隊 第11掃海隊 第30掃海隊 第19掃海隊 第21駆潜隊 第31駆潜隊	第53駆潜隊 第54駆潜隊
第4艦隊	第3根拠地隊		第13掃海隊 第55駆潜隊
	第4根拠地隊		第14掃海隊 第56駆潜隊 第57駆潜隊
	第5根拠地隊		第15掃海隊 第59駆潜隊 第60駆潜隊
	第6根拠地隊		第16掃海隊 第62駆潜隊 第63駆潜隊 第64駆潜隊 第65駆潜隊
第5艦隊	第7根拠地隊		第17掃海隊 第66駆潜隊
南遣艦隊	第9根拠地隊	占守 第1掃海隊 第11駆潜隊	第91駆潜隊

なかったようである。

ほかの正規対潜艦艇として、第二二号、第二三号駆潜艇が横鎮部隊に、第一九号、第二〇号、第二一号駆潜艇が呉鎮部隊に配されているが、あとの駆潜艇は全部外戦部隊入りをしていた。これらの乗組員は〝艦隊のお兄さん〟になったわけだが、といって〝決戦艦隊〟に入ったわけではなく、表10に示したように駆潜隊を編成し、南遣艦隊あるいは南西方面の攻略部隊・第三艦隊の一員になったのであった。

駆潜艇は創建の当初、防備隊に付属されて防備隊分隊長以下の隊員が随時乗務し、固有の乗組員というものはなかった。だから定員も定められてはおらず、定数が規定されたのは昭和一五年一一月になってからであった。

したがって、初期には「駆潜隊」なんぞはもちろん編成されず、第一駆潜隊が初編成されたのは昭和一六年三月だったのだ。表11はその一号型「定員」だが、昭和一九年改定時の人数である。

戦中、有力な対潜艦艇隊として使われる水雷隊、掃海隊も同様、戦前は内戦部隊に置かれており、連合艦隊の麾下《きか》にはなかった。

表11　駆潜艇「第1号」型の定員

士官	艇長	大尉	1
	乗組	中尉、少尉	1
特務士官	乗組	機関特務中尉 または 機関特務少尉	1
准士官		兵曹長 機関兵曹長	1 1
下士官		兵曹 機関兵曹 主計兵曹	13 7 1
兵		水兵 機関兵 主計兵	29 13 2

さて昭和一六年一二月二二日、比島リンガエン湾へ上陸させた陸軍第一四軍主力乗船の船団護衛は、第三艦隊が中心になって行なった。輸送船七三隻に分乗した人員は約三万四二〇〇名、戦車三三両、大砲七〇～八〇門。直接護衛に従事したのは第五水雷戦隊、第四水雷戦隊それと第二根拠地隊だった。

それら直衛部隊は、軍隊区分によって第一、第二、第三護衛隊を臨時編成した。歌の文句ではないが〝ああ堂々の輸送船〟を護る「作戦輸送」だから、軽巡二隻、艦隊駆逐艦一六隻の参加は当然のこと、上陸後、泊地防御施設や基地の設営、警備にあたる第二根拠地隊（表10）の艦艇まで護衛に従事したのだ。水雷艇四、掃海艇七、駆潜艇九ほか合計六一隻がエスコートに参入したのであった。

進撃中、駆潜艇は船団の露払いをし、泊地進入のさい、掃海艇は前路掃海をした。湾口付近では潜水艦の襲撃を受けたので、かれらはただちに対潜掃討に移っている。

元来、水雷艇や掃海艇、駆潜艇は内地の軍港、要港その他の重要港湾などで局地防御にあたるのを主目的に内戦用艦艇として、建造されている。だがこれら軽快な小艦艇は、緒戦早々、外洋に乗り出し、船団護衛にも従事しうることを顕示したのであった。もっとも、掃海艇は敵地に侵入して機雷の強行掃海を行なえる武力、能力も持ってはいたが。

敵潜、大胆に活動開始

昭和一七年――新しい年にかわった。

進攻作戦はつづき、敵の反撃によって前線の上陸地点やその付近で、一月のうちに商船一二隻が沈没する。空爆によるもの二杯、潜水艦魚雷によって六隻、機雷に触れて三杯、積んでいた焼夷弾が自然爆発して沈んだのが一隻である。

しかもこの一月、なんと敵潜は千葉沖、伊豆沖など、わが内地の鼻ッ先にも出没してきた。九日に千葉沖でC船一隻、翌一〇日には伊豆沖でB船が一隻、一八日に潮岬沖で若松向け航行中のC船が一杯、雷撃で沈められてしまったのだ。大戦中、わが商船は、陸軍に徴用されている船を〈A船〉、海軍に徴用されているのを〈B船〉、民間で使用している一般の船舶を〈C船〉と呼んで区別していた。ヤラレたのはいずれも護衛なしで、単船航海をしていたフネであった。

勝った、勝ったと浮かれていた本土のお膝元でこの始末では、ずいぶんと物騒なことではないか。潮岬沖で撃沈された「栄山丸」のごときは、乗り組みの四五名全員が戦死してしまったのである。内戦部隊も、「制海権ワレにあり」などと居眠りをしてはいられないのだ。

被雷沈没は、各地合計すると九隻になった。

二月には被害はやや減った。といっても、その一日、米軍の空母、巡洋艦、駆逐艦から成る機動部隊が機敏、巧妙に立ち回り、マーシャル諸島を奇襲してきた。砲爆撃によって、揚荷中、部隊上陸中の四隻が沈められる。さらに一四日、スマトラの東にあるバンカ島沖では、陸軍徴用の一隻がこれも爆撃で討ち取られた。

ほかに、五隻が潜水艦魚雷で撃沈されたのである。場所は、陸軍部隊を乗せマニラに向けて航行中のA船が南シナ海で、他の四隻はそれぞれ中国・浙江省の沖合、基隆《キールン》の東北東、長崎沖、済州島南方においてであった。

三月——既定したわが南方進攻作戦も、超順調裡に捗《はかど》ってはや終期に近い。ニューギニアに鉾先《ほこさき》を向けた陸軍・南海支隊と海軍陸戦隊は一〇日にラエとサラモアを占領する。だが、この作戦でサラモア泊地に入った輸送船二隻が空爆によって沈められた。米艦載機の猛攻だったという。

他方、各地から雷撃による被害報告が相次いで届けられた。その数、一〇隻にも上った。ただし、ジャワ上陸作戦時にバタビア沖で沈没した二隻は、敵魚雷艇の攻撃との説もあるが、どうやら味方水雷戦隊の発射した遠達酸素魚雷による同士討ちであったようだ。

とすると、純粋に敵潜に首をかかれた船は八杯となる。バリ島の東側・ロンボック水道の北口で撃たれ、重油が噴出、火災を生じて沈没したA船。キャビテを出港しスビック湾に向かう途中、狙われたB船。奄美大島北西で撃沈されたA船。ラバウル沖で被雷したB船。

中旬に入ると、基隆に向け航行中の一隻が浮上潜水艦に砲撃され、さらに魚雷で止《とど》めを刺されている。東京湾に近い御蔵島《みくらじま》西方でヤラレたB船もあった。また、その南方父島の沖で二本の魚雷を発射され、一発はかわしたものの二本目で沈没した船舶がある。これは航空ガソリンと油類を満載し、爆弾まで積載していた。二八日に沈められたB船は、一〇〇〇トンに満たない小さなフネだったがマカッサル南西海域で雷撃を被《こうむ》ってしまったのである。

船舶喪失量──ウレシイ見込み違い!?

コツコツとポイントを稼がれていった。

ならば、開戦四ヵ月間の商船被害を日本海軍はどう解釈、理解したのであろう。戦う以上、犠牲は避け得ないものなのだが。

戦前から船舶の戦時喪失問題についてはあらかじめ研究がされており、昭和一六年夏ころの目算では、

戦争第一年　　八〇万総トン
戦争第二年　　六〇万総トン
戦争第三年　　七〇万総トン

と見積もっていたようだ。だが、さらに軍令部で研究が深められ、一〇月二九日に最終的検討結果として、

戦争第一年　　八〇～一〇〇万総トン
戦争第二年　　六〇～八〇万総トン

の、やや多めに修整された数字が、参謀本部、企画院など関係する各部門に示された。防研戦史『海上護衛戦』によると、検討にあたった主務者は数字算出の根拠として、

①　第一次大戦におけるドイツ潜水艦の年別保有隻数と、米潜水艦の極東海域において活動する隻数との比較

②　第一次大戦におけるドイツ潜水艦の根拠地または前進基地より主として英本土周辺までの距離と、米潜水艦の根拠地（前進根拠地）より主として九州・南方海域までの距離の比較

③　休養のための交代方式

などから、それぞれ活動海域において常時活動する米潜水艦の密度を算出し、

④　英米船舶が第一次大戦において喪失した年別、月別の数と密度との比から推定して、喪失船舶数をハジキだしたのだという。

ただし、海軍艦艇の厳重な護衛をつけ、そのほか航空機による警戒を行なうことも条件に付けたうえでの数字とされている。また、二年目である昭和一八年以降は、米潜水艦数の変化と戦局の移り変わりによって大きく変動する、とも付言したようだ。

元来、この種の推測はまことに難しい。条件の選び方、とり方でかなり変わるからだ。戦争後期に、海上護衛総司令部にあって「海上護衛参謀」の任についた大井篤・元海軍大佐は自著『海上護衛戦』のなかで、こういっている。

一次大戦の記録を参考に数字的になされた研究のみでは不安だというので、軍令部では若手参謀が小規模な図上演習を試みた。ところが、それはごくアッサリしたもので、担当者は「戦争第一年ぐらいのところは見当がつくけど、それ以後は分からない。カンで書いとくより仕様がないな」と言ったそうだ。

いずれにせよ、開戦一年目の喪失見込量だけはほぼ妥当と思える数字が出せるが、あとはやってみなければ……といったところであったようである。

そして、開戦。

四ヵ月間の「実損失」をこの推測数字と比べてみると、なんと予想範囲内あるいは予想より下回っているのだ。損失見込量は月平均に直すと、一ヵ月六万六〇〇〇～八万三〇〇〇トンほどになる。しかし、実際の数字は衝突とか座礁などの「普通海難」を入れても、

一六年一二月　　五万五一五九総トン《三万一六七三総トン》
一七年一月　　七万二三七八総トン《四万一一〇四総トン》

二月　　四万八二七〇総トン《二万九〇〇〇総トン》
三月　　八万二八六四総トン《四万七〇一七総トン》

であった（『日本商船隊戦時遭難史』海上労働協会）。しかも、潜水艦だけによる被害を見ると、各月それぞれ《》で示したようなトン数になるのだ。ウレシイ見込み違いである。

この数字を目にした海軍指導部は「う〜ん、アメさんの潜水艦は、やっぱり大したことないなあ。思っていたと〜りだ」と胸をなでおろしたものだ。

そして、これまでの外戦部隊の挙げた大戦果と併せ考え、主要な海上交通線の確保にわれは有利な形勢にある。「長期戦完遂の態勢成れり」、よろしく新たな攻勢的戦略に転ずべきである、と思考したのであった。

「海上護衛隊」設立

日本海軍の太平洋戦争は、昭和一七年四月一〇日、「第二段作戦」に入った。好々調のうちに終了した第一段作戦の余波もあり、南西方向また南方に伸びるわが海上交通線は、戦時下にしてはほぼ平穏？　といってもよい情況を保っていた。もちろん敵潜水艦は活動しており、あちこちで撃沈される船舶はあった。その後も遭難はつづくのではあるが……。

四月早々の一日夜半、ラングーンを発航してシンガポールに向かっていた船団が雷撃された。ペナン島の北西方で二隻がやられた。駒宮真七郎氏の『太平洋戦争被雷艦船史』によると、それは同一英国潜水艦に撃ち沈められたのだとされている。

一〇日には、中国の青島《チンタオ》を出て横浜へ航行していたC船が、伊豆大島南東の海上で米潜に狙われて沈没。ついで一七日、ラバウルを出港して内南洋・ポナペを目指していたB船が、ニューアイルランド島カビエンの南東方海上で撃沈された。この船は四〇〇〇トン足らずの小さいフネだったが、乗組船員二六名が全員戦死してしまったのである。

ほかにこの月は、ラバウルとニューギニア島ラエに在泊中の二隻が空爆で沈められ、以上計六隻が四月の船舶被害であった。まあ少ないほうであったのだ。

ところで、昭和一七年四月一〇日、連合艦隊のなかに今まで存在しなかった、地味ではあるが後日ますます重要さを増す部隊が編成された。

緒戦期の進攻上陸作戦輸送が一段落すると、軍隊区分による海軍の護衛部隊はそれぞれ解散され、原隊に戻っていった。陸軍には、それが「海軍は独自の作戦のため、ふつうの商船航路をホッポリ出してしまう」と映ったらしい。前線の各地に大量の部隊を送り出している陸軍にとって、そこへの補給はきわめて重要な仕事だ。それに気付いた陸軍は、三月ころ、「合同で陸海軍連合参謀本部のようなものを作り、船舶護衛をやらせようではないか」と、軍令部へ提案してきたのだそうだ（大井篤『海上護衛戦』）。

むろん実現しなかったが、いっぽうそれとは別途、連合艦隊司令部も、軍令部に船舶護衛専門の部隊を作れと申し入れていた。藤井茂渉外参謀が再三上京しては、〝海護部隊〟設置の必要を説いたらしい。というのも、たとえばこんなことがあったからだ。

昭和一七年一月一四日、大本営海軍部はGFに、一月一八日に門司発航の陸軍第二師団が乗船する輸送船団に対し、台湾・高雄まで直接護衛を実施せよと指示してきた。約三三隻の大船団だ。そこで山本連合艦隊司令長官は第九戦隊司令官に命じ、同戦隊の軽巡「大井」「北上」と第二七駆逐隊を出させ、さらに鎮海警備府の第三二駆逐隊の応援を得て護送したことがある。

また蘭印を占領すると、油田地帯施設を復旧するため、内地から必要な機械類を至急送ったのだが、その護衛にも連合艦隊の軽巡二隻と水雷戦隊を使った。GFは、こんな大きい兵力を突然、しかもチョイチョイ引き抜かれたのでは、肝心の艦隊作戦が出来ない……、「それならソート最初から、そういう部隊をこしらえておけ」、との意見であったようだ。

こういう経緯で設立されたのが、「第一海上護衛隊」「第二海上護衛隊」なのである。両隊とも、連合艦隊の麾下に置かれた。

第一海上護衛隊は南西方面艦隊に入り、内地―台湾、台湾―マレー、台湾―マカッサル海峡ルートをメーンとする航路の護衛に従事することになった。部隊の編制内容は、

第一三駆逐隊　若竹、呉竹、早苗

第二二駆逐隊　皐月、水無月、文月、長月

第三二駆逐隊　朝顔、芙蓉、刈萱

鷺、隼（水雷艇）

浮島丸、崋山丸、唐山丸、北京丸、長寿丸、でりい丸（特設艦）

である。駆逐艦はどれも大正から昭和のはじめにかけて建造した旧式艦ばかりだった。初

表12　1海護、2海護の特設艦船（海上護衛隊創設時）

	艦名	艦種	総トン	速力（ノット）	元所属
第1海上護衛隊	浮島丸	特設巡洋艦	4,730	17.4	大阪商船
	華山丸	特設砲艦	2,103	13.2	東亜海運
	唐山丸	特設運送艦	2,103	13.6	東亜海運
	北京丸	特設砲艦	2,288	13.0	大連汽船
	長寿山丸	特設砲艦	2,131	12.5	朝鮮郵船
	でりい丸	特設砲艦	2,205	11.8	大阪商船
第2海上護衛隊	能代丸	特設巡洋艦	7,189	15.0	日本郵船
	長運丸	特設砲艦	1,914	13.4	
	金城山丸	特設巡洋艦	3,262	14.5	三井船舶

代司令官には井上保雄中将（海兵三八期）が任命され、旗艦「浮島丸」に着任した。「浮島丸」は四七三〇トン、一七ノット、一五センチ砲四門、七・七ミリ機銃二梃の特設巡洋艦、以後、シンガポールを根城に、〝一海護〟の指揮をとるのだ。「浮島丸」以下の〝丸シップ〟はいずれも徴用商船に兵装を施した特設艦船である。表12にそれぞれの概要目を掲げたが、当初の兵装は対水上艦船用が主で、対潜用の兵器はほとんど装備されていなかった。考えなかったのかあるいは考える必要なし、としたのか。そういう任務は駆逐艦、水雷艇にまかせてしまい、これら特設艦船の存在は、あたかも被護衛船舶遭難時の〝救難艦〟の感があった（特設駆潜艇などには、すでに水中聴音機を装備しているものもあった）。

そして、海上護衛隊には〝司令部付〟として、「運航統制官」と名づける将校を置いた。出港する船団の一隻にその都度乗り組み、船団の運航を直接指揮するのだ。階級は大佐か中佐、それも予備役から召集した人があらかただった。しかも、「おれは○○中将と同期だ」「××司令官はおれのクラスだ」というような古〜いオフィサーが多かった。だから、船団に付いてくる護衛部隊指揮官とのあいだで、指揮上、摩擦の起きることもあった。これはいざ戦闘のさいタイヘンまずい。

のちに改善されるのだが。

第一海上護衛隊の護衛は、昭和一七年四月二一日、六連発の「第一〇一船団」六隻の護衛を第一陣として開始された。行き先は馬公、護衛は第三二駆逐隊と水雷艇「鷺」、めでたく四月二六日、無事安着した。この護送などよいほうで、多くは一船団につき一隻の護衛だった。「第一〇四船団」では、七隻の護衛に特設運送艦「唐山丸」だけだったのである。きわめて不十分なエスコートであったが、まだそれほど活発ではない米潜水艦の行動にも助けられ、四月中は担当海域からは一隻の被害も出なかった。

五月に入ると航行船団は増え、南航、北航フル回転の護衛出動であった。一個船団は最大二〇隻の場合から最小一隻まである。だが、護衛艦の絶対数の不足はいかんともなし得ず、直接護衛のつかない船団もしだいに増えていった。

巨船「大洋丸」被雷沈没

もう一方の第二海上護衛隊は、なんとしたことか、表12に併記したように特設巡洋艦「能代丸」、特設砲艦「長運丸」、特設巡洋艦「金城山丸」のたった三隻で編成された。配属先は内南洋の第四艦隊で、司令官は在トラックの第四根拠地隊司令官茂泉慎一少将（海兵三七期）の兼務だ。

護衛航路は、内地―トラック―ラバウル間が指定された。この長大なコースをわずか三隻の商船改装艦で守れというのは、どういう考えだったのであろうか。昭和一七年四月、……

戦争はまだ景気のよいころだったので、海軍首脳部もノンキに構えていたに相違ない。だから、比較的重要な船団にのみ、護衛艦を一隻だけつけることにした。

作戦は五月に入ってから実施とされたが、

① 武装商船および一三ノット以上の船舶は原則として単独航行とする。

護衛艦の不足と、護衛艦の最大速力が一五～一三ノットに過ぎなかったからである。

② 兵力僅少なため、一貫護衛を当隊の護衛方針とする。やむを得ない場合は、出港地から二〇〇海里圏までとする。

との基本方針を打ち出していた。

さきほど書いたように、四月の船舶被害は少なかった。ならば、「一海護」「二海護」新編の効果がさっそく出たのか?

「一海護」海域では、それもあったかも知れない。が、翌月、そう手放しで喜んでいられない事態が起きたのだ。わが方のそんな施策をあざ笑うがごとくに、五月に入ると敵潜はわが商船をバタバタと沈め出したのである。

A船、B船、C船を問わず、一ヵ月で全海域を合わせ二〇隻も撃沈されてしまった。かつてない大被害だった。ニューギニア・ソロモン方面一隻、南シナ海・外南洋三隻、内南洋二隻。そして、なんと本土・台湾近海で一四隻もの多数が災厄にあってしまったのだ。

そのなかに、日本郵船の「大洋丸」が含まれていた。本船は元ドイツ船で、第一次大戦の戦利品として日本が取得した船だ。戦前はサンフランシスコ航路にも就航したことのある、一万四五〇〇トンの大船であった。当時、一万トンを越すといったら巨船であり、開戦後はじめてのそんなフネの被雷沈没であった。

五月五日、宇品を出港、他の四隻と船団を組み、特設砲艦「北京丸」の護衛で、フィリピンに向け長崎県男女群島を航行中であった。その八日一九四五ころ、突如、米潜の雷撃を受け、四本発射したうちの二本が命中したのである。

同船はC船で、多数の乗客が乗っており、南方占領地へ向かう司政官や技術者も大勢いた。沈没は二〇四〇だった。五月の海中は寒く、救助されたのは五四三人、死者は八一七名におよんでしまった。これは大事件である。しかも本土近くの出来事であり、さすがに当局も隠すことができなかった。「〇〇丸」と船名は伏せて、異例の新聞発表となった（『大洋丸誌』大洋丸会）。

この航海には、いろいろ問題があったようである。まず船団速力が九ノットであった。「大洋丸」自身は、一四ノットOKだったが、船団を組むためには最低速のフネに歩調を合わせなければならなかった。これは、船団方式をとるさい、いつもネックになることだったのだが。

そして護衛艦のこと――。五隻の小船団ではあったが、被雷時、「北京丸」のみしかいなかった。一七〇〇までは、鎮海警備府部隊の駆逐艦「峰風」と佐世保防備戦隊の特設砲艦「富津丸」がいたのだが、両艦による応援はその時点までだったのだ。

たった一隻ではどうにもならない。哨戒も手薄になるし、雷撃されても、敵潜の捜索と救助の両方は無理だ。どちらも中途半端になってしまう。このときも、「北京丸」は対潜攻撃を行ないながら一五人を救助すると、残りの船団を護衛して馬公に向かわざるを得なかった。他の生存者は、緊急連絡を受けた「峰風」と「富津丸」が引き返してきて、救助したのである（『日本郵船戦時船史・上巻』日本郵船株式会社）。

敵潜による船舶被害、増える

ならば、五月のわが商船の敵潜による被撃沈は、一ペンになぜこんなにハネ上がってしまったのだろう。米潜水部隊のほうに戦法を改めたとか、何か理由があったのか。

太平洋戦争開戦時の米潜兵力は一一一隻で、そのうち真珠湾に二二隻、マニラに二九隻が配備されていたという。真珠湾からは、運よくわが機動部隊の空襲を免れた五隻が、ただちに出撃準備を整え、豊後水道、東京湾口、マーシャル方面等に向かった。

アジア艦隊潜水部隊は一二月一〇日のわがキャビテ空爆で、二三三本の魚雷を失う大被害をこうむったが、マニラでは、潜水艦自体は攻撃にさらされなかった。だが、急遽、配備についたものの、制空権がないため日本側の情況がつかめず、かつ魚雷の性能不良も手伝って、戦果はサホドではなかった。

深度調定装置と起爆装置に不具合があったとされている。調定した深さより三メートルも深く走ってしまい、船底を潜りぬけてしまう、あるいは命中しても爆発しないなどのアクシデントがかなり発生したのであった。

また、そのころは、かれらの方も潜水艦は艦隊の従属部隊であるとの考えが幅を利かしていたようである。潜水部隊指揮官が「日本軍補給線の切断が戦略上有効」と進言しても、取り上げられなかった。しかも、昭和一七年一月二日にマニラが陥ちてからは、豪州北部のダーウィンとスラバヤの二ヵ所へ潜水部隊司令部が分散し、のちには豪州南西端フリーマントルへ後退してしまうのである。したがって、指揮もうまくいかなかった。

二月二八日夜のスラバヤ沖海戦には、全潜水艦に、上陸点付近の日本船団を攻撃せよとの命令が出された。が、戦果なし。

海戦後、引きつづき同方面にいた米潜「パーチ」は浅い海域で日本駆逐艦につかまり、三日間執拗な攻撃を受けつづける。ついに潜航不能となり、浮上したところを砲撃されたので、三月三日、船体を放棄し乗員は捕虜となった。

こんなことがあってから、指導部は護衛艦隊をともなう有力な作戦輸送船団への、とくに浅海域での攻撃の危険性を認めた。そして、以後、潜水部隊は攻撃容易な海上交通破壊戦に向かうよう指示したのである。

いっぽう、日本近海に配備された潜水艦からは、この方面では対潜哨戒や船舶護衛が行なわれておらず、絶好の狩場になり得るとの報告を上げてきた。

だけでなくそのころになると、戦術的には、日本の駆逐艦は戦前知らされていたほどの対潜水艦戦能力を持っていないのではないか、と考えるようになっていた。かつ、日本の爆雷にたいしても、米潜水艦の船体は予期以上に強い強度を持っていることにも気付いたのである。ただ、日本の水中聴音機と無線方位測定器は優れている、と認識したようである(でもなかったのだが)。そこで出撃前にエンジン、推進器をはじめ各機器ごとに雑音調査を徹底的に行ない、無音となるまで修理、改善策を施したのだ。規定以上のノイズを出す潜水艦は、警戒厳重な配備点からは外す処置さえとった(『日本海軍潜水艦史』同刊行会)。

ということで、開戦以来、数ヵ月のあいだに、米潜水部隊は立ち直りに懸命な努力をし、改めるべきは改めて攻撃にも防御にも適切な対策を講じてきたようだ。

だが、だからといって、五月から特別斬新な作戦方針を採りだしたという様子はうかがえない。ただ、日本近海が格好の猟場であるとの報告は、プラスに作用するよい情報だったであろう。こんなかれらの〝上向き姿勢〟にたまたま日本側の不特定・不運な条件が重なり、米潜側に好結果をもたらしたのではあるまいか。フロックでは、と見るのはコジツケだろうか?

内南洋方面、不気味な安穏航海

表13を見ていただきたい。

そういうわけで、昭和一七年六月にはまた、敵潜水艦によるわが船舶被害はガタッと減ってしまったのである。七月も同様、ちょうど第一段作戦ころのような平穏さであった。とりわけ、内南洋方面の海はカーム(凪)であった。両月とも被雷沈没は二隻ずつ。

チョットその現場の様子を覗《のぞ》いてみよう。そのころ、日本郵船では、横浜を発航し、神戸、門司に寄港したのちパラオに向かい、ついでヤップ、グアム、サイパンなどをまわって横浜に帰る、約一ヵ月の南洋定期航路を運航していた。お客や貨物を一杯乗せて走った。そんな平和な（？）海だからもちろん護衛艦なぞつかず、単船での航海だ。

ただ、ときおり「潜水艦らしきもの発見」の通報があるので、海軍で規定された〈之字運動〉だけは実施し、昼夜、ジグザグ航路を走った。灯りは外部にもれないよう厳重に灯火管制し、両舷に点灯する赤、緑の航海灯も消して走ったのだ。内南洋のC船は、ほぼ昭和一七年一杯くらいまではこんなノンビリ航海をつづけていたのである。

この方面の海上交通保護は第四艦隊に所属する〝二海護〟の任務であったが、それはあくまでも主要幹線についてのことであった。各地域ちいきについての護衛は、それぞれの根拠地隊にまかされていた。第三根拠地隊〝三根〟がパラオ方面、〝四根〟がトラック、〝五根〟サイパン、〝六根〟は最東端のマーシャル方面という区分けであった。

したがって、これら「地方護衛」は正規の海軍艦艇ではな

表 13　敵潜の雷撃による船舶損失

（昭和 17 年 6 月～9 月）

	主として外南洋方面	主として内南洋方面	その他の方面
6 月	4 隻（17,584 総トン）	2 隻（3,918 総トン）	0
7 月	6 隻（28,899 総トン）	2 隻（7,611 総トン）	0
8 月	8 隻（33,274 総トン）	7 隻（36,661 総トン）	4 隻（14,172 総トン）
9 月	5 隻（22,982 総トン）	1 隻（863 総トン）	5 隻（18,593 総トン）

く、特設艦船に任せざるを得なかった。護衛についてはほとんど無準備といってよいところへ、「さあ~、戦争だ!」というので、大急ぎで対潜部隊を作らなければならなかったのだから、仕方のないところであったろう。

表10を見直していただくと分かるのだが、二海護ばかりでなく第四艦隊の駆潜隊、掃海隊はすべて、民間船を徴用し、応急武装したグンカンなのである。

たとえば、六根の第六五駆潜隊は、八七〇トンの元商船「宇治丸」改装の特設捕獲網艇、三五〇トンの捕鯨船「第六京丸」と「第七京丸」を改装した特設駆潜艇の三隻で編成されていた。

隊司令は古賀峯一大将と同期で、予備役・応召の中佐、各艇長は高等商船出身の予備中尉であった。艇長はベテラン船乗りではあるが、開戦直前に召集されてきたリザーブ・オフィサーである。そして各艇乗組はというと、第六京丸を例にとると、分隊士に兵曹長が一人居り、あと二三名が下士官兵、四人が軍属の船員であった。しかも、下士官兵のうち一五名が予備役からの召集者であった。

ものの見事に、当時の特設艦船はフネもそうなら人間まで、日の丸の旗に送られて、シャバから馳せ参じてきた義勇の士だったのである。ただ、予備役からの召集なので、後年のように補充兵、国民兵を赤紙で引っ張ってきた人たちと違う。現役を勤めあげ、帰郷していた既経験者なので、即海上で役に立つ有能な兵員であった。

第六根拠地隊は少将を司令官とし、クエゼリン島に司令部を置いていた。開戦の日から翌昭和一七年一月三一日までの、六根担当海域での海上交通線確保状況は、報告によると「本期間中、敵潜水艦ノ〝マーシャル〟方面ニ出没セシ隻数ハ一〇隻以上ニ及ビタルモ、味方艦船ニシテ敵潜水艦ニヨリ被害ヲ受ケタルモノナシ」であった。

「第六京丸」には、九三式水中聴音機を搭載していたが、艇長判断により、一切使用しなかったようである。〝まったく信頼性なし〟とのことであったようだ。もっぱら兵員の「見張」による目視発見に頼った。

二月一日、六五駆潜隊は対潜掃討のため、ヤルートを出撃する。早々に敵潜水艦を発見し、「第六京丸」が爆雷攻撃を加えた。爆発水柱の大きさ、白泡の噴出量、油膜の広がり方より判定して、隊は「撃沈確実」と報告した。しかし、米側の記録には、この時点での喪失はないのである。対潜戦闘の戦果確認はなかなか難しい。

その後、六五駆潜隊はヤルート環礁のイミエジに基地を移した。三隻交代で、ヤルート近辺の哨戒に従事する。敵潜を発見することもあるのだが、いつもかれらに機先を制され、逃げられる。水測兵器の能力不足、水測員の未熟あるいは「第六京丸」のように不使用に起因したのであろうか。

この方面、しばらくはこんな安穏が保たれていたが、『第六根拠地隊戦時日誌』昭和一七年七月分は、そのなかで〈一般情勢〉として、

「七月四日（米国独立記念日）前後、敵策動ノ兆候アリシヲ以テ、特ニ警戒ヲ厳ニセリ。敵ハ〝ミッドウェー〟海戦以後、漸《ようや》ク攻勢ノ企図ヲ有スルニ至リシモノノ如ク、五日以後、当

方面及ビ南洋方面ニオケル敵潜水艦ノ活動トミニ活発化セリ。敵潜水艦ノ活躍ハ、敵ノ作戦行動ノ前兆ニシテ、大イニ警戒ヲ要スル情勢ニアリ」（川副克己『駆潜艇「第6京丸」の航跡』）

と注記、報告しているのである。これまでの平穏は〝嵐の前の静けさ〟、早晩終わるであろう、との予告、警告でもあった。

〝対潜〟専門の予備士官養成開始

ところで、この七月に入ったとたんの一日、わが海軍はある重要な制度改正を行なっている。

すでに触れたところだが、明治時代の旧式戦艦や装甲巡洋艦を流用した海防艦の仲間に、開戦前から新造艦を加え出していた。「占守」ほか計四隻が、昭和一五年、一六年にかけて竣工している。それらは八〇〇トンそこそこの小型ブネではあったが、明治の先輩艦同様、艦首に〝菊の御紋章〟をいただくレッキとした軍艦であった。

そんな〝畏れ多い〟海防艦を〝軍艦〟籍から外して、駆逐艦や掃海艇、水雷艇などと同じく、一般艦艇中の一種別として取り扱うことにしたのだ。そして、かつ、複数隻を合して「海防隊」を編成することも決定、部外にも公表した。

目下「択捉《えとろふ》」型、「御蔵《みくら》」型海防艦も建艦または計画が進行中である。予定では三〇隻だ。相当に多い。となると、手軽で小回りがきくはずのこれらのフネは、数隻を束にして運用するのがベターと考えての海防隊発想であったろう。

だとすると、それは開戦後の戦況をつらつら眺め、対潜戦、海上護衛戦に主用する目的を急浮上させての構想であったのか。

当時、青少年向けに発行される『海と空』という海軍雑誌があった。その昭和一七年八月号には、この件を取り上げて、

「……沿岸防衛の重要性から今後は他の艦艇同様に新造の海防艦を以ってし、これらの数隻を一隊とする海防隊も新編成されて我国土の沿岸防御は鉄壁のものとなり、敵の如何なる奇襲部隊のゲリラ戦術に対しても万全が期せらるることとなった」

と、解説されている。

この文面からすると、沿岸防備用対潜艦としての海防艦の使命は強調されている。だが、遠距離航路の護衛についての海防艦運用はどうも認識されている様子がない。これは雑誌記者のみの見解だったのであろうか。

が、じつは《〝機雷学校〟設立》の項にも書いたところだが、これらの艦は海上護衛を相当に意識して建造にかかったフネであった。

第一海上護衛隊、第二海上護衛隊を設立するとき、永野軍令部総長は、「……兵力ハ差当リ内戦部隊ヨリ駆逐隊、特設巡洋艦、特設砲艦等ヲ転用致シマスガ、将来ハ目下建造中ノ海防艦ヲ主トシテ之ニ充当致ス予定デ御座イマス」と、天皇に説明申し上げている。昭和一七年四月二日の奏上でのことであったが、海軍首脳部は海防艦を主用して海上護衛をする意向

を明確に持っていたのだ。

三〇隻計画中一三隻（実際建造は一四隻）の「択捉」型は、急いだため「占守」型を若干手直ししたタイプとなった。ただし対潜戦を目指すので爆雷は三六個とし、九三式水中聴音機一基、九三式水中探信儀一基を備えていた。

残りの一七隻が「御蔵」型、こちらは本格的な外洋護衛艦として造られることになった。排水量も九四〇トンとやや大きめになっている。一二センチ連装高角砲一基、同じく単装一門、二五ミリ連装機銃二基、九四式爆雷投射機二基、爆雷投下軌条二基、爆雷はウンと増やして一二〇個、水測兵器は九三式水中聴音機一基、九三式水中探信儀一基を装備したのである。ただし、「御蔵」型は予定変更により八隻で建造打ち切りとなった。

ともあれ、海防艦関係の制度改定は、六月六日に「帝国海軍部隊ハ五月下旬並《ならび》ニ六月上旬東京湾、潮岬南方海面及九州西南方海面ニ出没中ノ敵潜水艦四隻ヲ撃沈セリ」との大本営発表を行なった直後に公表されたものである。「択捉」型の第一艦が海上に浮かぶのは、まだ来年春になってからというのに、ずいぶん早手回しの決定ではあった。

いっぽう、この改正に合わせるかのように、「対潜戦闘」を専門とするオフィサーの養成が開始された。

この年、昭和一七年一月に海軍では、民間の大学、高等専門学校卒業者から希望者を募《つの》り、「海軍兵科予備学生」を採用していた。横須賀海兵団で半年間の基礎教育ののち、陸戦とか通信、対空などの部門に分け、それぞれの術科を専修させて「海軍予備少尉」に任用、戦線での活躍を期待しようとの制度であった。飛行科には昭和九年から〝予備学生〟制度が創られていたが、一般兵科系統では、今回が初めてであった。そのなかに〝対潜班〟が設けられ、基礎教育を終えた学生にたいし、七月二〇日から機雷学校で教育が開始されたのだ。

〈対潜術〉は、読者にはもうお分かりのように、艦艇上からする「爆雷投射」と、艦艇あるいは陸上からする「水中測的」の二つに分かれる。第一期予備学生たちは、このうち、とくに防備隊に所属する陸上「防備衛所」での士官勤務に適する教育が、短期間、重点的に施されたようである。期間は六ヵ月、人数は三六名であった。

防備衛所というのは、港湾の入り口とか水道、海峡などの要所に置き、水中聴音機を主力兵器にして敵潜水艦の侵入を監視する。そして発見したならば、管制機雷を爆発させて撃沈するのだ。防備隊の分遣隊のような部隊である。またかれらは、機雷術、航海術の概要なども合わせて学んだのであった。この修得が後日、役に立つ。

昭和一八年一月、かれらはめでたく卒業し、内地、戦地の防備隊へと出発していった。英国流にいえば、ボランティア・リザーブの予備少尉誕生であった。以後、かれらの後輩が続々と巣立つのである。

船舶被害、減ったり増えたり!?

さて、昭和一七年六月、七月の被雷損害から見た海上は、先ほど書いたように割合おだやかであった。だが、八月になると、五月に匹敵するほど激増し、また九月にはその半分ちかくに減少してしまうのである。「アメ潜さん、一体どうなってんの?」と、聞きたくなる有為転変の上ゲ下ゲ状況であった。

八月の沈没数は一九隻、うち七隻が主に内南洋方面で沈められている。これには、いくばくかの理由があったようだ。

六月はじめのミッドウェー近海での戦闘には、米海軍も限られた海域に多数の潜水艦を張りつけた。そのため、機動性が乏しくなり、消極的な座して待つ戦法を取らざるを得なかった。「こいつは失敗!」と受け止めたかれらは、以後、潜水艦を遊撃的に使い、春から強めていた海上交通破壊作戦をより一層強化したらしいのである。船舶被害増加に転ず。

昭和一七年八月七日——この日もわれわれ日本人には、忘れられない日である。

ＭＩ作戦の大敗によって、日本海軍の上げ潮は完全にストップしてしまっていた。そんなおりの、この七日、連合軍がソロモン諸島・ガダルカナル島に上陸してきた。これが契機となって、わが軍の作戦はすべて下げ潮に引きずられ出したのである。

敵の反攻を食い止めようと、翌八日、第一次ソロモン海戦、二四日には第二次ソロモン海戦を生起させて奮闘した。抗する米海軍の力戦もめざましかった。だが双方、艦隊どうしの殴り合いに忙しく、八月中、同方面でのわが船舶被害は、ニューアイルランド島南端ちかくで一隻が食われたのみであった。

九月の被雷による総沈没数は一一隻である。この月、目立ったのは、本土の東北、北海道方面で五隻もの船がヤラレたことであった。実害はもちろんのことだが、内地の目と鼻のさきでボカボカ沈められるのは、国民の士気にも関わる。ないがしろには出来ない問題であった。

九月といえば、開戦後すでに一〇ヵ月が経過していた。ほぼ一年にちかい。この間、敵潜水艦による被雷だけでなく、空爆、砲撃、座礁など、あらゆる原因を含めた損失を合計すると、およそ五六万八〇〇〇トンになった。開戦前の試算による最初一年目の損耗見込は、月平均最低約六万七〇〇〇トン、一〇ヵ月に換算すれば六七万トンである。とすると、それを下回る〝五六万八〇〇〇トン〟の数字はまあ上出来の値、といえるかもしれない。

しかし、だが……、である。

これまで本〝物語〟では、月々の敵潜による船舶被害を、おもに隻数につき数字をならべては一喜一憂しながら述べてきた。けれど、この間の推移を大づかみに眺めてみると、全体傾向として、わずかずつ右肩上がりに損害が漸増《ぜんぞう》しているのである。

〝たとえミッドウェーに敗れ、ガ島に火がついたとはいえ、西太平洋、アジア海域の制空権、制海権なお厳として我にあり〟

と威張っても、これはよろしくない。月日のたつにつれ漸減するか、せめて平らに移行するなら好ましいのだが、逆であった。「制海中権」を獲得、保持していない証しである。

一〇月に入るとじつに憂うべき事態となるのだ。

ソロモン戦の影響――船舶損失急増

昭和一七年も八月が過ぎ九月が過ぎると、ガダルカナル奪取・確保を焦点とする、ソロモン方面の戦局は緊迫化しはじめた。それにともない、内南洋を通ってこの方面に向かうわが作戦・補給輸送の船舶数も増加していった。

そこで、これらの保護を効率的かつ円滑に実施しようとの目的で、第四艦隊と七月一四日に新編された外南洋警備・第八艦隊とのあいだに協定が結ばれた。内地、内南洋よりビスマルク群島、ソロモン諸島へ直航する艦船の交通保護は第四艦隊の第二海上護衛隊において実施することとし、ニューブリテン島以遠、ソロモン諸島内部の海上護衛は第八艦隊においてする、との取り決めであった。

連日繰り広げられるガ島の血戦を見、大本営が「これは容易ならぬ事態だ」と判断して同島奪回を決意したのは八月下旬であった。そして、ガ島争奪のチャンバラが海上輸送にきわめて大きな影響をおよぼすと感じられ出すのは、一〇月以降になってからなのである。

一〇月の喪失船は一挙に二九隻にハネ上がり、総トン数にして一五万一〇八〇トン。うち総トン数五〇〇〇トン以上の船舶は一六隻にもなり、開戦以来一一ヵ月間における最高の被害を示した。ただしこれは、空爆や砲撃による沈没も含んではいるが、潜水艦の雷撃による数はじつに二四隻、一一万六三六〇トンだったとされている。しかも、本土太平洋岸においてすら北から紀州沖までことごとく、あたかもソロモン地震の津波が押し寄せたかのように敵潜の出没するところとなっていた。

一一月に入っても、そういう大被害傾向は相変わらずであった。喪失船舶の隻数は二六隻、総トン数一四万五五七三トン。うち総トン数五〇〇〇トン以上の船舶は一八隻に達したのだ。ただし、この一一月の被害のほとんどは、ガ島における空襲によるもので、一〇月とは逆の現象であった。敵潜からの襲撃による沈没は、九隻、三万八二五〇トンという割合小さい値ですんだ。

それにしても、総被害量は甚大であった。

だがそれは、一〇月、一一月にガ島争奪の作戦を強行したため敵の反撃が物凄く、ベラボーに莫大な沈没を出したからそうなったのだ。このような並外れた損害さえなければ、月平均七万トンくらいでおさまったはずだ……と、海軍首脳部は考えたようである。大損害にショックは受けたものの、格別あわてはしなかった。

ミッドウェー海戦以後、主戦場はガダルカナル作戦を台風の目にして南東方面に移り、ソロモン諸島付近海面を艦隊戦闘の中心域としていた。昭和一七年八月二四日にはブーゲンビル島東北方洋上で第二次ソロモン海戦が戦われ、空母「龍驤」が撃沈される。一〇月一二日にはサボ島沖夜戦に苦杯をなめて、巡洋艦「古鷹」、駆逐艦「吹雪」「夏雲」「叢雲」が沈没する。ほか、同じく二五日には巡洋艦「由良」が沈められた。翌一一月一三日には第三次ソロモン海戦において、戦艦「比叡」、同じく戦艦「霧島」を失うなど、多数の有力艦艇がソロモン海に消えていった。

反面、先立つ一〇月二六日の南太平洋海戦では、敵空母「ホーネット」を撃沈する戦果をあげ、さらにその前月、九月一五日に「伊一九潜」が空母「ワスプ」を撃沈していた。こうして、開戦以来の日米海軍の正規空母陣は互いに叩きあいのすえ、双方二隻を残し、ほぼ同程度の勢力に下落していた。しかし、米軍は占拠したガ島飛行場を次第に〝不沈空母〟化していた。これは日本側にとってまことに手痛かった。

〝ソロモンの制空権われになし〟……。飛行機の傘を持たない同方面の海上輸送は苦しくなった。商船喪失量は、加速度的に上昇していったのである。

全海域を合わせ、この一二ヵ月間の喪失合計は、なお九一万九六九五トンと、損失見込み量上下限のほぼ真ん中へんであった。このうち潜水艦による損失は、一三三隻、五八万七〇八八トンであった。ただ、七月以来尻上がりにわずかずつ増えてきていたのが、この二月では急増していたのだ。

護衛部隊は何をしていた!

これは見逃せない。飛行機による被害はさておくとし、こうポカポカと潜水艦に沈められるのはどういうわけなのだ。護衛艦は、護衛部隊はいったい何をしているんだ。

戦争後期に護衛艦艇の主力となる海防艦は、昭和一七年六月策定の「改⑤計画」で、さらに三四隻の建造が追加されている。開戦前の「㊍計画」三〇隻と合わせれば、六四隻の建造。ケッコーな数字だ。だが、進捗度合いは遅々としていた。多少工事の簡略化は図られたようだが、出来上がるのはまだ先のことなのだ。

その穴埋めというわけではないが、港湾防備用の小さなカラダで、駆潜艇が船団護衛に使用されつつあった。はやくから戦時急造を目的として設計されていた関係もあり、一七年度中に一四隻が完成した。戦前に二三隻が造られているので、総数は三七隻の多数が建造されている。第四艦隊、第八艦隊、南西方面艦隊の根拠地隊、特別根拠地隊に単艦であるいは駆潜隊を編成して逐次配備されていた。ただし、「海上護衛隊」への配備はない。

ならばその時分、海上護衛隊はどのように活動していたのだろう。

昭和一七年一〇月、一一月ころの〝一海護〟担任航路の単船航行船舶や船団の数は、だいたいそれ以前と大差ない数字で動いていた。それらの運航状況を航路別に見てみると、大半は門司――高雄、あるいは馬公――サンジャック（ベトナム）――シンガポールへ通じる航路にフネが集中していた。とりわけ、門司――高雄航路は往航の頻度が大であった。一個船団の平均隻数は約五隻で、従来とあまり変わらない。だが、限られた隻数の護衛艦艇で、頻繁に運航される船団を十分に護衛することは容易でなく、残念ながら護衛なしで航行する船団さえあった。したがって護衛艦がついても、多くて二～三隻、大半は一隻に過ぎなかったのだ。

でありながら、一海護担任のこの航路における船舶被害は、意外に軽微であった。敵潜水艦の行動がだんだん活発化してきたにもかかわらず、このあとも昭和一八年前半までは、まあまあの損害で推移した。これは敵潜水艦が本州、太平洋方面に比較的集中していたこと、また、依然敵潜は交通線破壊をめざすといいながら、攻撃目標の重点をわが海軍艦艇に置いていたこと、魚雷性能の改善がまだ不十分であった点などによるものと、日本側は推測、分析していたようである。

いっぽう、〝二海護〟の担当海面では、昭和一七年一〇月に入ると、ソロモン、ニューギニア方面の戦局の激化に伴い、同方面への人員、軍需物資の輸送はいよいよ緊要の度を増してきた。

そのため、一〇月より一二月にかけての二海護の護衛作戦は、比島、ジャワ、香港、サイゴンなどから発航し、ラバウル方面に向かう陸軍輸送船団の直接護衛に重点が置かれるようになっていた。そんな南西方面の各地からするラバウルへの輸送船団の往復が頻繁化し始めたのは少し前の九月であったが、二海護兵力にもテコ入れがあった。七月に新編入された「夕張」「追風」等のほかに、横鎮部隊から「旗風」の臨時編入があり、第四根拠地隊から一時借用の特設砲艦「第二号長安丸」、同じく「平壌丸」等の応援があって部隊は増勢されていた。パラオを基地とし、東経一三〇度線で第一海上護衛隊から船団を引き継ぎ、護衛を行なっていたのである。

また、ソロモン方面戦局の進展によりトラック出入港の艦船が急増すると、敵潜水艦はこの方面にも集中するようになってきた。敵サンなかなか抜け目がない。そこで、麾下の「夕月」「朝凪」「浮島丸」「長運丸」等のほかに、佐鎮部隊から応援の「峯風」、連合艦隊の主戦部隊から応援の駆逐艦二隻等を加え、トラック近辺での直接護衛にあたった。その賜物か、一〇、一一月の担任海域での被害船舶は三隻ですんだ。

さっき書いたように、ニューブリテン島以南の地域間輸送の護衛担当は第八艦隊である。一一月六日、「ありぞな丸」「東洋丸」「長良丸」「山月丸」「帝洋丸」「百合丸」「豊国丸」「大井川丸」「信濃川丸」の九隻が船団を組み、ラバウルを出港した。行き先はショートランド。護衛艦は、敷設艦「白鷹」、水雷艇「鵯《ひよどり》」、「第一六号駆潜艇」「第一五号掃海艇」と、なかなかの厳重ぶりであった。

一〇ノット前後の速力で航行、七日早朝にブーゲンビル島北端に差し掛かったとき、突然、敵潜水艦に出会した。ただちに「白鷹」「鵯」が攻撃に転じ、さらに後尾に位置していた「第一五号掃海艇」も戦闘に加わり、約二時間後に撃沈したとの報告を送った（駒宮真七郎『戦時輸送船団史』）。

船団に被害なし、無事、八日午前、ショートランドに入泊できた。異例といってよい厳重な護衛のお陰であったろうが、それはこの船団が数日後、ガ島への〝第二次強行輸送作戦〟に使われる重要船団だったからなのだ。

なお、敵潜撃沈の報告を発信しているが、米側にその記録はない。どうも、こういう双方の言い分が合致しない例が多い？　「白人、ウソをつくノデハナイカ」

〝少年水測兵〟制度つくらる

ところで、敵潜水艦による船舶被害がバーンと増えた昭和一七年一〇月、軍令部では第二課防備班を「第一二課」として独立させる施策を講じている。課長ほか課員二名、よそとの兼務課員二名。開戦後、月日のたつのにつれ商船の沈没はジリジリと増加している。それを見ての制度改定ではあったろうが、本音は港湾などの防備関係部門の分離独立であり、海上護衛はなお付けたしだったようである。

だから、課内での海護関係者は従来どおりわずか一名。補佐に高等商船出身の予備士官が二名ついた。しかも、護衛作戦実施の根本ともいうべき「護衛兵力の充実」等に関しては、依然、作戦の第一課がガッチリ握っていた。海上護衛は〝内戦作戦の一部〟、という考え方が根を下ろしていたのである。海上護衛に真に目覚めたわけではなかった。

またところでだが、さきほど民間の大学・高専出身の「予備学生」から、〝対潜専門〟の予備士官を養成する制度をこしらえたと書いた。発起は昭和一七年七月である。が、遅ればせながら、まことに遅ればせながら、正規の兵科将校についても、この分野の指揮官養成課程が機雷学校に開かれることになった。

「高等科学生」と称し、昭和一七年一二月一日が、第一期生の入校日であった。さぞ華々しい入学式の展開かと思いきや、学生はたったの三名、それも少佐一人、大尉二名のいささかヒネたオジサン・スチューデントであった。

しかも、少佐の学生長は主任教官と兵学校が同期。であったからでもあるまいが、「別に君たちに、教えることはない。各自、自主的に研究してくれ給《たま》え」――との一見、気の抜け

表 14　機雷学校「高等科学生」の教科目

科目				項目
本科	対潜術	投射法		投射理論　投射計画　投射法　投射指揮法　爆雷戦指揮法　投射実習
		水測法		水測理論　水測計画　水測法　水測指揮法　発火管制法　衛所群指揮法　水測実習　発火管制実習
		操法		投射操法　爆雷戦教練　水測操法　発火管制法
		兵器学		爆雷兵器　投射装置及び爆雷戦指揮装置　列国爆雷兵器の大要　水測兵器　聴音機雷兵器　水測指揮装置　列国水測兵器の大要
	機雷術	敷設	敷設法	敷設計画　敷設法　敷設指揮法　機雷戦指揮法　敷設実習
			設置法	設置計画　設置法　設置指揮法　設置実習
			操法	敷設操法　機雷戦教練　設置操法
			兵器学	機雷兵器　敷設装置及び機雷戦指揮装置　列国機雷兵器の大要　電気兵器　火工兵器　防潜網兵器　設置装置　防材
		掃海	掃海法	掃海理論　掃海計画　掃海法　掃海指揮法　掃海戦指揮法　掃海実習
			操法	掃海具操法　掃海戦教練
			兵器学	掃海兵器　防雷兵器　水底電線切断兵器　掃海戦指揮装置　列国掃海兵器の大要
		設営	設営法	海上設営計画　海上設営法　防備隊の設営法
			兵器学	海上設営兵器機材　防備隊設営兵器機材
		爆破	爆破法	爆発理論　水中爆破法　水中爆破実習
			兵器学	爆薬
	兵術	対潜戦術		対潜水艦戦　海上交通保護　運輸
		機雷戦術		攻勢機雷戦　局地戦
		戦術、戦務		基本戦術　水雷戦術の大要　砲戦術の大要（防空を含む）　航空戦術の大要　戦務の大要　兵棋及び図上演習
	水雷術			魚雷兵器の大要　発射法の大要　雷撃法の大要
	砲術			対空兵器の大要　対空射撃指揮法の大要
	航海術			航法及び操艦法の大要　海洋学、気象学の大要　航海兵器の大要
	運用術			艦内防御法の大要　応急操艦法実習　化学兵器の大要
	通信術			電波探信儀の大要　通信法の大要
	航空術			航空機の大要
	機関術			軍用機関の大要（主として内火機関、電機及び電池）　機関要務の大要
	造船学			新式艦船構造の大要
	普通学			数学　水力学　電気磁気学　電気音響学
	軍隊統率法			軍隊教育　指揮統率法
	要務			勤務に必要なる諸要務
補科	体育指導上必要なる事項			

たみたいな教育方法がとられたようである。校外へ研究に出るのも自由。こういうやり方は、ふつう他の術科学校では高等科学生を卒業し、専攻科学生になった士官にとられる方法だ。

かれらの卒業は七ヵ月後であった。のちには、さすがにこんな甘い待遇、勉強方法ではなく「海軍大尉又ハ中尉ニ就キ対潜艦艇長又ハ機雷長ノ素養ニ必要ナル対潜術又ハ機雷術ヲ修習セシムル」のが、このコースの目的と定められた。かれらへの教育科目は、表14のようになっていた。対潜各術科の理論から戦術、戦務まで、さすがは〝正規指揮官〟養成課程のそれぞれであった。

いっぽう、この昭和一七年半ばの六月、下士官兵の水測員養成・教育教程も、俄然、気合の入ったコースに改革されていた。

前年の昭和一六年四月に「機雷学校」が水雷学校から分離開校したとき、水中測的の練習生はここを卒業すると、「掌機雷兵（水中測的）」と呼ばれるようになっていた。名称上、魚雷の〝掌水雷兵〟の軒下から分かれ、半独立といったところであったろうか。

一般に水兵サンは、海兵団の新兵教程を出ると、三等兵になって艦船や部隊に配属された。やがて砲術学校や航海学校などの普通科練習生受験の機会が与えられる。もし将来、ハイドロフォンを操作する特修兵になって敵潜水艦を探り出し、ヤッツケたいと思ったら、このとき以後、機雷学校「普通科機雷術（水中測的）練習生」を受ければよかったし、またそうしなければ水測員にはなれなかった。

だが、一七年度から、通称「少年水測兵」という制度が新しく設けられたのである。

ホントをいうと、水中聴音には適性のある少年を選び、しかるべき合理的な〝音感教育〟を施して、要員をスクスクと育成することが肝要なのだそうだ。そこで海軍は、高等小学校を終えたばかりの素質ある少年を採用し、海兵団三ヵ月、機雷学校普通科練習生一ヵ年の課程を〝直行〟で学ばせ、卒業したら艦艇に、あるいは防備隊に水中測的兵として配属するコースをこしらえたのである。受験資格は満一四歳——すなわち少年飛行兵や少年電信兵とならぶ、可愛らしい兵隊サンが生まれることになったのだ。

そんなある練習生が外出したさい、横須賀の街中で欠礼したことから巡邏《じゅんら》に咎《とが》められた。そのとき「お前、本当の海軍の兵隊か？　海洋少年団ではないのか？」と、からかわれたそうだ。かれらの第一期生は約六〇〇名が機雷学校に入校し、昭和一八年三月に卒業している（河本義夫『対潜の旗』）。

ようやくといってよいか、対潜水艦戦に関しては、かなりの程度、海軍部内の認識が改まりはじめた。要員教育も充実されるようになった。昭和一八年の春、上は少佐、大尉から下は三等水兵まで、新しい対潜教育を受けた気鋭の戦士がワーッと戦場に出ていったのである。

ガ島撤退！　輸送船使えず

戦争第二年目に入って早々の戦局は、まだ〝ガ島争奪戦〟が焦点であった。表15を見ていただきたい。商船隊の潜水艦雷撃による被害状況だけを取り上げてみても、それがハッキリ表わされている。ソロモンへ通じる内南洋、南東方面での被雷沈没が断然多いのだ。

それだけでなく、空襲によるこの方面での被害も増えていた。昭和一八年一月では、航空攻撃による沈没一一隻のうち、アッツ島近くでの二隻をのぞいて、あとは全部、南洋群島、ビスマルク諸島、ソロモン・ニューギニア近海での喪失であった。

話はチョットさかのぼる。

昭和一七年一一月中旬、味方高速戦艦の主砲でガ島の敵飛行場を叩いて数日間沈黙させ、その隙に輸送船一一隻に分乗した陸軍・第三八師団を一挙に上陸させて奪回しようとの計画が実行された。だが、予期しなかった敵新型戦艦の阻止を受け、戦艦「比叡」「霧島」二隻のほか、大きな犠牲をはらったのに、飛行場制圧は失敗してしまった。「第三次ソロモン海戦」である。

二水戦に直衛された「ありぞな丸」(約一万トン)たち輸送船団は、一一月一四日早朝から一〇〇機以上の敵機による五回もの空襲で七隻が沈没、落伍し、泊地に到達したのはわずか四隻に過ぎなかった。一五日未明、四隻は強引に岸に擱坐して揚陸を開始した。だが夜が明けると、さっそく飛行機、艦艇による攻撃が始まった。さらに陸上敵陣からの砲撃も加わって、その四隻すべてで火災が発生してしまったのだ。

幸い、人員は二〇〇〇名のほとんどが無事上陸できたが、兵器、物資は軽火砲、弾薬それに糧食の一部が揚げられただけであった。

惨！　惨！　船団壊滅であった。なんと評してよいのか、言葉も失ってしまう。が、このような悲惨は、やがて戦争中盤に入ってからの商船隊の常態となっていく。

表15　船舶の被害状況

（昭和17年12月～昭和18年2月）

原因		昭和17年12月	昭和18年1月	昭和18年2月
空爆		9隻 (13,497トン)	11隻 (48,928トン)	5隻 (16,888トン)
雷撃	主として本土近海	4隻 (17,616トン)	1隻 (4,999トン)	3隻 (30,094トン)
	主として台湾海峡以南、マレー、蘭印方面	3隻 (8,864トン)	1隻 (4,693トン)	3隻 (12,942トン)
	主として内南洋、ビスマルク群島、ニューギニア方面	8隻 (28,030トン)	14隻 (69,807トン)	7隻 (20,058トン)
(空爆＋雷撃)		24隻 (68,007トン)	27隻 (128,427トン)	18隻 (79,982トン)

（トン数は、総トンを意味する）

三八師団主力の到着を待って、退勢挽回を期していた陸軍の計画はすっかり崩れてしまい、ガダルカナル奪回の希望は急激に薄れた。連合艦隊司令部は〝ガ島撤退〟という戦略転換の考えが頭を持ち上げはじめた。しかし、その直後の一一月一八日、東京ではガダルカナル奪回を方針とする陸海軍中央協定が結ばれる。あくまでも〝目的完遂〟であった。

そんな折、ニューギニアへも敵反攻!! 四面楚歌だ。ガ島撤退論は、一二月に入ると急速に浮上したのである。正式決定をみたのは一二月三一日だった。

駆逐艦によって、一月下旬より二月上旬にかけて決行ときまる。引き揚げは夜間にこっそりと、すばやく実行する必要があった。とても、速力の遅い商船では事はウマク運ばないと考えられたのだ。

第一次撤収が二月一日、第二次は二月四日、第三次撤収が二月七日に実施された。犠牲の出るのは覚悟していたが、予想をくつがえして順調に経過した。三回で合計一万六五二名（うち海軍は八四八名）の多数を無事後退させることができた。被害は「巻雲」が機雷に触れて大破、自沈処分したのと、ほか二隻が空襲によって、傷ついただけであった。

不幸中の幸い！　だがミッドウェー沖敗戦についで、〝ガ島撤退〟が、太平洋戦争敗北への第二の転機となってしまった。

結果的にみると、ガ島はなんとしても米軍に渡してはならなかった。石にカジリついても確保しなければならなかったのだ……。そのうえ、〝人と物〟を運ぶのに商船ではなく、艦隊駆逐艦や潜水艦を主用しなければならなくなってきたところに、戦争破綻の兆しが見えている。

沿岸用小艦艇——海上護衛に馳せ参ず

開戦前、軍令部では戦争になったときの、船舶喪失量の見込み数値をハジキだしていた。本章のはじめに掲げておいたが、戦争第一年目は八〇～一〇〇万総トン、第二年目は減少して六〇～八〇万総トンであった。この数字は算出者自身が、「あまり自信はない」と言っていたが、第一年目の実際は、ジリ増ししてはいたものの予想に近いまぁまぁの損害でおさまった。が、だが、である。

第二年目の見込み量は、月あたりにすると、五万～六万七〇〇〇トンになる。いま一度、表15をご覧いただきたい。各月とも予想上限を超えており、昭和一八年一月なぞは大幅に突破しているのだ。一年目より減少してよいはずなのに、逆に増えた。

MI作戦の失敗が確実に影響している。戦争の動向を大きく左右する、主力部隊の決戦《いくさ》には〝勢い〟というものがあるからだ。なのにそれでの大敗によって、直接それとない し準決戦には是が非でも勝たねばならない。

ないし準決戦には是が非でも勝たねばならない。なのにそれでの大敗によって、直接それとは関係ないはずの水面下の戦闘も、米潜水艦は上げ潮に乗りはじめた。

日本側にとって、事態は「対潜・海上護衛の問題」を深刻に考えなければいけない兆候を、昭和一七年夏以来すでに見せ始めていた。しかし依然、対処のための〝殊更な〟動きは起きなかったようである。

いや、最優先しなければならない新たな主力「空母と航空機」の再建・増産に追われ、対潜・海上交通保護への施策には、とても手が回りかねたのかも知れないが。

急がれている新「海防艦」の竣工予定は昭和一八年三月。だとすると、当面、恃《たの》むは旧式駆逐艦、水雷艇、掃海艇、駆潜艇、敷設艇などによるピンチヒッターの起用である。商船の衣装早がわりによる特設艦船の応援である。駆潜艇の続ぞく建造は達成されつつあった。

船体の小さい駆潜艇「一三号型」「二八号型」などは、排水量四二〇～四三〇トン、長さ五一メートルだったので、最初、乗員は「こんなチッポケな艦で、太平洋へ乗り出して行けるのか……」と思ったそうだ。

掃海艇、敷設艇は、駆潜艇より大きいとはいっても、掃海艇は六〇〇トン前後、敷設艇「測天《そくてん》」型が七〇〇トンほどなのだ。どちらも最大速力二〇ノット、航続力は一四ノットで二〇〇〇海里。遠っ走りはキツイ。でも、横須賀—トラック間くらいなら、片道直航の航海はできるが。

柄が小さいので、乗組員の苦労は並大抵ではなかった。洋心に出たとき、たとえ波はなくても船体はうねりのままに上下左右に揺すぶられ、なんとも耐えがたく、気分が悪くなってしまうのだという。

だが、そんな心配、労苦は無視され、すでに昭和一七年中には、掃海艇は単艦で、駆潜艇は駆潜隊を編成して前線へ出ていたのだ。

当時、いちばん遠方へやられたのは、第八艦隊の第八根拠地隊へ配属されたかれらだったであろう。ラバウルである。「第二〇号」「第二一号掃海艇」と第二一駆潜隊、第二四駆潜隊の面々だ。佐世保鎮守府所管のフネブネであった。かれらは、

「マストも隠れるような波の谷間や、ほうりあげるように立ち騒ぐ三角波の山に、木の葉のようにもまれながら、対潜掃討に船団護衛に、小粒ながら山椒のようにピリッと辛さのきいた働き」(吉永康平『駆潜艇二二号』)

を開始しだしたのである。中継点を設け、出入港地に近い短距離航路を受け持ってする、護衛が多かった。

海上護衛部隊システムの改善

そうする一方、コンボイ運航をスムーズにするため、ソフト面での改善が図られていった。

かねてより第一海上護衛隊、第二海上護衛隊では、隊内かぎりで船団の運航を直接指揮す

るため、応召の大佐か中佐の「運航統制官」を置いていた。だが、〝統制〟という語感から、また老齢者であったことから、護衛艦の長との関係がとかくうまくいかなかったようである。それで、昭和一七年一二月、「運航指揮官」と名称を変え、その任務は軍令承行令にもとづいて「（海上護衛隊）司令官ノ命ヲ受ケ、船団ノ運航ヲ指揮」するとハッキリ明示されたのであった。

一海護、二海護の隊内だけでなく、今後、海上護衛隊を増やした場合にも、全海軍的に通用する地位、身分であるよう、建制のシステムとしたのだ。従来の運航統制官は、「第○○海上護衛隊司令部付」と発令された士官を、護衛隊内だけでそのように呼んでいたのだが、今回の改正で「運航指揮官」がかれらの正規の肩書きとなったのだ。

つづいて同月、「方面司令」という職もつくった。

開戦後一年がたつころには、占領地への往還の船団、ソロモン、ニューギニア方面への緊急輸送のフネが増加していた。南西航路も南東航路も、しだいに海上護衛隊の司令部だけでは取り仕切りが困難になっていた。そこで、司令部から遠隔の海域には、〝支社〟的な機関を置いて船団護衛の統制と指揮を任せようとの案が浮かび上がったのだ。

「方面司令」を置くこととし、階級は大佐か中佐。現役士官もいたが、多くはやはり応召の将校であった。最初に配置されたのが昭和一七年一二月一五日付、第一海上護衛隊の「西方面司令」だった。「方面司令ハ司令官ノ命ヲ承ケ、ソノ指定スル区域内ニオケル海上護衛ニ関スルコトヲ分掌ス」るのが任務とされ、さらに「運航指揮官ハ司令官マタハ方面司令ノ命ヲ受ケ、船団ノ運航ヲ指揮ス」ると定められたのであった(『内令提要・巻二』)。

南西方面では船舶遭難の危険海域が台湾海峡近海に移っているとの理由で、対処のため一海護司令部は、シンガポールから高雄に移動していた。したがって、マレー、蘭印方面への目の届き方が悪くなってしまった。すき間を埋めるため、シンガポールに西方面司令の指揮所を開いたのだ。つづいて翌昭和一八年一月二四日、「東方面司令」を発令、さらに昭和一九年になると、「サイゴン」「パラオ」「ミリ(北ボルネオ)方面司令」と増置されていった。護衛指揮の体制を少しでも活性化し、キメ細かくしようとの計らいであった。

そしてまた、護衛艦艇乗組士官の資質向上の策も講じられた。

開戦直後に新発足した第一期「兵科予備学生」中の対潜関係・予備少尉は、昭和一八年一月に機雷学校を卒業すると内地、戦地の防備隊へ赴任していった。しかし、対潜のなかでも、陸上防備隊の任務は待ちの姿勢である。消極的である。シャバの大学や高等専門学校を出たばかりの、若い気鋭の戦士をこのような場に使うのはモッタイナイと当局は考えたのであろう。昭和一八年二月、「兵科予備将校艦船配乗講習規程」という法令をこしらえた。

すでに機雷学校で、一応の〝船乗り〟教育は受けている。が、それはホンノ基本のキの字。そこで、表16に示したような科目内容と日数で焼きを入れ直し、海上へ送り出すことにしたのだ。内容のレベルは、もうじき出来てくる海防艦をはじめ駆潜艇その他小艦艇の初級士官に、さらに進んでは機雷長、航海長が、または駆潜特務艇艇長が務められる知識、能力をも

表16　兵科予備将校艦船配乗講習科目（概要）

〈予備学生出身・対潜関係予備士官についての部〉

科目			授業日数
本科	投射（爆雷）	投射法、兵器操法および兵器学	12
	水中測的	水中測的法、兵器操法および兵器学	10
	敷設（機雷）	敷設法、兵器操法および兵器学	2
	掃海	掃海法、兵器操法および兵器学	3
	戦術、戦務	基本戦術、海上交通保護法、潜水艦一般	10
	航海術	航法、艦隊運動、航海兵器および操舵装置、信号術、見張術、気象学、実習	50
	運用術	運用作業一般、応急術概要、艦船構造の大要	15
	砲術	砲戦指揮法、防備艦艇用砲熕兵器の構造、機能取扱法	12
	通信術	防備艦艇に必要なる無線通信法	6
	機関術、工作術	軍用機関、電機、艦内工作一般	12
	軍隊統率法	指揮統率法	5
	軍制要務	防備艦艇乗員または防備艦艇長に必要なる諸要務	5
補科	武技		特定せず
	体技、体操		特定せず

たせるのを目標にしていた。

　これで待望の海上勤務ができる――と喜んだ者もいたが、「俺はフネには弱い。防備衛所の指揮官で、気楽にやっていた方がよかったのに」とボヤイた少尉サンもいたようだ。機雷学校へ再入校させ、期間は六ヵ月の予定。だが、急速に慌しさを増してきた戦況は、四ヵ月でかれらを海上護衛戦の戦場に引き戻したのであった。

「龍田丸」被雷、全員海没

　輸送船団を護衛する側のソフトの改善にあわせるかのように、される側すなわち船員の待遇改善も図られた。それは遅すぎたくらいであった。

　海軍艦艇によって護衛されるとはいっても、自船は丸腰ないしはそれに近いのだ。そのうえ低速である。とりわけ「作戦輸送」に参加した場合は、空爆、砲撃、潜水艦の三次元攻撃にさらされることさえ稀ではなくなっていた。さきほど記したガ島強行輸送での全滅などは、その惨烈きわまる状況を如実に表わしている。

通常の輸送航海でも、そういう悲劇の生ずる例が多くなっていた。

昭和一八年二月八日、日本郵船の豪華船「龍田丸」（一万六九七五総トン）は、徴用されて海軍の指揮下に入り、軍人軍属一二八三名と兵器を搭載して横須賀を出港、トラックに向かっていた。護衛には駆逐艦「山雲」がつき、その後方一五〇〇メートルを「龍田丸」が従い、単縦陣形で航行していた。

月は落ち、風向西、風速二〇メートルと天候は荒れていた。夜二三一五（午後一〇時一五分）ころ、「山雲」は突然、「龍田丸」にすさまじい爆発音が二回起こったのを聞いた。艦長は急遽、反転し、「イカガセシヤ」と発光信号を送った。だが、応答はなかった。

そして、同船は大角度で右に回頭したまま、船首を立てると真っ暗な海に吸い込まれるように姿を消していった。場所は御蔵島の東方四〇マイルの地点、沈没まで約二〇分だったとされている。

大時化《おおしけ》のため、翌朝になって空、海からの救難活動が開始され、それは一週間にわたったが遂になんの手掛かりも得られなかった。乗船者も木村庄平船長以下一九八人の船員も、全員が死亡と認定されたのである。悲痛！　悲惨！

暴風下、暗夜……。そのほか被雷の理由はいくつもあろう。が、帝国海軍の、先だってまでは〝艦隊駆逐艦〟の精鋭だった「山雲」がついていながら、敵潜の襲撃を避けられなかった。それどころか一名も救助できなかったとは一体どうしたことか。嫌味な言い方をすれば、〝連合艦隊の精鋭〟駆逐艦がついていたから、こんな事態になってしまったと言えまいか……。

もっとも「山雲」は、戦傷により半年近く横須賀工廠に入渠修理後、出渠して四ヵ月しか経っていなかった。ヤキが完全には戻っていなかったであろう。そんな致し方ない、マイナス原因は抱えていたのだが。

ともあれ、このような苛烈、酷薄な戦場に素手で出入しなければならない船員の処遇が改善されるのは、喜ばしいことであった。

「龍田丸」事件の起きる前月、一月二六日に「船員の待遇に関する件」が閣議決定されていた。船員優遇の方針を政府は明らかにし、運航成績によって奨励金を交付する、給与を統一する、公的休暇を与える等が決定された。従来は、船主ごとに給与基準が決められていたのだが、「被徴用船員戦時手当規程」を定めて、各社間の差をなくす方向に進んだのだ。

かつ、陸海軍の指示を受けて運航する船舶の乗組員は、選考によって「軍属」とする、軍人同様「論功行賞」を実施し金鵄勲章も授与する、殉職した場合は〝公葬〟を行なうことをきめた。さらに公死したさいは、遺族の援護扶助を厚くし、船員保険の給付を増額するなどを決定し、即日実施に移されたのであった。昭和一八年一月二六日である。

それまでは、単なる一般民間人として取り扱われていたが、以後、一部ではあったが「軍属」になった。また、名誉上でも、物質上・給与上でも厚遇されることになって、船員の士気は上がったのであった。軍人であれば、佐官級に授与される「功四級金鵄勲章」に輝いた船長も出た。

第四章――海護戦に苦戦す〈太平洋戦争Ⅱ〉

待望の新・海防艦竣工

待ちにまった〝航洋護衛艦〟「択捉《えとろふ》」型海防艦がようやく竣工しはじめた。その第一艦「松輪《まつわ》」ができたのは、昭和一八年三月二三日であった。つづいて同月中に完成したのは「佐渡」「隠岐《おき》」の二隻。さっそく三隻は、第一海上護衛隊にあるいは第二海上護衛隊へ編入された。ネームシップの「択捉」は、少々遅れて五月の竣工となるのだ。

このタイプの海防艦は基準排水量八七〇トン、内火エンジン二基で四二〇〇馬力、最大速力は一九・七ノット。一六ノットだと八〇〇〇浬を航行可能なので、外洋護衛には辛うじてまぁまぁの性能だ。が、一五、六ノットの航海速力をもつ船団への付き添いだと、いささかツライ速力ではある。

見張りはもっぱら双眼鏡を通しての目視発見。対水上用レーダーの二二号電波探信儀と対空用一三号電波探信儀、〝逆探〟と通称する電波探知機の装備は、もう少し先のことで、竣工時はまだであった。肝心の対潜兵装は、当初、九三式水中聴音機は少し遅れ、九三式水中探信儀一基。九四式爆雷投射機一基、搭載爆雷数は九五式を三六個（間もなく二式六〇個に換える）であった。

「九五式爆雷」は太平洋戦争中もっぱら使われたもので、かつての爆雷が、発火深度調定にバネを使用していたのを、時限注水式に改良したデプス・チャージだ。そして、大砲のほうは一二センチ単装を三門、二五ミリ連装機銃二基という状況である。建造の途中から、対水上戦より商船護衛のほうが大事だとわかって、設計のうえでも急遽、その性格を矯《た》めなおしてきた。が、やはり北洋漁業警備を前提任務とした「占守《しむしゅ》」型の残滓が臭っていた。

とにかく、なにぶんにも船体が小さい。

駆潜艇などに比べるとそれでもましなのだが、時化《しけ》ると艦首で切る波は艦橋、煙突を乗り越え、まるで水中を潜って進むに近い状態になる。航海中は、艦長はほとんど艦橋に詰め、他の士官もただちに配置につけるよう、私室で寝《やす》まず士官室の椅子やテーブルで横になる。これとてもたびたびブザーで起こされ、ほとんど寝る間はなかった。

海が荒れると、釜から御飯を炊く水が出てしまい、〝ガリ飯〟になる。テーブルの食器はスッ飛んでしまう。だから、おかずの入れ物を天井から吊るし、立ったまま食事をするという有様だった。フネに弱い者は酔っぱらって食欲は出ない。出港すれば洗濯、入浴はもちろん出来ない。全員着のみ着のまま、波と汗で服がズブ濡れになっても、自然に乾くのを待つばかりである。真水は、士官でも一日二リットルていど、下士官兵には、毎日の配給はない。

港に碇泊中以外は、顔も洗えない始末だった。

海防艦のような小ブネでは、外洋へ出て行くこと自体がもう戦闘であった。それに輪をかけた駆潜艇なぞの苦難は想像の外だが、遠距離・長期の航海がないだけマシであったといえようか。「択捉」型の定員は表17のようになっていたが、実際には三割がた余計に乗ることが多く、したがって、居住性は一段と悪くなっていたのである。

海防艦の幹部たち

〝菊のご紋章〟をつけていた軍艦「占守」型の艦長は、小さいフネなのに中佐あるいは少佐が定員だった。その余慶《よけい》（？）をとどめてか「択捉」型のケップも中少佐、と定められていた。それは表17のとおりだが、チョット表18をご覧いただきたい。本タイプの艦は合計一四隻造られるが、それぞれの初代艦長のうち五人までが中佐で占められているのだ。たかが対潜・護衛の海防艦——なんぞと馬鹿にしてもらっては困るのである。

五人は海兵五〇期前後の、そろそろ大佐に手の届く古参将校、「平戸」の瀬川艦長は高等商船出身、召集歴が長く、翌昭和一九年には中佐に進級する古豪予備士官であった。

「海防艦の艦長は、ほとんど全員が商船士官から召集されたリザーブ・オフィサーであった」と、よく言われる。しかし、そんなことはない。この表からも分かるように、「択捉」型初代の艦では、半数は兵学校出の本チャンなのだ。

ただし、大増勢が予定されている「御蔵《みくら》」型以降の〈名前艦〉とナンバーのついた〈番号

表17 「択捉」型海防艦の定員

職　名	階　級	人数
海防艦長	中佐、少佐	1
航海長兼分隊長	大尉	1
砲術長兼分隊長	少佐、大尉	1
機雷長兼分隊長	大尉	1
機関長兼分隊長	機関少佐、機関大尉	1
乗組	中尉、少尉	1
	機関中尉、機関少尉	1
	特務中尉、特務少尉	1
	機関特務中尉、機関特務少尉	1
准士官	兵曹長	1
	機関兵曹長	1
下士官	兵曹	21
	機関兵曹	12
	工作兵曹	2
	主計兵曹	2
兵	水兵	56
	機関兵	35
	工作兵	3
	主計兵	4

艦〉では、艦長定員が〝少佐あるいは大尉〟と、一段下げられた。

となると、商船界にもその〝艦長枠〟に当てはまる、三〇代から四〇歳そこそこの壮年予備士官が大勢いた。召集可能である。そこで、現役将校には艦隊駆逐艦や潜水艦のほうに出てもらい、海防艦や掃海艇、駆潜艇などの長には多く商船出身士官が貼り付けられるようになったのだ。したがって、〝ほとんど〟ではなく〝過半数〟を占めるようになった、とは言ってよいであろう。

先任将校以下の幹部士官は、とくに艦長サンが予備士官の場合、ぜんぶ予備士官と特務士官、准士官であった。砲術長、機雷長が特務士官で航海長兼通信長は予備士官、機関長は予備士官か特務士官という構成である。

そして、これら各長を直接補佐する砲術士、機雷士、航海士兼通信士、機関長付は予備士

表 18　「択捉」型海防艦初期の艦長略歴

完成順序	艦名 竣工年月日	初代艦長			所管鎮守府	所属
		姓名 階級	学校	専門		
1	松輪 S18.3.23	小田原憲一 中佐	海兵 48 期	—	佐世保	第 1 海上護衛隊
2	佐渡 S18.3.27	松林　元哉 中佐	海兵 50 期	砲術	佐世保	第 1 海上護衛隊
3	隠岐 S18.3.28	青木　久治 中佐	海兵 50 期	水雷	佐世保	第 2 海上護衛隊
4	択捉 S18.5.15	前田　清海 中佐	海兵 50 期	—	佐世保	第 1 海上護衛隊
5	壱岐 S18.5.31	中尾九州男 少佐	海兵 57 期	機雷	呉	呉防備戦隊
6	福江 S18.6.28	岡部　毅 少佐	高等商船	—	横須賀	第 2 海上護衛隊
7	対馬 S18.7.28	鈴木　盛 少佐	高等商船	—	呉	第 1 海上護衛隊
8	六連 S18.7.31	富所幸太郎 中佐	海兵 52 期	航海	呉	第 2 海上護衛隊
9	若宮 S18.8.10	不詳	不詳	不詳	呉	第 1 海上護衛隊
10	平戸 S18.9.28	瀬川　岩男 少佐	高等商船	—	横須賀	横須賀防備戦隊
11	干珠 S18.10.30	肘岡虎次郎 少佐	海兵 45 期・応召	—	呉	第 1 海上護衛隊
12	天草 S18.11.20	篠田　良知 少佐	高等商船	—	横須賀	第 2 海上護衛隊
13	満珠 S18.11.30	神沢　成徳 少佐	高等商船	—	呉	第 2 海上護衛隊
14	笠戸 S19.2.27	川島　信 少佐	高等商船	—	呉	呉防備戦隊

官だが、高等商船や水産講習所出身者だけでなく、普通の大学や高等専門学校を卒業して海軍に入った「兵科予備学生」出身のリザーブ・オフィサーが多かった。さらに、下士官兵の実務を指導、監督するのが特務士官の少尉とか兵曹長たち叩き上げのベテランであった。「択捉」型の新・海防艦は各艦とも、およそこんな艦内布陣で海上護衛の第一線に乗り出して行ったのだ。大多数の艦は第一海上護衛隊へ第二海上護衛隊へ、またある艦は所属する鎮守府部隊、警備府部隊へと。

だが、「択捉」型の最終完成隻数は一四隻に過ぎず、最終艦「笠戸《かさど》」が竣工するのは、昭和一九年二月なのである。昭和一八年はじめの当時、一〇〇〇トン以上のわが商船隊は約一二〇〇隻にのぼっていたといわれる。これらのフネが、前年の秋以来、日増しにつのる敵潜水艦の脅威に直面していたのに、メイン護衛艦の建造はこんな有様だった。

ダンピール海峡に船団全滅

そうしているうちにも、船はドンドン沈められていった。昭和一八年三月には前年秋のガ島強行輸送作戦の失敗にも匹敵する、いやそれ以上の大悲惨時が起きてしまったのだ。ガダルカナルの撤退に先立ち、昭和一八年一月、ニューギニアのブナ地区で、海軍の安田部隊（横須賀鎮守府第五特別陸戦隊）が全滅していた。このため、わが方の最重要地点ラエ、サラモア方面の防衛は非常に苦しくなっていた。なんとか反撃、攻勢に転じなければならない。

そこで、陸軍・第五一師団主力をラエに輸送することになった。八隻の輸送船が仕立てられ、七〇〇〇名ちかい人員が乗船し、四一門の大砲や戦車、大発三八隻ほかの物件が積み込まれた。重要な「作戦輸送」である。通常輸送の根拠地隊護衛兵力にはまかせておけない。連合艦隊が乗り出した。護衛には駆逐艦八隻があてられ、「白雪」に座乗する第三水雷戦隊司令官木村昌福少将が指揮官になった。例のヒゲの提督、それから五ヵ月後に「キスカ撤退作戦」を成功させるその人だ。

二月二八日夜、船団はラバウルを出港する。編隊速力は最大でも九ノット、なんとも遅い速力だったがやむを得えなかった。いちばん遅い船に歩調を合わせなければならないのだ。「コンボイ」制度の宿命的欠陥である。

航路はニューブリテン島北岸ぞいにとったので、潜水艦やとかく島嶼海面作戦でウルサイ魚雷艇などの妨害は、木村部隊の直衛でかなり防げるはずだ。問題はガ島争奪戦以来、とみに威力を増してきた敵陸上航空部隊による空襲である。ポートモレスビーやラビなどに重・軽爆撃機、戦闘機合わせて六〇〇機ちかくが進出しているとの情報が入っていた。なのに、この近辺でラエ輸送に協力可能なわが海軍機は、一二〇機前後にすぎなかった。ほかに約四〇機の陸軍機。

三月一日は無事の航海を続けた。しかし、ついに二日、味方直衛機がいたのに大型機の空襲で輸送船一隻が沈められた。ついで三日、果然、ダンピール海峡のクレチン岬南南東海面で、戦爆連合のべ三〇〇機に近い敵機の猛攻を受けることになった。このあたりはもう、小型機の行動圏内であった。

早朝の空襲には、直衛機の奮戦で被害を出さずにいた。だが、八時ころからの敵襲で目も当てられない惨劇が繰り広げられた。残る輸送船七隻全部と、駆逐艦四隻を失ってしまったのである。

まことに、愕然とせざるを得ない大被害となった。わが方にも護衛戦闘機がついていたのに、なぜ？　なぜ？

敗因の最大のものは、敵航空部隊が打ち出した新機軸の戦法にあったろう。異方向、異高度、同時攻撃にとりわけ斬新さはなかった。が、思いもよらない低空反跳爆撃（スキップ・ボミング）には手の施しようがなかったのだ。

理由はともあれ、この作戦の惨敗は、東京の統帥部と現地の双方に非常なショックをあたえた。前年のガ島強行輸送のときといい、わが占領地周辺に敵航空基地がガッチリ造成されてくると、作戦輸送だけでなく通常輸送の海上護衛にも、敵飛行機の毒牙《どくが》が伸びてくるのではあるまいか。特異な例とは言えなくなるのではあるまいか、と。まさに前門の虎、後門の狼である。

敵潜による被害、絶え間なし

昭和一八年三月には、いまのニューギニア沖の特異（？）例を入れ、また触雷や砲撃による被害も混じえて、計三〇隻、約一二万三〇〇〇トンの商船が失われている。そのうち、潜水艦にヤラレタのは二〇隻であった。そして、一〇隻が本土近海での沈没なのだ。しかも、このなかにまた、大きな悲惨事が含まれていた。

大阪商船の「高千穂丸」(八一五四総トン)は、三月一四日、神戸を出帆して、一七日、門司経由で台湾・基隆《キールン》に向かっていた。民間人乗客九一三名と雑貨二六〇〇トンを搭載するC船であった。一九日午前、ちょうど非常のさいの退避訓練を行なっているとき、潜水艦の雷撃を受けたのである。護衛艦はいなかった。二発発射され、一本が命中。次の雷撃でさらに一本命中。沈没はきわめて急速だった。四分後には姿を没したといわれている。地点は基隆沖北東一二五キロ。乗客の八一パーセント、船員の五九パーセントが還れなかったのだ(野間恒『商船が語る太平洋戦争』)。

米潜水艦が太平洋方面で狼群戦法(ウルフパック攻撃法)に踏みきったのは、昭和一八年四月であった。この戦法は別に目新しいやり方ではない。太平洋戦争が始まる前、欧州戦線ではドイツ海軍が使い出していた。複数隻の潜水艦がグルになって船団のまわりに集まり、隙を見つけて順繰りに噛みつき、効率よく餌食にしようとの戦術であった。

それには、潜水艦同士の無線電話による連絡が、ウマクいくことが基本条件になっていた。それが、かれらには可能だったのだ。また潜水艦へのレーダーの装備が昭和一七年末にはほぼ完了していたことも、好戦果を後押しする一因になっていた。一つのウルフパックはだいたい三～四匹で、群をつくっていたようである。敵はますます牙を磨きだしたのだ。

ただし、太平洋戦線での狼群使用開始時期には異説もある。『日本海軍潜水艦史』(同刊行会）によれば、昭和一八年一〇月、東シナ海に行動したのが最初だとされている。

五月には、またもビックリするほどのフネが沈められてしまった。なんと三一隻。開戦以来はじめての大量で、しかもぜんぶ、潜水艦による被害だった。本土近海、内南洋、ソロモン、比島方面とあらゆる海域でコッコツと沈められているのだ。

トラックを発した、「辰武丸」「畿内丸」ほか二隻、計四隻のB船は、第二海護の水雷艇「鵯《ひよどり》」に護られて横須賀に向かっていた。最初に被雷したのは「畿内丸」だった。その救難作業中、数時間もたたないうちに、こんどは「辰武丸」が雷撃されてしまったのだ（駒宮真七郎『戦時輸送船団史』）。

両船とも沈没。単艦による連続攻撃か狼群攻撃か、それは分からない。船団の大小にかかわらず、護衛艦一隻ではどうにもならないのだ。ミッドウェーに敗れ、ガ島から退き、ニューギニアで全滅部隊を出していたとはいえ、平面的に見れば、いまだ〝西太平洋の制海権われにあり〟の戦局であった。なのに、敵潜水艦の傍若無人の活動を許す。

これが「サブマリン戦力」の恐ろしいところであった。戦前、そんなかれらの実力を甘くみて、対策に熱を入れてこなかったツケが回ってきたのである。

軍令部のなかでも、日を追って増えてくる潜水艦被害に、さすがに護衛を担当していた「一二課」の部員は心配になってきた。かれらは、航洋護衛艦としての海防艦〝三六〇隻急速建造案〟を上司に提出した。ところが、軍令部の大勢は相変わらず第一線作戦一辺倒であった。ミッドウェー沖で失った航空母艦の補充が最優先とされ、次に潜水艦……。護衛担当者たちの悲鳴などは、「そんなもの後回し」という態度であったようである。

昭和一八年になってからの商船喪失は、明らかに開戦前の予想量を突破しつづけ、一月から四月までは、二月をのぞいて毎月一二万トン以上、五月は一三万トンを突破した。

この状況を見て、軍令部よりは、かえって海軍省のほうが心配しだした。台所を預かるかれらは異常な苦心で資材を捻出し、三四隻の海防艦建造を予算面に加えた。その年の六月ころのことであった（大井篤『海上護衛戦』）。

日本近海——米潜活動いよいよ活発

昭和一八年五月の敵潜による被害は多かったが、六月も二二隻の多数が沈められた。三月以来、毎月二〇隻を越えるのは、もう定常的になった感がある。

しかも、日本近海での被撃沈がどうも目につくのだ。千葉県南方、釜石沖、伊豆御蔵島付近、岩手県東方海上……。うち、半数ちかくがC船・民間船だった。「まったく気の毒に」、というほか言葉に表わすすべがない。

「東洋丸」「興安丸」「彰山丸」のB船三隻は、六月二五日、東京芝浦を出港した。行き先はトラック、護衛には第四艦隊第四根拠地隊の特設砲艦「平壌丸」（二六二七トン・朝鮮郵船）がついていた。翌二六日、八丈島北西にさしかかったとき、潜水艦に襲撃された。最初に魚雷を受けたのは「東洋丸」、ついで「彰山丸」が被雷する。護衛はわずか一隻である。手の施しようもないうちに両船は搭載軍需品とともに沈んでいったのだ。「彰山丸」では六〇名もの船員が戦死した（駒宮真七郎『太平洋戦争特設艦史』）。

C船「いぶり丸」が「貴船丸」「南京丸」と船団を組み、函館発、京浜へ向かったのは六月二四日であった。「第二号金剛丸」が護衛していたのだが、二八日午前、敵潜に攻撃されてしまった。一発目の魚雷は回避できたが、二本目が「いぶり丸」の機関部に命中、わずか五分で沈没している（同前）。

「第二号金剛丸」は二一六トン、日本水産からの徴用船を改装、特設掃海艇に仕立てたフネで、横須賀防備戦隊第一五掃海隊に所属していた（福井静夫『日本特設艦船物語』）。したがって、少個数の爆雷は搭載していたものの、肝心の水中探信儀、聴音機は持っていなかったと推測される。あっても、軽便探信儀だけであろう。護衛艦というよりも、事が生じたさいの〝遭難時救難艦〟にすぎない存在であった。こういう、対潜護衛艦としての実質の伴わない艦による護衛例が非常に多かったのである。

海上護衛戦が戦われたのは、南方海上や太平洋側だけではなかった。

かつての緒戦時、南シナ海はわが進攻輸送船団の重要航路となっており、支那方面艦隊が主にその護衛に当たっていた。しかし、戦局の移り変わりにともない、しだいに船団護衛海域は華中からさらに北にも広がってゆく。大陸にある陸軍部隊を南方戦線に転用するため、船団を仕立て出したからである。

昭和一八年三月ころより、渤海の奥深く大連沖や山東半島沖ですら、汽船が敵潜水艦に襲われる事態が生じはじめていたのはそれらを狙ってのことか。そういう東シナ海、南シナ海方面での米潜水艦の動きが明らかに活発になったと認められたのは、この年六月下旬あたりからだった。

といっても、米潜の活発化は全戦域にわたってのことであり、昭和一七年秋以降、各方面艦隊ごとに「海上交通保護担任区域」が指定され、該当区域内の船舶護衛、対潜掃討にそれぞれの艦隊は責任を持たされていた。

そして、こんどはそれを改定し、船団航路を設定してその航路内は〝極力一貫護衛〟との方針を打ち出したのであった。昭和一八年春から秋にかけて実施に移った。内地と中国、中国と南方と結ぶ主要航路も一貫護衛を行なうこととなったのである。たとえば、上海—台湾航路は上海特別根拠地隊が、広東—厦門《アモイ》航路は第二遣支艦隊が、などというふうに、関係部隊間で互いに協定を結び、責任限界を明確にするよう努力がなされた。

しかしながら、こういうせっかくの努力も、船舶被害減少の〝抜本的〟対策とはならなかったようである。

日本海の出入り口を塞げ！

一八年七月初旬、とうとう米潜水艦が日本海に侵入してきた。

六日、「第三播州丸」（七八七総トン）が北海道神威岬沖で雷撃を受けて沈没した。他にも、西岸付近で米潜水艦発見情報が九件ももたらされる。七日には「鞍山丸」(三六九〇総トン)が隠岐北方で魚雷をくい、やっと軍令部も敵潜侵入〝確実〟と気がついたのだ。舞鎮部隊では海面防備部隊を強化したり、舞鶴航空隊の水偵を警戒配備につけるなど、あわてて対策を講じたが、その後パッタリ被害は生じなかった。

戦後わかったことだが、ハルバル日本本土の裏側へやって来たこのときの米潜水艦は三隻で、「パミット」「プランジャー」「ラポン」という冒険野郎たちだったという。沈められたのはいま記した「第三三播州丸」ほか合計三隻。宗谷海峡を突破して入ってきたもののようだ。

連中、せっかく日本海の真ん中まで忍び込んだのだから、たんまり土産を持ち帰るつもりだったらしいが、パッとしないボロ船しか見つからず、わずか四日後には退散したらしい。しかし、それにしても日本海まで潜水艦に荒らされたのでは、日本海軍の威信にかかわる。大急ぎで、その出入り口を機雷で塞ぐことになった。

話は少々さかのぼる。かねがね日本近海で、わが海上交通をねらっての米潜行動が、とくに活発と認められるのは、だいたい味方防御海面外側で、かつ商船航路が集束して往還密度の高まる帯域が目標とされているようであった。

通常の対応策としてならば、対潜・護衛艦艇によって船舶をガッチリと保護するところだ。が、そのフネが少ない。であればと、護衛艦艇の不足を補う応急措置として、本土沿岸の特定地域と外洋の必要地域に「機雷堰」を構成し、航路の側防強化を図ることにしたのである。

大本営から命令が出された。指示を受けた各鎮守府、警備府や艦隊がそれぞれ分担して機雷堰をこしらえることになった。まず最初に手がけられたのは、昭和一七年一〇月の三陸沖機雷堰であった。石巻湾沖、宮古沖、久慈湾沖に、横鎮部隊が九三式普通機雷六〇〇個を沈置して、「対潜機雷礁」の列線を造り上げたのだ。敷設深度は一二メートル以上。つづいて大湊警備府部隊が、同様な手法で尻矢崎沖南方に二〇〇個の機雷礁を設定している。

「九三式機雷」とは、よく写真や図などで見かける、丸い缶体に数本の角の生えたもっともポピュラーな「係維機雷」だ。一〇〇キロの炸薬が入っており、その角に船体が触れるとドカーンと爆発するのである。

ならば、その効果はいかほどであったか。敷設翌月の一一月には、この方面に敵潜水艦を見なかった。

だが、一二月になると、ふたたび五隻もの被雷船が出てしまった。急遽、艦艇と航空機協同で掃討戦を展開したのだが、荒天のため小艦艇の行動は困難を強いられ、対潜戦果は上がらなかった（防研戦史『本土方面海軍作戦』）。

だがあきらめず、昭和一八年に入るとこの機雷堰は延長されて、東京湾口から本州北端にいたる海面下、さらに北海道室蘭沖にわたって敷設された。

ついで、朝鮮南西岸から中国大陸に向かう黄海海面下にも大規模な対潜機雷堰が構成される。いうまでもなくこれは、一八年になって増加してきた、黄海北部での敵潜水艦による被害への対応策であった。九三式機雷六〇〇〇個を沈置する深々度機雷堰で、大本営からの五月二一日指示により、鎮海警備府が実施した作戦だった。済州島の北西を一端とし、ほぼ西南西に向かって約一六〇マイルにわたる長大な列線である。

そんなときだったのだ、米潜が日本海に入りこんで暴れたのは。

七月二〇日、大湊警備府へ宗谷海峡に対潜深々度機雷堰を設置するよう命令が飛んだ。さっそく、敷設艇「石崎」「白神」「芦崎」「黒崎」の四隻で、七月二七日〜八月六日の間に、宗谷海峡東口へ南から北にかけて敷設を実施したのだ。九三式機雷四七〇個、敷設間隔六〇メートル、敷設深度一三メートルの要領で行なわれた（防研戦史『海上護衛戦』）。

しかし、ここへの敷設はいささか神経を使う仕事であった。

当時の外交大方針として、ソ連の機嫌を損ねてはならなかった。対馬海峡と津軽海峡は、細い制限航路を設け、そこを通ってもらうことにしたが、宗谷海峡はソウはいかなかったのだそうだ。そのため、潜水艦が潜航状態では通過できないような深度の、つまり深々度敷設法を用いたのだ。ソ連汽船は潜航する気づかいはないのだから、海上通航の邪魔にはならない。といって、機雷設置をソ連に打ち明けるわけにもいかなかったのだ。アメリカに筒抜けになっては、困るからである（大井篤『海上護衛戦』）。

というわけで、この敷設作戦は、実施する部隊にとって、はなはだ厄介な作業であったらしい。なのに、実効果のほどはどうも心もとなかった、と回想されている。

ならば、こういう「機雷堰」の効果は全然なかったのか、というと、そうでもなかったようだ……。後で触れる。

リザーブ・オフィサー、大活躍

ところで、海上護衛問題がしだいに重大化してきたため、予備学生出身の陸上勤務〝対潜士官〟に、海上勤務が出来るよう、リニューアル講習を行なうことにした。昭和一八年二月のことで、それはすでに書いた。だが、かれらだけでなく、高等商船学校や商船学校、水産講習所出の予備士官にも同様な講習を行なうことになった。

こちらのオフィサーは、なかでも古参者は〝船乗り〟としての腕前は兵学校出身者と同等、むしろそれ以上であった。予備少佐、予備大尉の階級を持つベテラン士官は商船船長や一等航海士として、世界の海をめぐっているからだ。

とすると、こんご増勢が迫っている海防艦はじめ各種の対潜・護衛艦艇の艦長、艇長には、とても兵学校卒業者だけでは足りないので、これら〝船乗りリザーブ・オフィサー〟の手を借りるのが捷径《しょうけい》だ。

しかし、残念ながら砲術、水雷、対潜、機雷、戦術等の兵術に関してのかれらのアームは、海兵出には当然のことながらおよばなかった。しからば急いで即席教育を、ということで講習を開くことにした。表19に示すような「兵科予備将校防備関係艦艇長講習科目」をこしらえ、機雷学校で約三ヵ月間、勉強させることに決めたのである。

そして、まだ高等商船、水産講習所を卒業して間もない、予備少尉、予備中尉の連中は、別につくられた「兵科予備将校防備関係艦船配乗講習科目」にのっとって同じく機雷学校で教育を施した。約一ヵ月であった。

これら若手は講習を終え、たとえば海防艦に配乗されればまずは航海士、シッカリ修業を積んでやがて航海長になるのだ。あるいはまた、もっと小さい掃海艇とか駆潜艇なんぞであれば最初から航海長をやらされる。といっても、いわゆる〝職務執行〟という、艦内限りの航海長なのだが。

そんな、若手〝船乗り〟予備士官の、召集直後の教育例・配置例を見てみよう。水産講習所遠洋漁業科を昭和一七年四月二四日に卒業したR・H氏なのだが、

五月二五日　任海軍予備少尉
五月二九日　充員召集を命ず　昭和一七年六月五日午前九時横須賀鎮守府に参着すへし
六月五日　横須賀鎮守府付被仰付　海軍機雷学校長の命を承け服務すへし
七月三一日　自今横須賀防備戦隊司令官の命を承け服務すへし
八月五日　補第四根拠地隊司令部付
八月一五日　補第二号長江丸乗組（航海士）

というようなアンバイであった。「第二号長江丸」とは、元東亜海運の客船で、特設砲艦に艤装された二六二九総トンのフネだった（『水産講習所　海の防人』同刊行会）。

こうして、対潜用小型艦艇では、艦艇長はもちろん先任将校以下の幹部陣は、予備学生出

表 19　兵科予備将校防備関係艦艇長講習科目

〈海軍機雷学校〉

	科	目	授業日数
本科	投射（爆雷）	投射法、兵器操法および兵器学	9
	水中測的	水中測的法、水中測的指揮法、兵器学	11
	敷設（機雷）	敷設法一般、機雷兵器概要	5
	掃海	掃海一般、兵器学	6
	設置	防潜網一般、設置一般	2
	戦術、戦務	基本戦術、海面防備、対潜掃討戦法、機雷戦法大要、海上交通保護法、戦務、図上演習	9
	水雷術	水雷兵器一般	1
	潜水艦	潜水艦一般	2
	砲術	砲戦指揮法、教育訓練法、兵器大要	2
	航海運用法	航法一般、操艦法大要、編隊運動、隊指揮法、信号法一般、見張法一般、兵用気象一般、天気予察法、応急処置大要、通信法大要、小艦艇装置兵器の大要	9
	通信	通信法大要、小艦艇装置兵器の大要	3
	機関	小艦艇用缶、蒸気機械、内火機械の大要 同上電力機関、配電装置の大要	2
	航空術	航空機の大要	1
	軍隊統率法	軍隊教育および指揮統率法	5
	軍制要務	勤務に必要なる諸法規および要務	5
補科	武技		特定せず
	体技、体操		特定せず

身者をふくめてリザーブ・オフィサー大活躍の場となった。

というのは、「軍令承行令」という規則で、昭和一八年度までは、予備士官の艦長、艇長の下には兵学校を出た正規の将校は配置できなかったからなのである。実情は、「占守」とか「八丈」といった現役士官の海防艦長の配下に、砲術長として乗り組んでいる中尉が二、三名いるだけであった。

しかし、昭和一九年

二月に軍令承行令が改正され、
「海防艦、輸送艦、水雷艇、掃海艇、駆潜艇、敷設艇、哨戒艇、特務艇、特設砲艦、特設輸送艦、特設特務艇、特設砲艦隊、特設駆潜隊、特設掃海隊、特設哨戒艇隊、特設監視艇隊、特設魚雷艇隊、特設砲艇隊、直接護衛中ノ護衛艦艇ヲ以テ編組スル隊、護衛ノタメ編組スル船団、護衛艦艇及ビ船団ヲ以テ編組スル隊……」

については、将校だとか予備将校だとか特務士官だとかのセクションに関係なく、階級の上下、同階級ならば先任順序によって、艦内、隊内の指揮がとれるように改められた。

したがって、この改定により、商船出の予備少佐艦長の海防艦にも、制度上、兵学校出身の本チャン少尉、中尉も配員し得るようになったのである。

だが、そうは言っても現実の人事はなかなか……、であった。

であれば、予備士官の対潜・海上護衛部隊への大挙進出が図られているこの時期、現役士官の進出はどうなっていたのか、機雷学校高等科学生の志望者数はどうなっていたのか。

当時、すなわち昭和一八年後半ころになっても、海軍士官社会ではいまだに機雷戦、対機雷戦、対潜戦、海上交通保護等に関しての認識が薄かった。

兵科将校は中尉、大尉になると、自分の将来の専門に何を選ぶべきかいろいろ考える。上司である艦長あたりからも、なにかと示唆《しさ》を与えられる。砲術か、航海か、はたまた潜水艦か……。

この時分、ときにはかなりヘイズの進んだ艦長サンで、「もはや、鉄砲とか水雷なんぞの時代ではない。日本を救うのは、対潜・海上護衛である。ぜひ君たちは機雷学校に入り、この分野に挺身すべきだ」と、熱っぽく説く人もなかにはあった。

しかし、そう言われてもたいていの青年士官は、首を縦には振らなかったようだ。〈機雷・掃海・対潜＝防備〉〈攻撃こそ最大の防御。防備は勝利への必須の道にあらず〉との、昔からの偏った認識に支配されていたからだ。

海兵某クラスの○○大尉は、〝不希望〟を表明していたのに、機雷学校高等科学生に強制的に入れられてしまった。よほどガッカリしたのであろう、彼は、級友に「俺は、将来にたいし光明を失った」と、手紙を寄越したという。この彼は戦後、海上自衛隊に入隊し最高幹部の一人になった人物である。そんな彼にして、大戦真っただ中の当時でもなお、こういう考え方だったのである。他は押して知るべし、といえようか。

砲術や水雷など各種術科学校には、昔あった初級士官教育用の普通科学生制度が復活していた。潜水学校のそれには大量の青年士官が送りこまれ、砲術学校にも少数の少尉サンが入った。機雷学校にもむろん普通科学生はつくられたが、昭和一八年には、ついぞここに学ぶ若手士官はいなかったのである。当局の施策か？　あるいは不人気であったため、希望者なしだったのか？

期待の「択捉」型、出動開始

前記したように、「択捉」型の新艦は竣工すると早々に海上護衛隊などに編入されていったが、昭和一八年四月一日、まず外戦部隊に顔を出したのは「松輪」「佐渡」の二艦であった。南西方面艦隊・第一海上護衛隊に所属する。

「隠岐」は「佐渡」より一日遅れの三月二八日に出来上がったのだが、船団護衛に出撃したのは、「択捉」型の仲間内では真っ先であった。四艦隊・二海護に入り、四月二〇日、横須賀発、トラックに向かい、五月一〇日、横須賀帰着の往復二〇日が初陣行であった。往路、復路ともつつがなく航海がすみ、まずは目出度しめでたしの門出であった。

いっぽう、一海護に入った「佐渡」は初出撃で爆雷を投下するハメになった。四月二四日、「T船団」を護衛して門司を発航したが、途中、敵潜水艦（らしいもの）を探知し、即、攻撃を加えたのだ。だが、効果は不明であったと報告している。船団は無事。

「松輪」は台湾やマニラでの訓練や整備、警戒碇泊に日を取られることが多く、少々出遅れた。五月六日、パラオに入港していたが、九日、「三〇〇七船団」を護衛してマニラを目指した。

船団は「明海丸」「蓬莱丸《ほうらい》」「いんだす丸」「喜代丸」「平安丸」「第一七真盛丸」「喜山丸」の七隻。が、護衛は例によって、「松輪」のみであった。途中、「蓬莱丸」が機関故障で脱落、また「喜代丸」「第一七真盛丸」が分離別動、セブ島に向かったので、船団は四隻に減っていた。

シブヤン海を北上、そろそろマニラも近いマリンドック島南方にさしかかったとき、突然、雷撃を受けてしまったのである。一五日一一二〇ころであった。最初、一番船「明海丸」の左舷前部船倉に命中し、アッと言う間もなく四分後には沈没してしまった。たまたま、搭載物件はパラオで下ろしていたので、幸いカラ船であった。

小田原憲一「松輪」艦長は戦後、このときの模様を、つぎのように回想している。

「……之字運動中午前一一時頃、一番船が船首に被雷、逆立ちとなり沈没、まもなく二番船も被雷、浸水、航行不能に陥ったのである。三、四番船はそのままマニラに直航せしめ、本艦はただちに探信儀により敵潜捕捉に努めたのであるが、しばらくして、反響音を捉えたるをもって、ただちに爆雷攻撃に移り搭載しておった爆雷全部を投射したのである。投射後、付近海面に重油多量浮出するのを認め、効果ありしものと判断、被害船乗員を収容の上マニラに向かったのであった」(『特別会報』兵学校第四八期級会)

「明海丸」の次にやられたのは「いんだす丸」、一一二〇だったが、「松輪」は爆雷攻撃を三回に分けて実施した。さらに探知を続行していると、一四一七、高さ三～四メートル、幅十数メートルの大爆発の水柱が上がるのが認められた。そしてさらに数分後、異様な大爆発音が聴取された。引き続き探知捜索に努めたが反響はなく、一六〇〇、大爆発の起きた地点付近海面に多量の重油が湧出、気泡も噴出しているのを発見する。ここにおいて、「松輪」は〝敵潜一隻撃沈せるものと考う、使用爆雷三〇〟と報告したのであった(『海防艦戦記』海防艦顕彰会、『戦時輸送船団史』駒宮真七郎)。

ただし、米側はこの時点で該当する沈没潜水艦はないと発表している。敵潜損害とわが撃沈戦果の食い違い……またも、だ。

続く新艦の完成で、昭和一八年九月一日現在のラインアップは、一海護「松輪」「佐渡」「択捉」「対馬」「若宮」、二海護「隠岐」「福江《ふかえ》」「六連《むつれ》」と増えていた。

これら海防艦もそうだが、その他の駆逐艦、水雷艇、駆潜艇から哨戒艇にいたるまで、海上護衛隊のなかでの諸艦艇は、バラバラに単艦として所属していた。駆逐隊、海防隊などは編成していない。そのほうが、船団護衛に張りつけるときその規模に応じて随時、必要数を派出しやすいからだ。

空襲被害も増加

「択捉」が実戦行動に入ったのは、昭和一八年七月二日である。「G船団」と呼称される「清澄丸」（八六一三総トン）「建洋丸」（一万二二四総トン）「香久丸」（八四一七総トン）の三隻を護衛して、佐世保発、シンガポールへ向かった。ガードに付いたのは「択捉」だけであったが、一〇日、無事セレターに安着している。大型で当時としては高速の一七ノット以上（筆者推定）を出す船ばかりだったことも幸いしていたのではあるまいか。

昭和一八年七月以降、南方産石油の内地へのタンカー輸送を強化するため、特別船団を編成することになった。船団名には「ヒ」をつけ、現地への往航時には奇数番号、本土への復航時には偶数番号で呼ぶことにした。そんな「ヒ〇四船団」を護送して、「択捉」は八月一一日、マニラ発門司へと北上を開始した。

さっそくその夕刻、艦首方向約五〇〇〇メートルに敵浮上潜水艦を発見、総員配置についた。砲撃を開始したのは、その七分後である。驚いた敵は、転舵反転すると水上航走で逃げようとする。「択捉」も速力を上げ、急追に移った。距離はつまる。と、やにわに敵艦は、躍りこむように急速潜航に入った。

無念！　ズラカラれてしまったのだ。だが、どうしたことか、およそ二〇分後にまた敵は浮上したのである。見つけた「択捉」は、ふたたび主砲の急射を開始した。しかし当たらない。一五分後には、またまた潜られてしまった。爆雷攻撃に転じたのだが、これはまったく闇夜に鉄砲であった。効果不明。

その翌朝、こんどは探信儀が敵潜らしいものをつかみ、爆雷投射を開始する。〇七〇〇から夕方まで断続的、執拗に続けた。一八〇四になって敵潜の油紋らしいものを発見、爆雷攻撃を加える。重油量はしだいに増加し幅二〇メートル、長さ一五〇〇メートル以上になっているのが肉眼でもハッキリ分かった。ようやく暗くなってきたので、その場へ居すわり監視、哨戒に入った。

一夜あけると、予期に反して昨日の油は認められなかった。極力付近海面を探知したが、反響音は得られなかった。残念ながら韜晦《とうかい》されたらしい。「消耗弾薬数主砲一四、爆雷一八、戦果効果不確実、我被害ナシ」と、艦長は報告を送ったのであった（『海防艦戦記』海防艦顕彰会）。

見えない敵を相手とする対潜水艦戦闘は、水上艦同士の戦いや空対艦の戦闘と異なり、多くの場合このような歯切れの悪い幕切れになりがちであった。

昭和一八年八月の商船隊の総被害は、六月、七月とほぼ同じであった。だが、九月になると一気に倍増してしまったのだ。一〇月になっても同様多かった。潜水艦による被雷沈没は、九月三〇隻、一〇月二六隻にも上っているのである。何が故に……。

主因は敵サンのほうにあったようである。

ミッドウェー海戦勝利の結果、米海軍は太平洋正面にたいしての、潜水艦による哨戒の度合いを減ずることができた。そのため、潜水艦を索敵攻撃に振り向けるようになっていた。しかし、まだどちらかというと艦艇攻撃に重点がおかれていた。

日本商船攻撃に力を入れはじめたのはガ島戦以後であったが、なお大西洋方面の戦いに重心をかけざるを得ない戦況であった。だが、昭和一八年後半になって、いよいよ太平洋戦線で商船攻撃に本腰を入れうると判断したのである。

しかも、六月以来、少しずつ新式魚雷を採用しはじめていた。ドイツのものを真似た電池魚雷が、わずかだが前線に供給されだした。その炸薬もTNTから高性能を誇るトルペックス（torpedoe + explosive）に代え、爆発威力は五割も増したのだ（大井篤『海上護衛戦』）。

そこへもってきて、日本側の〝敵潜水艦対策〟に大きな変化なしとすれば、被害の増加は当然のことといえよう。数隻の〝海防艦〟新配備ていどでは問題にならなかった。

加えて九月になると、空襲による沈没も前月までとは比較にならないほど増えた。さすがに、制空権を日本側が握っている本土近海で叩かれるフネはなかったが、ソロモン、ニューギニア戦線や占領地海域でボコボコ沈められるのだ。

たとえば、九月六日被爆の「みらん丸」（五四六七総トン）——。緒戦時の進攻戦を終わって、すでに安全と思われていたラングーンに入港中、B24の編隊二五機に襲われた。同船はA船で、搭載物件の陸揚げを開始したばかりのときであった。応戦及ばず、沈没してしまう。陸軍一二一名、船員八名の戦死者を出した（駒宮真七郎『戦時船舶史』）。もはや、後方占領地だからといってウカウカしてはいられなくなったのである。一〇月以後も、もう恒常的に空爆被害が大きくなっていった。後門の狼は増え、強くなる一方であった。

しかし、飛行機からの攻撃には、護衛にあたる海防艦も駆潜艇も手の施しようがなかった。いずれも〈対潜戦〉を専門とする艦艇なのだ。空にはヨワい。

〝海護総〟設立の動き起こる

その九月、はやくも海防艦に犠牲を生じてしまった。

昭和一八年七月三一日に竣工、呉鎮特別役務艦に指定されて基礎訓練にしたがっていた「六連」は、八月一五日付で第二海上護衛隊に編入された。横須賀へ移動し、出動準備を整えると二一日には「三八二一船団」を護衛して、トラックに向け出港する。

三〇日、無事現地へ着港。九月二日にはふたたび船団を護衛して早朝出港、内地に針路をとった。上空には二機の飛行機もあり、駆逐艦「雷《いかずち》」もいた。太陽が午後の空に回った一三五六、突如「右三〇度、潜望鏡、二〇（二〇〇〇メートル）！」の見張員の絶叫が艦橋を驚かせた。艦はただちに転舵向首、一六ノットに増速する。

一四〇一、真艦首八〇〇メートルに直進してくる雷跡二本が発見された。即、取舵で回避しようとしたが、直後に魚雷は右舷前部と後部機械室に命中し、艦首切断、機械室は大火災となった。傾斜は甚だしく、浸水大。一四一三には横倒しになって、沈没してしまったのである。命中一〇分後であった。戦死行方不明四六名、「雷」に救助された者一一八名と記録されている（『海防艦戦記』海防艦顕彰会）。

生誕わずか一ヵ月後の遭難、まことにはかなく、アッケナイ生命であった。それもさることながら、船団を敵潜水艦から護るべき護衛艦、しかも出来立ての新鋭「海防艦」が手もなくヒネられる。これは一体どうしたことか、猫が鼠に食い殺されたのだ。

対潜水艦対策、海上護衛問題がようやくかまびすしくなってきたのは、ちょうどこの頃だったようである。

軍令部第一部の「戦争指導班」に報告されてくる極秘中の極秘事項は、船舶損耗度の急速さを示すものばかりであった。戦争継続の前途はマスマス暗い。九月二五日にもたれた「省部（海軍省・軍令部）連絡会議」において、伊藤整一軍令部次長より「船舶損耗減少方策」に関し、説明がなされた。そのための新機構設立、陣容整備についてであった（『海軍中将中沢佑』同刊行会）。

さらに、同月三〇日には、「御前会議」が開かれることになった。会議で「今後採《と》ルベキ戦争指導大綱」が決定された。戦争を遂行するうえで、日本が絶対に確保しておく必要のある要域を「絶対国防圏」と名づけ、外郭線をマリアナ・カロリン線まで下げたのだ。そして、そうなってしまったのも船腹量の減少が主因であるからと、船腹損耗防止の画期的対策を立てることが決定されたのであった。

戦争指導班の部員であった大井篤・元大佐はこう語る。

「それまでの日本海軍は、連合艦隊をもって敵艦隊と決戦するのにもっぱらで、シー・レーン防衛はいい加減にされていた。海軍の戦略思想がそうなっていたのである。若し戦争の初期、つまり戦勢がわがほうに有利で、戦争遂行力に余力がまだ相当あるうちに気が付いたのならまだしもだが、取り返しがつかなくなってしまった後、やっと気付いたのである。

米軍が日に月に増強を加速しつつ東方から、急追してくるというのに連合艦隊戦力は衰弱の一途。大勢すでに決す、であった。だから、本来なら速やかに講和の手を打つべき段階になっていたのだが、日本では講和は禁句だった」(『及川古志郎』:大井篤〈海軍で及川さんに仕えた思い出〉)

こうして、省部連絡会議と御前会議の決定により、大急ぎで店開きされたのが「海上護衛総司令部」だったのである。

開戦後、もう満二年が経過していた。やっと、遅まきながら英国海軍流に、「国土防衛」に戦う〝決戦用艦隊〟と、「海上交通線維持」のための〝護衛用艦隊〟の二本立て海軍にし

表 20　海上護衛総司令部部隊の構成概要

（S19.1.1 現在）

区分		艦船部隊	特設艦船部隊
海上護衛総司令部部隊	第一海上護衛隊	汐風、帆風、朝風、呉竹、若竹、早苗、芙蓉、刈萱、朝顔（以上駆逐艦） 松輪、佐渡、択捉、対馬、若宮、干珠、三宅、占守（以上海防艦） 真鶴、友鶴（以上水雷艇）	華山丸、北京丸、長寿山丸
	第二海上護衛隊	追風、朝凪（以上駆逐艦） 隠岐、福江、平戸、御蔵、天草、満珠（以上海防艦） 鵯、鴻（以上水雷艇）	長運丸
	直率	大鷹、雲鷹、海鷹、神鷹（以上航空母艦） 第 901 海軍航空隊	

よう——というわけであった。すなわち、連合艦隊を右腕とすれば、海上護衛総司令部部隊は左腕にたとえられる。

しかしすでに、日本海軍兵力のうち目ぼしい艦船部隊は、みなGFに入っている。それでもかれらは、数が足りないからもっとフネを回せと軍令部に言っているのだ。そんな連合艦隊と張り合うには、よほどの地位、人物の提督を司令長官にもってこなければならない。

〝海上護衛総司令部〟設立

そういうわけで、海上護衛総司令部の初代司令長官には、連合艦隊司令長官とならんだとき引けをとらないどころか、上回るような大物提督を据えることになった。軍事参議官から及川古志郎大将が引き出されたのだ。兵学校は三一期、永野軍令部総長の二年後輩だが、古賀峯一GF司令長官より三年も古く、しかも海軍大臣の椅子に坐ったことのある超大物アドミラルであった。

総司令部は、そのころ海軍省や軍令部のすぐ隣に残っていた、明治時代の衆議院議長の官舎が当てられることになった。昭和一八年一一月一五日、帝都のド真ん中に軍艦旗に似た「大将旗」が翻ったのである。海軍大臣、軍令部総長はたとえ元帥、大将でも〝将旗〟をポールに揚げることは出来ない。軍隊指揮官ではないからだ。

及川長官には、「麾下《きか》海上護衛隊ヲシテ主トシテ其ノ担任航路ノ船団護衛ニ任ゼシムルト共ニ、海上交通保護及ビ対潜作戦ニ関シ各鎮守府司令長官及ビ警備府司令長官ヲ指揮スベシ」と大本営から命令が与えられた。司令長官は天皇に直属する。作戦に関しては軍令部総長の〝指示〟を受け、一般軍政については海軍大臣の〝指揮〟に従うことも、連合艦隊司令長官と同列、同等であった。

前の年、昭和一七年四月に編成され、護衛作戦に従事していた第一海上護衛隊と第二海上護衛隊は、いままでのGF配下から離れ、当然のことに「海上護衛総司令部部隊」の一隊となった。

このときの第一海上護衛隊、第二海上護衛隊の編制内容は表20のようになっていた。

前年の新編時とはだいぶ顔ぶれが違っている。新海防艦が編入されたので当たりまえではあった。とはいえ、駆逐艦のあらかたが、相変わらず大正時代の旧式艦だった。決戦用艦隊でもディストロイヤー不足で困っていたのだから、仕方のないことではあったが。

ほかに、海護総司令長官の直率部隊もつくられている。それには、護衛用航空母艦と海上護衛を専務とする航空隊が含まれていた。

そして海護総の指揮範囲は、非常に広いものであった。一海護、二海護、直率部隊だけではなく、外部にも及んだ。

すでに記してきたところだが、日本近海では内戦部隊である横須賀、呉、佐世保、舞鶴鎮守府部隊と、鎮海、大阪、大湊、高雄警備府部隊が、それぞれ独立して担任区域の海上交通保護にあたっていた。

しかし、敵潜の跳梁跋扈《ちょうりょうばっこ》があまりにも激しいため、船団護衛と対潜作戦はこの際すべて統一して対処したほうが適切、有効と考えられた。海護総設立の大きな理由だが、〝この点〟についてだけ、鎮・警関係部隊全部を「海上護衛司令長官」が指揮するように改められたのだ。こういう指揮のやり方を「区処」といった。だから、人事とか教育訓練なんぞといった一般軍政事項に関係することには口出しできない。

期待をになって、新体制出発。だが、その開庁時、永野軍令部総長はいみじくもこう挨拶した。「今頃になって、海上護衛総司令部をつくるということは、病気が危篤の状態におちいって医者を呼ぶようなものかもしれない。だが、国家危急存亡のとき、関係各位の渾身の努力を切望する次第である」

機構は出来た。しかし、それに劣らず肝心なのは、総司令部部隊の実質を形作る艦艇の中身であろう。この年一〇月、「択捉」型より一歩すすんだ海防艦が出来上がった。「御蔵《みくら》」型だ。

太平洋戦争開戦当初の戦訓を取り入れ、耐寒性などは考慮せず南方向けに、しかも対潜装備を強化した航洋護衛艦として造られている。「択捉」型よりチョット大きめで、基準排水量九四〇トン、ディーゼル二基で、最大速力一九・五ノット、航続力は一六ノットで五〇〇〇マイルと計画されていた。大砲は一二センチ連装一基と単装一門の計三門、機銃は二五ミリ連装二基。爆雷は、一二〇個と画期的に増強されている。水測兵器も九三式水中探信儀、九三式水中聴音機がはじめから備え付けられていた。電測兵器は、やはり最初は未装備であった。

第一艦「御蔵」につづき、翌一一月に「三宅」が竣工、昭和一九年に入って六隻、とこのタイプは計八隻が造られる。当初、計画は一七隻だったが、設計上の理由から変更されたのであった。

雷撃被害、超激増

ならば、「御蔵」「三宅」が誕生するころの、海上護衛戦の実況はどうであったろう。

被害の度は増しこそすれ、減ずることはなかった。一〇月半ばの一二日昼間、敵はラバウル港を大編隊で強襲してきた。ニューブリテン島西部方面に新たな攻勢を仕掛けるための準備作戦であったようである。五八〇〇総トンの「恵昭丸」の他は小型船だったが、一挙に七杯もの商船が撃沈されてしまった（『日本商船隊戦時遭難史』海上労働協会）。

港湾に停泊している無防備の船舶を爆撃するのは、飛行機側からすれば赤子の手をねじるように易々たるものであった。たとえ傍らに護衛艦艇がいたとしても、とても守りきれるものではなかった。毎度言うことだが、航空攻撃に抗するにはゼッタイ、〝防御飛行機をもってするしか手段はない〟のだ。制空権確保が必要となる所以《ゆえん》である。

一〇月一〇日、門司発航の「一〇五船団」は、台湾・高雄へ向かった。「帝海丸」「しかご丸」ほか四隻、計六隻より成り、一海護の大正一〇年製駆逐艦「汐風《しおかぜ》」が護衛である。一五日深夜には高雄入港を目前にし、台中の北西沖を航行していた。その〇一一〇、やにわに敵潜水艦の襲撃をくう。二番船の「しかご丸」に命中した。当たり所は機関室左舷、真っ白な蒸気を吹き上げると、傾斜をはじめる。一〇分ほどは小康を保っていたが、ついに退去命令を出さなければならなくなった。

沈没は〇一五一。陸軍部隊、船員あわせて一四九七名が乗っていたが、幸い僚船の救助によって一三四七名の多数が救助され、高雄に入ることができた。

かと思うと、同じく門司発、高雄行き「一〇八船団」のような、こちらの反撃に敵潜が逃げ出した例もある。

一〇月二二日に、「白山丸」「広進丸」ほか合計七隻の輸送船と海防艦「松輪」でコンボイを編成し、抜錨した。二五日には浙江省大陳島のちかくにさしかかった。おりしも夕闇が迫ってきた一九〇〇、船団の右手五〇〇〇メートル付近に浮上潜水艦を発見した。島影を背に、全速の反航態勢、見えにくかったがまさしく敵潜であった。ただちに砲撃を開始する。ビックリした敵サン、慌てふためいて闇のなかに雲隠れし、船団は無事、二六日、高雄に入港することができた（駒宮真七郎『戦時輸送船団史』）。

一〇月の被雷喪失は二四杯であったが、一一月は腰を抜かすほどに増えた。じつに四八隻にも達してしまったのだ。ほかに空爆による一六隻、その他の原因二隻を合わせると、六六杯、二八万五五七四総トンになったのである。うち五〇〇〇総トン以上のフネは、二五隻であった。

一海護の海防艦「対馬」は「旭栄丸」「北陸丸」「あまつ丸」「安芸丸」「香久丸」「阿波丸」の六隻を護衛して、一一月三日、シンガポールを出港する。船団名「ヒ一四」、行き先は門司。言うまでもなかろうが、きわめて重要なオイル・タンカー復航船団だ。なのに、またしても護衛は「対馬」のみ。

出港五日後の八日〇五〇五ころ、南シナ海は中沙群島東方を通過しようとしていた。そのとき左側に位置していた「旭栄丸」が敵潜に襲撃されてしまった。石油満載——火災を発生して、傾斜沈没していった。

護るは「対馬」一隻である。残る五隻の守衛、警戒に当たりつつ現場を脱過すべきか、あるいは「旭栄丸」乗員の救助のため、停止すべきか、鈴木盛艦長は非常に苦悩したという。だが、鈴木少佐は東京高等商船出身のオフィサーである。意を決して、油の燃える〝火の海〟から全遭難船員六一名を救い上げ、北上を続けている船団のあとを追った。三〇時間後にようやく追いつき、内地までの護衛任務を遂行することができたのであった（『高等商船学校出身者の戦歴』同刊行会）。

それにしても、ホントに護衛艦の数がすくない。防研戦史『海上護衛戦』によれば、昭和一八年末のこの当時、第一海上護衛隊管区で編成された船団の大きさは、最大で二六隻、平均四・九隻だったという。しかし、これに付ける護衛艦の数は、依然、少数に限られていた。頻繁に運航される船団を十分に護衛するのは容易ではなかった。驚いたことに九三六コ船団がつくられたうち、三分の一以上の三二二コ船団は無護衛で航行したのだそうだ。

敵潜、確実に撃沈！

さきほどから、護衛艦は〝たったの一隻〟〝またも一杯〟などと書いてきたが、一隻でも付けばよいほうだったのだろう。多くても二～三隻にすぎなかったのだ。当時、最大のコンボイであった、昭和一八年一〇月六日高雄発、サンジャック行きの「三二八船団」でさえ、加入船舶は二六隻だというのに護衛には古い二等駆逐艦「芙蓉」と特設砲艦「北京丸」（二二八八トン）の二隻しかつかなかったのである。

ところで、被害の大小を云々するには、護衛艦隻数の多寡《たか》もさることながら、対潜装備の質と量も問題にすべきである。

攻撃兵器である爆雷については、「択捉」型からさらに「御蔵」型になって、搭載数は一段と増加された。しかしそれも大事だが、水中測的兵器の質のほうが問題ではなかったか。敵潜を速やかに発見し、その位置を確実に認知して投射に移ることが肝要なのだ。

駆潜艇や「択捉」型、「御蔵」型など小型艦は九三式聴音機を備えていたのだが、どうもそれは〝嫌われ者〟であった。信頼度が低いことに原因があったらしい。

原速一二ノット程度で航《はし》っていても、自艦から生じるもろもろの振動音、船体と海水のあいだで発生する擦過音、波の音などが聴音精度を落としたようである。が、これは、聴音機そのものの性能不良ではなく、捕音器の取り付け位置に理由があったようだ。

戦艦なんかの大艦だと接着面積にゆとりがあり、かなり良好な成果をあげたようだし、さらに陸上の防備衛所あたりでは素晴らしい聴音能力を発揮した。なのに、船体が小さい海防艦ではマイクロフォンの設置位置が浅くなる、配列したときれいな楕円が描けない——などが原因したらしいのだ。

したがって、駆潜艇や海防艦で、大型艦なみの精度を保とうとすれば、微速六ノット以下に速力を落とすか、停止して精密聴音に入らなければならない。しかし、こんなことばかりをしていたのでは、実際問題として〝護衛ショーバイ〟は成り立たないのである。

このため、小型艦でも平常航海速力の使用に耐えられる水中聴音機の開発がはじめられた。昭和一九年六月になって、八〇個のロッシェル塩捕音器を艦底に二重円を描くように配列した試作品が完成した。新製駆逐艦「梨」に取り付けて実験したところ、好成績が得られた。「四式水中聴音機」の名で、駆逐艦などに装備が急がれたが、時すでに……の状況であった（『海軍水雷史』同刊行会）。

水中聴音機で敵潜の警戒、見張り、捜索に当たり、発見したならば水中探信儀で標的して爆雷攻撃に移るのが常道である。が、いま書いたような理由から、実際は肉眼見張りで潜望鏡や雷跡を発見し、攻撃を開始する例が多かった。それならまだしも、「突如、船首左舷に魚雷一本をくい、さらに中部に一本が命中」というような、気が付かないうちにいきなり向こう脛《すね》を蹴っ飛ばされるビックリ事例が多かったのである。

そうして、とうとう戦争第二年目の、昭和一七年一二月から翌一八年一一月までのあいだに、わが商船二七八隻、一二四万二五一総トンが撃沈されてしまった。空爆、触雷その他の理由による沈没もいれると、四三二隻、一六三万八九六八総トンのもの凄い数字にのぼったのだ。戦前予想していた被害トン数のおよそ二倍に達している（防研戦史『海上護衛戦』）。では、わが対潜部隊はこの一年間、かれらの暴れるにまかせていたのだろうか？　やつらをヤッツケルことができなかったのか？

戦後の米側公表によれば、同期間中の潜水艦喪失は一六隻なのである。これに反し、日本海軍の喪失サブマリンは三〇隻に及んでいる。かれらの倍も撃沈されている。この開きの意味するところは大きい。簡単にそれはこうこうの理由だから、と片付けることは出来ないが、彼我対潜戦能力の差が数字化されているとしたら、ことは重大だ。

ところで、この戦争第二年目最後の米潜被撃沈は、昭和一八年一一月一九日の「スカルピン」沈没だが、それはわが「戦果」として確実に視認されている。

詳しい経緯は略すとして、その日午前、駆逐艦「山雲」は、トラックへ入港するため二二ノットで航走中、水平線上に漁船らしいものを発見した。しかし、数秒後には見えなくなってしまった。が、艦長は迷うことなく敵潜と判断、増速向首、探信儀の送波器下ろし方を命じた。

まもなく水測員は目標を確実に捉えた。送波器を揚げ、爆雷攻撃に転じる。逃がしてはいない。再度攻撃、だが、油も気泡も出てこない。やがて三時間がたった。午後になったので、やむを得ず艦長は現場を去ろうとした。そのとき、突如「敵潜浮上、攻撃してくる」との報告が飛んできたのだ。

艦橋騒然!! 距離はわずか八〇〇。各砲、猛然独立射撃に入った。砲煙の消えたときには敵の艦影はなかった。撃沈! 撃沈確実だ! 沈没点に近づくと大勢の人が浮いている。五人、一〇人……全部で四二名を救助したのであった（小林長悦《駆逐艦山雲の攻防》:『海軍水測史』所載）。

海護総部隊に、航空隊と空母が

海上護衛総司令部部隊には、一海護、二海護のほかに司令長官の直率部隊もつくられ、昭和一八年一二月一日新編の一個陸上航空隊と四隻の空母がこの直率部隊に編入されていた（表20参照）。

対潜哨戒には、水上艦艇と飛行機の協同が効果的なことは戦前からよく認められていた。軍港やその他の要地に設置されている航空隊のうち、水偵や飛行艇あるいは艦攻を置く部隊では、対潜訓練を励行し、対潜爆撃を研究項目に掲げていたものだ。

空中からだと、潜没している潜水艦はよく見えるらしい。昼間、日本近海の黒潮流域では、海上平穏な場合二〇メートル、南洋方面だと三〇メートルくらいは可能とされている。もちろん曇って海面が乳白色だったり、夜はダメである（『日本海軍航空史・用兵篇』時事通信社）。潜望鏡深度は一八メートルから一九メートル、空中から船体を発見される可能性は高いのだ。

だから、わが海軍の潜水艦長にとって怖いのはむしろ、水上艦の見張員ではなく、飛行機であった。昭和六、七年頃の艦隊潜水艦長たちは「飛行機にならば仕方がネエが、フネの見張りに発見されてしまうのは、家のなかにいて落雷にヤラレるようなもの。運が悪いんだ」と軽口を叩いていたそうだ（『水交』四〇号、昭和三一年一〇月）。

そういうことも遠因し、このたび対潜飛行の専門部隊を設けることになったのである。名づけて「第九〇一海軍航空隊」。海上護衛用航空隊には「九〇〇番台」の番号が用意されたのだ。上出俊二中佐（海兵五一期・水上機操縦専修）を司令として、館山基地で開隊された。九六式陸攻二四機と九七式飛行艇一二機とで発足する。

直率部隊だから護衛担当航路は、一海護、二海護の両方にまたがっていた。双方の地域にいくつかの航空基地を設定し、兵力を分遣派出しておく。船団の運航にしたがって臨機、飛行機を移動することにより、通しの〝一貫護衛〟を行なおうと目論《もくろ》んだのだ。九〇一空は大急ぎで速成訓練をすます。分派第一陣は翌昭和一九年一月、沖縄に進出を命ぜられ、続く基地設定の進みにともない、三月上旬には予定の配備を終了している。

空母を海上護衛で対潜哨戒に使う……。ユニークな発想に見えるが、むろん航空母艦といっても制式空母ではない。もと「春日丸」の「大鷹」、「八幡丸」の「雲鷹」、「あるぜんちな丸」の「海鷹」、ドイツ汽船「シャルンホルスト」の「神鷹」であった。それまでは、飛行機運搬に従事していた低速の商船改造空母なので、護衛作戦には手頃と考えたのであろう。「春日丸」は日本郵船の持ちブネ、建造途中で空母に換わったため、基準排水量一万七八三〇トンで速力二一ノット。「八幡丸」は大阪商船の一万三〇〇〇総トン、二三ノットの南米航路用客船。「シャルンホルスト」は一万七〇〇〇総トン、ターボ電気推進による二一ノットの貨客船であった。

しかし、〝海護総〟に編入されたからといって、すぐさま作戦に使用できるはずもなかった。まずは、母艦機搭乗員の養成から始めなければならない。昭和一九年二月一日付で「第九三一海軍航空隊」という海護空母搭載機用の航空隊が設けられ、佐伯を基地に訓練開始。九七艦攻を使用して一通りの練成を終え、母艦のほうも第一着に「海鷹」の準備が三月なかばに整った。四月から本格的活動に入る。

ともあれ、こんな新構成、新陣容で、海護総部隊は新たな意気込みのもと護衛戦闘に臨むことになったのである。

〝船舶警戒部〟開設

また同じ昭和一九年二月一日、「船舶警戒部」と称する部隊が置かれることになった。海護総司令部が直轄し、部長は少将か大佐、下士官兵までいれると定員総数は五八〇三名に達するベラボーにデカイ部隊であった。

「船舶警戒部ハ海上護衛総司令部ニ属シ、船舶ノ警戒ニ充ツベキ軍人ノ派出及ビソノ補欠員ノ収容ニ関スルコト竝《ならび》ニコレラ軍人ノ訓練ヲ掌《つかさど》リ、所要ノ船舶ノ自衛、警戒及ビ防御ニ関シ船員ノ指導ニ任ズ」るのが、その使命とされた(『内令提要・巻一』)。

海軍では、二年前の昭和一七年六月二五日に令達を発し、一〇〇〇トン以上の一般商船に、自衛のため武装を施すことにしていた。九月末までの完成を目途《めど》に、小口径砲を備えつけることにしたのだ。海軍だけでは砲数が足りないので、三〇〇門を陸軍から譲ってもらい、一門について下士官兵四名を張りつけることにしてあった。それらの兵員は各鎮守府の海軍警備隊から派出することにし、横須賀警備隊では、七月八日から配乗を開始している(防研戦史『本土方面海軍作戦』)。

そんな下地を持っていたが、海護総が作られたのを契機に各鎮・警バラバラのこういった商船自衛策を、統一して実施しようというのが目的であった。必要に応じて、警戒部から兵曹、水兵が各船に派遣されるので、固有乗組員になるわけではなく、所定の護送任務が終わればそのつど下船するのだ。

したがって、六千人ちかい人員が一ヵ所に固まっていては、運用上差し支える。本部は少将(もしくは大佐)を長として横浜に置かれたが、各地に支部を開き、人員を分散して業務の円滑を図ったのである。その数はしだいに増え、のちには北は室蘭から小樽、新潟、大阪、神戸、門司、三池、長崎、鹿児島、若松、博多にいたる一一ヵ所の内地港湾と、基隆、高雄、釜山、上海、昭南（占領中、シンガポールをこう呼んでいた）、スラバヤにまで設置された。

しかし、小さな平射砲、機銃の一つや二つ商船に備え付けたからといって、果たしてどれほどの効果があったのだろうか？　オドカシにはなったであろうが。ただ、小ブネだからとナメてかかり、浮上攻撃してくる潜水艦には、相応の反撃を加え、それなりの効果をあげた例はあったようである。

乗船する警戒隊の規模は、次第に拡大、充実されていったが、船の大きさ、時期などによって違いがあったようだ。昭和二〇年になると、一万トン程度の船舶には、少尉クラスの予備士官を指揮官とし、下士官兵約五〇名の隊員が乗船したとされている（服部純昌『父子二代海軍戦記』）。

昭和一八年に入ると、海防艦をもっと、もっとという声が高まりだしていた。そんな叫びにせきたてられるように、昭和一九年二月「第一号海防艦」「第二号海防艦」という、〝番号呼称〟のコースト・ディフェンス・シップが完成した。今後建造されるフネが一〇〇隻にも一五〇隻にもとなると、もう名前なんぞつけていられないのだ。

大量の増勢を望まれ、かつ損耗の激しい輸送船のほうは、すでに簡易・速成・量産型の〝第二次戦時標準船〟の設計が進んでいた。ならば、多量に竣工してくるそれら船舶を護る艦艇も、相呼応して簡易・速成・量産型であらねば追いつかなかった。

二次戦標船は低速で我慢してある。したがって、護衛艦も標準の二〇ノットに達しなくとも、一六ノットほどでよい。エンジンは内火機械の生産が間に合わないから、スチーム・タービン・シップも造る。

というわけで、主機械だけが違う二系列のフネを建造することになり、ディーゼル・エンジン艦を「丙」型、蒸気タービン艦を「丁」型と呼んだのだ。そして、丙型の各艦には奇数ナンバーをつけ、丁型には偶数番号を付して区分けしていった。

兵装はどちらも同じだ。一二センチ単装高角砲二門、二五ミリ三連装機銃二基、単装二基、八センチ迫撃砲一基である。この迫撃砲は陸戦用のものの流用であって、威力はアチラの対潜前投兵器・ヘッジホッグなんかと比べたらダンチに低く、脅しに使った程度であったようだ。

対潜艦生命の爆雷は九五式を一二〇個、「三式爆雷投射機」一二基、爆雷投下軌条一基という充実ぶりであった。肝心の水測兵器は、九三式聴音機一、九三式探信儀一で変わりばえなし。電探のほうは、対水上用二二号電波探信儀一基が前檣に装備された。対空用の一三号レーダーは少し遅れて一九年中ごろから備えつけられたようである（福井静夫『日本補助艦艇物語』）。

三式爆雷投射機は、爆雷を迅速にしかも反復投射するのを目的とした装置であった。爆雷庫から揚弾機に似た電動式揚爆雷機で、一分間に六発を甲板にあげることが出来た。投射機は甲板埋め込み式で、片舷に六～八基が据え付けられ、速やかな発射が可能であった。

後日、爆雷は「二式」に、水中探信儀は「三式」に換えられた。九五式爆雷は爆発調定深度が三〇、六〇、九〇メートルであったが、敵潜がそれよりも深く潜るようになったため、三〇、六〇、九〇、一二〇、一五〇メートルに調定できる二式に改良したのだ（『世界の艦船』〈日本海軍護衛艦艇史〉）。

三式水中探信儀は、ドイツ海軍で使用されていたS-Anlageという探信儀を参考に開発された装置で、受信ビームの幅が広かった。そのためいっぺん敵潜を捕まえると、逃がすおそれが小さく、測角精度も高い長所があった。だけでなく、この探信儀ではじめて整流覆を採用したので、自己雑音も相当低減させることが可能となり、昭和一八年以降は急速に本器が整備されていった（『海軍水雷史』同刊行会）とされている。

相つぐ商船の被害、ますます甚大

昭和一八年一一月には記録的な船舶喪失量を突きつけられ、海軍首脳部は驚き、肝を冷やした。一二月もほぼ同じ程度のサプライズ数字であった。だが、護衛艦が何としても足りない。

このころ、駆逐艦「春風」は呉鎮部隊に属して護衛作戦に明け暮れていた。月に一回くらいの頻度で、パラオ行きが多かったようである。一二月一八日佐伯発の「オ八〇六」船団護衛もそうであった。船数は六隻、エスコートは例によって「春風」単艦。

表21　昭和18年3月～12月の船舶喪失

	潜水艦	飛行機	その他	計
	（隻）トン	（隻）トン	（隻）トン	（隻）トン
3月	(19) 79,382	(9) 37,580	(6) 16,171	(34) 133,133
4月	(20) 109,512	(7) 18,704	(3) 2,552	(30) 130,768
5月	(31) 128,300		(3) 71,360	(34) 199,660
6月	(22) 97,869	(2) 1,874	(2) 8,085	(26) 107,828
7月	(19) 74,374	(3) 3,687	(2) 3,298	(24) 81,359
8月	(21) 89,347	(3) 5,251	(5) 11,445	(29) 106,043
9月	(30) 132,146	(14) 33,384	(11) 44,456	(55) 209,986
10月	(24) 104,196	(20) 28,083	(6) 11,146	(50) 143,425
11月	(48) 228,022	(16) 57,105	(5) 5,122	(69) 290,249
12月	(30) 126,612	(26) 77,352	(3) 5,116	(59) 209,080
計	(264) 1,169,760	(100) 263,020	(46) 178,751	(410) 1,611,531

うち、五日間の航海は荒天のためスコブルつきの難航だった。が、それも乗り切り二九日〇二〇〇、やれやれパラオ入港という段になって、敵潜の襲撃を食ってしまった。まず前列中央にいた、船団基準船「備中丸」の船倉に魚雷が命中した。応急措置が効を奏し、辛うじて単独パラオへ入ったものの、続いて「空知丸」「隆東丸」「天宝丸」の三隻が被雷、あえなく沈没してしまったのである。無事入港できたのは、残る二隻のみというミジメな結果となったのだ（『日本郵船戦時船史・上巻』）。

当時の「春風」水雷長は、無念の思いをこう語る。

「九三式水中聴音機は捕音器数が少なく、航海中は自艦雑音に妨害されるうえ、方向精度も悪く、敵潜の捕捉にはほとんど無力で……九三式探信儀も調子に非常なムラがあった……。海域ごとに異なる海水特性の資料など何一つないまま、旧式で弱出力のランジュバン式（水晶発振式）の九三式探信儀で、敵潜捕捉に全力を集中したわけである。水測に関しては、残念ながら事実上ほとんどツンボ状態であったといっても過言ではない」（『駆逐艦春風』春風会）

年が明けた昭和一九年一月早々、またもドギモを抜かれるような、喪失被害の苦汁を飲まされることになった。八九隻、三一万四五六〇総トンものフネを失ったのである。どう対処したらよいのか。輸送船の造船量を急ピッチで上げなければならないのはもちろんだが……。それにしても、これではあまりにも沈められ過ぎだ。

昭和一八年三月から一二月まで、およそ一年間の被害状況は表21のようになっていた。潜水艦による沈没だけでも、二六四隻にも達しているのだ。

それだけではない。

船団を護る海防艦は、「占守」以後の新艦が昭和一九年二月末までに二八隻完成していた。だが、ここ半年たらずのうちに、「六連」「若宮」の両艦が戦没していた。〝護る側〟の護衛艦がバタバタとやられる。海上護衛戦はいよいよ、ますます深刻である。

トラック被爆——船舶一挙大量損耗

一海護の「佐渡」が、「五洋丸」ほか三隻の「ヒ三〇船団」を護衛して、シンガポール発、門司への船路をとったのは昭和一九年一月一九日であった。

途中、高雄に寄港し、東シナ海をひたすら北上する。みぞれの降る二月三日〇三〇〇ころ、どうも、数日前より付け狙っていたらしい敵潜水艦から、ついに雷撃されてしまった。やられたのは、「五洋丸」と「ありあけ丸」の二隻だった。

「佐渡」は煙突から火の粉を散らしながら増速し、爆雷を投下する。海面に青白い閃光が走る。やがて空が薄明るくなると、甲板まで水につかっている「五洋丸」が目に入った。「ありあけ丸」のほうは、すでに船首を中天に向けて沈みかかっていた。

「佐渡」は爆雷戦を止め、短艇を下ろして遭難者の救助に移った。同船には台湾からの婦女子引揚者が、多数乗船していたのだ。いっぽう、「『五洋丸』を曳航せよ」との命令をうけたが、空しくこちらも沈没してしまったのである（『海防艦戦記』同顕彰会）。

軍令部は、こんごの敵作戦は三月中旬ころ内南洋ふかくにホコ先を向け、太平洋正面から海上攻勢を仕掛けてくるであろうと判断した。その判断はよかったが、時期は予想より早まった。二月四日、はやくも米軍大型機が偵察のためトラック上空に飛来したのだ。

ここは一応避退するにしかず。古賀GF長官は、連合艦隊の待機地点を変えることにした。旗艦「武蔵」は大本営と作戦打ち合わせをするため横須賀に向かい、栗田中将の遊撃部隊はパラオに向けて錨を抜いた。

「武蔵」が横須賀に入ったのは二月一五日だが、東京で海軍省、軍令部と打ち合わせをしていた一七日、〝トラック被空襲〟の電報が飛びこんできた。重々予想していたところである。GFはあらかじめ第四艦隊に、注意を与えてあった。が、あぁそれなのにソレナノニ、日本がかつて大成功をおさめた真珠湾攻撃の〝裏返し〟といわれるほどの大損害をこうむってしまった。

トラックの北東からスプルーアンス中将の空母九、戦艦六、その他艦艇三群五三隻の米機動部隊が急襲し、早朝から艦載機五〇〇以上の猛襲をかけてきた。

トラックは作戦の中枢ともいうべきもっとも有力な前進根拠地の地位にあって、陸海空の兵力集散の要衝となっていた。であるのに、不覚にも哨戒偵察飛行に手抜かりがあり、米艦隊の近接を予知出来なかったのである。

翌一八日も艦載機の七回におよぶ襲撃をうけ、二日間の被害は飛行機三二五、艦艇一〇隻約二万三〇〇〇トン、船舶はなんと三二隻二一万トン喪失だ。人員犠牲約七〇〇名におよび、そのほか燃料、糧食などの多くを、トラックの戦略的価値とともに一挙に失ってしまった。

指揮系統の複雑さなど、防戦失敗の理由はいろいろあげられる。しかし、最大のものは第四艦隊の油断であったろう。司令長官はただちに更迭、まもなく予備役に編入された。

商船の大被害、これはチョー痛い。たった二日で、二月喪失量の四七パーセントを占めるモーレツ損失なのだ。「平安丸」「愛国丸」「第三図南丸」「神国丸」といった一万トンを超える大ブネも含まれていた。痛恨きわまりなかった。

〝特設護衛船団司令部〟を設置

愕然とするほどの船舶被害に、海軍当局はオタオタしながらも防止対策の手を打った。九〇一空には、新兵器が供給された。

「磁気探知機」という斬新なアパレイタスである。潜水艦はたとえ潜没していても、その周辺には固有の磁場が生ずる。その上空を通過する飛行機に探知コイルを取り付けておくと、コイル中に起電力が発生するので、これを検出することによってターゲットを発見し、空から敵潜を制圧しようというのだ。

一〇〇〇トン級の潜水艦なら、直上高度二〇〇メートルで飛んでいる〝磁探〟装備機から、深度一〇〇メートルまでは発見できる能力をもつといわれていた。ただし、高度が適切であっても、あんまり目標にたいし左右に位置がズレていると見つけられない。

そんな新装置が、昭和一九年四月からもたらされたのである。仲道小四郎中尉（特務士官）以下の隊員が鋭意、実用訓練に励んだ甲斐あって、一つの戦法が編み出された。磁探装備の中攻三機で一個小隊を編成し、船団前路上空で〝二直角折り返し〟の掃討運動をしながら飛行していく。高度は五〜一〇メートル、各機二〇〇メートルの間隔で横一線に開く。一直の哨戒時間を三時間とし、二個小隊が交互に担当する、という方式であった。

その結果、上層部は〝磁探は有効なり〟と判断したようだ。七月には「特別掃討隊」を編成するまでになる。ただ、レーダーのようには、遠見のきかないのが難点だった。しかし、そんな困難を克服し、仲道隊は八月から一〇月五日までに敵潜六隻を撃沈するまでに成長するのだ（『日本海軍航空史〈用兵篇〉』時事通信社）。

いっぽう、そのレーダーだが、九〇一空にそれが供給されたのは昭和一九年五月末であった。台湾・東港に派遣されていた飛行艇隊に備えられたのが最初だったようである。海兵七一期の若い本多行大尉が熱心に研究し、まもなく実戦機に装備が可能になった。潜水艦本体ならば一〇浬ていど、潜望鏡でも四〜五浬の距離で探知することが出来たのだ。

これはすばらしい能力である。装備早々の某日夕暮れ、同隊の電探機が敵潜を発見、潜没寸前に爆撃して直撃弾をあたえたことがあった。海護総長官からは「電探ヲモッテ敵潜水艦ヲ発見撃沈セルハ、ワガ海軍ノ嚆矢《こうし》ナリ」と激賞された。飛行艇は全機電探装備、中攻は半数に磁探、半数に電探、というのが当初の標準になったようである（同前）。

ところで、前にも書いたように、船団には「運航指揮官」が置かれていた。だが、船団中の一隻に乗船して指揮をとるかれらの多くは、予備役応召の大、中佐で老齢、しかも指揮を直接補佐してくれる士官はおらず、信号兵、電信兵などの手足になる下士官兵の少数名がいるだけであった。こういう状態では船団の運航統制上、十分な組織になっていないと前々から指摘されていた。

そこで設けられることになったのが、「特設護衛船団司令部」である。少将級の「護衛船団司令官」を長に据え、「……部下ノ艦船部隊ヲ指揮統率シ護衛船団ノ護衛ニ任ジ、運航ヲ指揮スル」のがその任務とされた。彼には二名の参謀のほか、司令部付として三人の士官と兵員七名もつくことになり、陣容はずいぶんと強化された。兵員のうち四名が下士官、かつ七人全員がいわゆる〝マーク持ち〟で、信号、電信、暗号、経理のどれかの特修兵であった。

しかしこの司令部は、司令官は固有の配置として発令されたが、参謀と司令部付士官は船団を組むときに、あちこちから臨時にカキ集めてくるシステムなのが欠点だった。たとえば、軍令部一二課（海上護衛担当課）や海軍省あるいは海上護衛総司令部から、中、少佐級の士官が兼務で駆けつけてくるのだ。一作戦終えたら、原配置に戻る。また、配下に入る護衛艦艇も出撃のつど、総司令部からあてがわれる艦艇で護衛部隊を編成して乗り出して行くのであった。

何からなにまで不足だらけの当時としてはやむを得ない仕儀なのだが、こうした臨時の〝寄せ集め組織〟では、どうしても、司令部と部隊とのあいだに温かい血が通わない。固有編制部隊のようなチームワーク効果は、期待するほうが無理だったろう。けれど、多数隻で船団航行する場合、たった一人の運航指揮官に任せておくよりははるかにましではあった。

昭和一九年四月、第一から第八までの護衛船団司令部がつくられた。司令官は、伊集院五郎元帥の長男・勇猛で名高い伊集院松治少将が「第一護衛船団司令官」に補任されたのをはじめ、五人が現役、三人が予備役応召の少将だった。

〝機雷校〟を「対潜学校」と改名

話は戦いの現場から離れるが、そのころ海軍上層部の戦争への取り組み方、対潜水艦戦闘の実相把握に変化を生じた表われの一つとして、こんなこともあった。

それまで「海軍機雷学校」と呼称されてきた防備関係の術科学校が、昭和一九年四月一日から「海軍対潜学校」と校名変更されたのだ。〝機雷校〟が設立されるときも、スッタモンダのあったのはすでに書いたところだが、ようやっと、この学校の本質を端的に表わす名称に変わったのである。

機雷学校時代は、「海軍軍人ニ対シ之ニ必要ナル機雷術ヲ教授スル所」だったが、〝対潜校〟になって、「……対潜術及ビ機雷術ヲ教授スル所」と〝お品書き〟を書き替えたのだ。それにしても、ずいぶん遅い対応に思える。海上護衛戦の現場は、火の車ならぬ火の船になっているというのに……。

が、じつは、前年の昭和一八年に学校の教育内実は改められていた。

それまで、ハイドロフォンやソナーを操作する兵員は、機雷学校の〝機雷術（水中測的）練習生〟の課程を終えた特修兵で、「掌機雷兵」と呼ばれており、機雷敷設や掃海を専門とする下士官兵と同一グループに属していた。というより、そこに間借りしていた、といったほうがより実相に近かった。

それが、メニューの改定で、機雷術から分離させ「水測術練習生」という新課程をつくったのだ。「普通科」「高等科」が置かれたのは、他の術科と同様だ。こうして、かれらはようやく、同居している先の「掌機雷兵」と胸を張って肩を並べられる、「掌水測兵」なるマー

表22-1　普通科水測術練習生の教科目

科目			項目
本科	対潜術	兵器学	水測兵器　水測指揮装置　爆雷　投射装置
		操法	水測操法　発火管制操法　投射操法　爆雷戦教練
		水測法	水測理論の大要　水測法　発火管制法の大要　聴音機雷敷設法の大要　水測実習　発火管制実習
		投射法	投射実習
		音感	音感の大要　水中音の大要
	機雷術		機雷の大要　防潜網の大要　掃海具の大要　防雷具の大要
	電機		電気　磁気　電気工業の大要　対潜関係電気兵器の大要
	潜水艦		潜水艦の大要
	航空機		航空機の大要
	普通学		代数の初歩　三角の初歩　電気音響学の初歩
補科	体育		武技　体操　体技
	砲術		陸戦教練
	航海術		手旗信号法
	運用術		応急の大要　短艇操縦法　手先信号法
	衛生学		救急法

ク持ちになったのであった。今までの〝半独立〟から、完全独立したのだ。士気はあがった。海軍公報に術科内容改定が掲示されたのは、昭和一八年五月六日である。

そのとき、「特修科練習生」も設けられた。高等科卒業生のうち、「この人物は、将来、水中聴音機の〝聴音員長〟、水中探信儀の〝探知員長〟とするのに相応しい」と認めた上級下士官に学ばせるコースなのだ。

ただし、水測は独立したが、爆雷投射のほうは相変わらず機雷敷設、掃海を専門とする掌機雷兵の正業の一つとして残された。別に〝掌爆雷兵〟などという特修兵がつくられたわけではなかった。参考に、これら水測、機雷各種練習生の新しい教科目を表22に掲げ

表 22-2　高等科水測術練習生の教科目

科目			項目
本科	対潜術	兵器学	水測兵器　水測指揮装置　爆雷　投射装置
		操法	水測操法　発火管制操法　投射操法　爆雷戦教練
		水測法	水測理論　水測法　水測指揮法の大要　発火管制法　聴音機雷敷設法　水測実習　発火管制実習
		投射法	投射法　投射実習
		音感	艦船水中音
	機雷術		機雷の大要　敷設法の大要　防潜網の大要　掃海具の大要　掃海法の大要
	電機		電気　磁気　電力機関の大要　電気工業の大要　対潜関係電気兵器
	潜水艦		潜水艦の大要
	航空機		航空機の大要
	航海術		水路図誌の大要　艦位測定法の大要
	運用術		機動艇操縦法
	工作術		金属工業の大要
	普通学		幾何の初歩　三角の初歩　電気音響学の大要
	要務		掌水測要務　教授法の大要
補科	普通科水測術練習生に準ず		

ておこう。こんな教育コースの名前と内容の改正が、学校名改定の前触れであったかもしれない。

校名を改めた昭和一九年当時は、もう戦争三年目に入っており、戦局悪化による重圧の波の音は、本土にもじかに響くようになっていた。薩南諸島や南西諸島の防備強化が騒がれだした。その実行の一つとして、佐世保鎮守府では担当航路防衛を目的に四月一〇日、麾下部隊として「第四海上護衛隊」が編成された。水偵主体の沖縄航空隊と水雷艇「友鶴」「真鶴」ほか数隻の掃海艇、駆潜艇で、鹿児島―沖縄間の海上交通を専心、保護しようというのである。

それから一ヵ月後、五月二〇日に

表 22-3　特修科水測術練習生の教科目

科目			項目 艦艇班	項目 衛所班
本科	対潜術	兵器学	艦艇水測兵器　艦艇水測兵器の整備法　試験調整法と故障発見法	衛所水測兵器　衛所水測兵器の整備法　試験調整法と故障発見法
		操法	艦艇水測操法	衛所水測操法　発火管制操法
		水測法	水測理論　艦艇水測法　艦艇水測指揮法　艦艇水測実習	水測理論　衛所水測法　衛所水測指揮法　衛所水測実習　発火管制法　発火管制実習
		投射法	投射法　投射指揮法の大要　投射実習	投射法　投射実習
	電機		電気　磁気　電力機関の大要	
	潜水艦		潜水艦一般	
	航海術		艦位測定法の大要	
	運用術		短艇指揮	
	普通学		電気音響学	
	要務		教授法	
補科	普通科水測術練習生に準ず			

は「第三海上護衛隊」の開設となった。東京湾—紀伊水道間の航路確保のため、司令部を大阪に置いて店開きした。こちらは横鎮部隊である。古い潜水母艦「駒橋」ほか駆潜艇、哨戒艇各一隻と特設掃海艇などの弱小兵力で交通線を護ろうというのだ。なんとも苦しいヤリクリである。

これで、海上護衛隊は合計四コ隊となった。

そんないっぽう、海護総では昭和一七年、一八年に実施した日本本土周辺の機雷堰設置のひそみにならい、こんどは南西方面向け海上交通線の保護向上を目的に、当面、東シナ海東南海面に機雷の囲いを立てることにした。

実行のための作戦部隊は、新設の

表22-4　普通科機雷術練習生の教科目

科目				項目
本科	機雷術	敷設	兵器学	機雷　妨掃具　新式機雷兵器の大要　敷設装置の大要　防潜網　設置装置の大要
			操法	敷設操法　機雷戦教練　防潜網操法の大要
			敷設法	敷設実習
		掃海	兵器学	掃海具　防雷具　磁気機雷掃海具の大要
			操法	掃海具操法　掃海戦教練
			掃海法	掃海実習
		爆破	兵器学	機雷関係火薬火工兵器　爆破兵器の大要
			操法	水中爆破操法
			爆破法	水中障害物破壊法の大要　水中障害物破壊法実習
	対潜術	兵器学		爆雷　投射装置　艦艇水測兵器の大要
		操法		投射操法
		投射法		投射実習
	電機			機雷関係電気兵器　電気磁気の大要
	潜水艦			潜水艦の大要
	航空機			航空機の大要
補科	普通科水測術練習生に準ず			

「第一八戦隊」である。新設といっても、一七年六月まであった軽巡部隊の名称復活で、こんどは敷設艦「常磐」を旗艦に、特設敷設艦三隻で編成された。

昭和一九年一月から半年をかけて、四ヵ所に総計一万二〇〇〇個の九三式普通機雷が敷設されたのだ。台湾の東北東海域と澎湖諸島の西側が主対象になった。それは、内地に保有している機雷のあらかたを使ってしまう一大機雷作戦であった。一つの方面の敷設作業が終了すると、何ヵ所にも散らばっている機雷保管場所へ戻って積載、ふたたび敵潜の危険と荒波を冒して外洋へ出かけていく。しかも長期間の作業になるので、乗員の労

表22-5　高等科機雷術練習生の教科目

科目				項目
本科	機雷術	敷設	兵器学	機雷　妨掃具　新式機雷兵器　敷設装置および機雷戦指揮装置　防潜網　防材　設置装置
			操法	敷設操法　機雷戦教練　設置操法
			敷設法	敷設法　敷設指揮法の大要　敷設実習
			設置法	設置法　設置指揮法の大要　設置実習
		掃海	兵器学	掃海具　防雷具　磁気機雷掃海具　探海具　水底電線切断具
			操法	掃海具操法　掃海戦教練
			掃海法	掃海法　掃海指揮法の大要　掃海実習
		爆破	兵器学	爆発理論の大要　機雷関係火薬火工兵器　爆破兵器
			操法	水中爆破法
			爆破法	水中障害物破壊法　水中障害物破壊法実習
	対潜術	兵器学		爆雷　投射装置　水測兵器の大要
		操法		投射操法　爆雷戦教練
		投射法		投射法　投射指揮法の大要　投射実習
		水測法		水測法の大要
	電機			電気　磁気　電気工業の大要　機雷関係電気兵器
	潜水艦			潜水艦の大要
	航空機			航空機の大要
	航海術			水路図誌の大要　艦位測定法の大要
	運用術			機動艇操縦法
	工作術			金属工業の大要
	要務			掌機雷要務　教授法
補科	普通科水測術練習生に準ず			

苦は計り知れないものがあった。こんな作戦の主役は、いうまでもなく掌機雷兵であった。

苦心忍苦の作戦だったにも関わらず、その効果があったのかどうか、なかなか分からないのが「対潜機雷戦」のツライところである。

しかしながら、

機雷堰完成以後、黄海や渤海に入り込む敵のヤツバラは大幅に減ったようだ。そして、日本海のほうも、昭和二〇年六月までは文字通り、安全な〝日本の海〟だったのである。

ならば、こういう「機雷堰」の撃沈実効果は全然なかったのか？　というと、戦後になって米国の公表したところによれば、「西太平洋において、一一～一二隻の潜水艦が、どうも日本の敷設した機雷の餌食になったらしい」とかれらは言っているのだ。

対潜機雷戦に奮励された将士よ、功あり——ヨカッタですねぇ。

〈大船団主義〉効果ありや？

前年来の、こんなわが各種対潜作戦の大童の強化が功を奏しはじめたのか、はたまた海軍部内の意識改善が間接的影響をもたらしたのか、一九年春ごろから、対米潜撃沈戦果がやや増加？　しだした。そして、逆比例するかのように味方船舶の被害度はかなり低くなってきた。三月のわが商船喪失量は、敵潜によるもの三二隻、空爆によるもの三〇隻、計六二隻で、一月、二月のそれと比較すればはるかに小さい数字であった。四月になってからの敵潜による被害はさらに減少した。被雷沈没は二四隻に減ったのである。とはいえ、昭和一八年秋当時の月ごと被害に比べればほぼ同等、決して少なくなったと喜んではいられなかったのだが。

ところで、輸送船の稼動率だけから考えると、少数隻もしくは単船で走りまわらせたほうが効果的である。だけでなく、高速船の乗組員は低速船と組み合わされるのを非常に嫌がった。敵潜に狙われたさい、巻き添えになる可能性が大であるからだ。すくなくとも、東シナ海においては単船航行、自由航行を望む声が高かったようだ。

しかし、一隻で走っているとき撃沈されたりすると、まったく救助の手立ての仕様がないことが多い。だとすると、元来すくない護衛艦艇を有効に使おうとすれば、多数隻船団で航行させたほうが効率がよいのは分かりきっている。

だから、被雷沈没減少の理由は、とくに〈大船団主義〉に転換したことの効果である、と見る向きが多い。第一海上護衛隊管下では三月早くからこういう方策がとられはじめ、四月から本格化していった。といっても、欧州戦線で連合軍が実施していたような、五〇隻、六〇隻というようなマンモス船団には及びもつかなかった。従来の船団を二個か三個まとめた程度の〝大船団〟だったのである。一個船団の平均隻数は、約七隻強だったが、最大でも三三隻のコンボイにすぎなかった。

つける護衛艦も皆無とか一隻なんていうことはなくなり、二隻以上の艦艇に護られて出港していった。三月ころからしだいに増えはじめ、ある二四隻の船団には護衛艦五隻が付けられた。一個船団あたり、少なくても三～四隻、多い場合は八～一〇隻もの、かつてのことを考えるとたまげるほどの護衛艦数に増大されたのであった。たとえば、四月三日、門司発シンガポールへ向かった石油輸送用の重要船団には、フナ数九隻にたいし、なんと七隻もの護衛艦が張りつけられた（防研戦史『海上護衛戦』）。

その「ヒ五七船団」のタンカー（一隻は通常軍需品を搭載）は、「音羽山丸」（九二〇四総トン）、「厳島丸」（一〇〇〇六総トン）などあらかたが戦前竣工の船で、速力も一六ノットを下らない優秀船ぞろいであった。「音羽山丸」なぞは、かつて北米ロサンゼルスへ原油買い付けに太平洋を渡っていたフネだ。昭和一六年七月二六日にアメリカは在米日本資産の凍結令を公布し、事実上石油輸出の禁止を宣言した。その二日後に同船はロスに入港したため、積荷ができず空船のまま日本へ戻ったというエピソードをもっていた（松井邦夫『日本油槽船列伝』）。

だからであったろうか、護衛陣は海防艦「択捉」を旗艦に、「壱岐」「占守」「第八号」「第九号」、水雷艇「鷺」、そして護衛空母「海鷹」までがつく、当時としてはスコブル付きの豪華版だったのである。道中無事安全であった。いよいよ明日入港という前日、敵潜に接触、爆雷戦を展開する一幕があったが、一六日、全船つつがなくシンガポールに入ることができた。

ともあれ、大護送船団方式はそれなりの効果をあげたようだ。しかし、この護衛法を強力に推進した海護総の大井作戦参謀はもう一つ別の理由もあげていた。「敵潜水艦部隊のうち、精鋭チームは今基地に帰っており、現在戦場に出ているのは技量未熟な潜水艦群ではないか、とも考えられます」と上司に報告したのであった（大井篤『海上護衛戦』）。

それかあらぬか、いくぶん平穏であった三月、四月が過ぎ、五月になると、ふたたび被害は増大したのである。五五隻、約二三万一〇〇〇トンが撃沈されてしまった。所詮ははかないあだ花であったのか。喜びは消えた。

第五章――海護戦に敗れる〈太平洋戦争Ⅲ〉

またまた敵潜による被害急激増

昭和一九年五月になり、ふたたびブリかえしてきた敵潜水艦のわが海上交通線への攻撃の激しさは、六月になっても衰えなかった。五三隻、一九万七八〇〇総トンがヤラれた。七月になってもそう、四九隻、二一万一八〇〇総トン。八月もしかり、五二隻、二二万二三〇〇総トンという猛烈な被害を出しているのだ。

春の被雷沈没の減少はわが方の〈大船団方式〉採用による効果だけでなく、やはり大井海上護衛参謀が指摘したように、当時、太平洋側の作戦に充当されていた敵潜兵力は、練度が低かった？　ことにも原因があったのだろうか。が、それだけではない。

六月はマリアナ諸島沖で、日米両海軍激突の天下分け目の一大決戦が戦われ、わが軍は大敗北を喫した。以後、内南洋の制空権、制海上権は失われてしまい、戦局は大変化する。

海中の戦いは、空中、海面上の戦勢と一応関係なく進められる。だがしかし、いったん制空権、制海上権を喪失してしまうと、その海面下の戦闘は敵潜水艦側によって一方的に戦われる。海中を制すべき対潜艦艇の活動が、極めて制限されてしまうからである。

海戦敗北の影響はきわめて大きかった。トラックは根拠地としての機能を失った。東、西カロリン方面、マリアナ方面の制空・制海権を取られた。図に乗った敵潜の活動は、すこぶる加速されだしたのである。

それも、第一海上護衛隊管下の南シナ海から南西方面での被害が目立ちはじめた。マリアナ戦以後、わがほうはフィリピン方面への輸送、補給に全力をあげざるを得なかったので、その船団が狙われるのは必然だった。

六月、南東方面での被雷喪失は一二隻だったが、南西方面では二三隻、七月ではそれぞれ五隻と三二隻……従前の被害量とは逆転したのである。

艦政当局は護衛艦艇の建造に、海護総は防戦の指揮、督励に全力をあげていた。「御蔵《みくら》」型の生産が遅々として進まないなか、それにかわって計画を推進されたのが「鵜《う》来《くる》」型海防艦であった。

船体を徹底的に簡易化した量産型で、爆雷兵装を強力にしたところに特色があった。三式投射機を一六基も持ち、投下軌条と合わせてボンボン投げ入れることができる。しかも電動式揚爆雷筒で、艦底の爆雷庫から甲板上へ敏速に上げられるのだ。排水量は九四〇トン、エンジンはディーゼル、速力や航続力、水測兵器などの要目は「御蔵」型と変わらない。第一艦の「鵜来」が出来上がったのが昭和一九年七月であった。

同じころ、この「鵜来」型とほとんど似ていて、ただ、単艦掃海具のパラベーンを備えている点だけ違う「日振《ひぶり》」型海防艦も完成しはじめた。建造方法の簡略化は徹底しており、早いフネはわずか四ヵ月少々で出来上がったのもあった。ネームシップ「日振」が竣工したのは昭和一九年六月。

対潜学校高等科学生、ゼロ!!

海防艦をはじめ各種の護衛艦艇が新造されるのは、まことに歓迎すべきことなのだが、乗り組ませる艦長以下乗員の練度向上がまた大きな問題であった。海防艦だけでも、昭和一八年に一七隻が竣工している。さらに一九年前半には三三隻が完成、そのあと続々……の見込みだ。すこぶる多数の乗組員が必要である。

水測による敵潜発見、捕捉、測的そして向首、突進、爆雷の投下・投射——。そのころ、こんな戦闘作業に熟練、熟達している人間は少なかった。となると、急遽《きゅうきょ》集められた士官、兵員の多くが未熟のまま戦線に送り出されなければならない。そこで、すでに一九年一月早早から呉防備戦隊のなかに「対潜指導班」を置き、新造艦は〝人・艦〟まるごとここで対潜戦の基礎訓練を受けさせることにしていた。基地は佐伯、期間は一五日とされていたのだ。

しかし、この程度の措置では効果は不十分であった。八月一日に特設部隊の「対潜訓練隊」が正式に開隊され、対潜指導班の任務を引き継いで、よりなかみを充実することになった。場所も同じ佐伯、所轄も呉防備戦隊だった。訓練期間は当初、三ヵ月とされた。だが、そんな悠長は戦況が許さなかった。軍令部は一ヵ月を指示し、それもしまいには二十日ぐらいで実戦に出さなければならなくなる慌《あわただ》しさなのだ。結局、指導班時代に戻ったようなアンバイであった。

訓練目標に呂号潜水艦二隻が配属されていた。が、実艦を標的とする襲撃演練ははなはだ危険な作業である。潜水艦は浮標を引いて潜航し、これに対して攻撃運動をする方法がとられた。しかし、乗員にいくら熱意、ヤル気があっても水測兵器は信頼度が低かったし、水測員も対潜学校を卒業したばかりみたいな若年者が多い。かれらの基本技量そのものも十分とはいえなかった。本来なら、ジックリ時間をかけて育成しなければならなかったのだが……。

しかも艦艇長、航海長は、前にも記したようにこの頃はあらかたが高等商船や水産講習所出身であった。航海、運用方面はさすがお手の物だったが、上層部からは「対潜戦に関しての兵術技能は不十分」との評価が下されている。だが、これは無理もないことだ。明治以来、昭和はじめまで数十年の長い期間、せっかくの海軍予備員制度をつくってあまたの予備士官を養成しておきながら、任官後、海軍ではなんの教育も施さず、放置して

表23　S19.7.1現在の「高雷」出身者数

海兵期	階級	
	少佐	大尉
57期	4名	
58		
59	2	
60	3	
61	3	
62	3	
63	5	
64		4名
65		1
高等商船	3	

おいた報いであった。第一次大戦の英国海軍に好範例があったのに、見習わなかった。かれらには罪なしである（第一章《R・N・R――意想外の活躍》参照）。

兵学校出の「対潜屋」将校はいなかった。いや、指折り数えられる程度の、人数しかいなかった。第三章の《〝少年水測兵〟制度つくらる》の項中に併せ書いたように、昭和一七年一二月に機雷学校へ入校させた高等科学生三名で、〝対潜艦艇長コース〟は発足している。以後、一九年夏までに二回の入校があり、卒業者は表23のような数字になっていた。これら卒業生の兵学校時代は、各期とも約一二〇～一八〇名である。だとすると、この対潜屋の数は砲術や水雷（魚雷）専攻者にくらべて決して多いとはいえない。しかも、高等商船出身で正規の現役士官に転官したオフィサー三人が含まれているのだ。

昭和一九年七月、このなかで海防艦長になっていた士官は、「壱岐《いき》」「八丈」「草垣」「国後《くなしり》」「占守《しむしゅ》」「屋代《やしろ》」「第二〇号」「日振」、ほかに二等駆逐艦の「栗」「刈萱《かるかや》」「呉竹《くれたけ》」艦長と水雷艇「隼《はやぶさ》」の艇長であった。あとの護衛艦艇長はぜ～んぶ、マーチャントシップ・オフィサーにお任せというわけだったのである。〝対潜戦に関しての兵術技能は不十分〟なんぞと、ケチをつけながらもかれらにお願いしていたのである。

さらに重要なことは、この時点で対潜学校の高等科学生に在校する士官は一人もいなかった、ということだ。海上護衛の艦艇現場はもう全面的に、商船・漁船組士官と兵出身の特務士官、予備学生出身のリザーブ・オフィサーに依存しようとの考えであったのか。

もっとも、昭和一九年はかねてより、中部太平洋方面で大決戦が予期されており、学生教育どころの騒ぎではなかったこともあろう。この時期、各術科学校で高等科学生教育を行なっていたのは潜水学校だけだったが……。

〝海護総〟、GF長官の指揮を受く⁉

それから、五月、六月とわが被害が増えていったのは、アチラが襲撃の方針を変え、「まず、護衛艦艇を狙え!」としたことにもあったようだ。〝邪魔者を殺し〟てからオイシイご馳走を、と箸運びを変えたらしい。それと、米潜の保有隻数が増加しはじめていた。昭和一九年八月には約一四〇隻に達していたという。かつ敵は、ヨーロッパ海域にみられる、例の「狼群戦法」を明瞭にとり出してきたようだ。おおむね三隻で一単位をつくり、優秀なレーダーと無線電話をつかい、たがいに連絡を密にしながら襲いかかってくるのだ。

〝護衛部隊を増強せよ、対潜作戦を強化せよ〟との声がいっそう高まった。

船団に張りついて警戒する「直接護衛」だけでなく、わが航路付近に寄り集まってくるであろう敵のウルフどもをこちらから探し出し、積極的に狩りたてようとする部隊もつくられることになった。いわゆる対潜掃討隊〝ハンター・キラー・グループ〟である。攻勢防御、「間接護衛」といえよう。駆逐艦と海防艦、それに対潜航空隊を組み合わせて編成する案がまとまった。

昭和一九年八月二〇日付で部隊は新編され、「第三一戦隊」という名称がつけられた。水雷出身の江戸兵太郎少将が司令官に就任し、軽巡「五十鈴」を旗艦として第三〇、第四三駆逐隊、「干珠《かんじゅ》」以下五隻の海防艦での発足である。九月一日には、これらと連合して対潜掃討活動をする水偵隊「第九三三航空隊」が佐伯を基地に開隊、編入された。

だが、三一戦隊は海護総司令部部隊には入れられず、連合艦隊の所属とされた。これは、海護総司令部に持たせると船団直衛に使ってしまい、ハンター・キラーとして作戦させない恐れがある、と軍令部ではヘンな心配をしたからのようだ。海護総は船団に張りついていればよろしい、ということであったのか。

ところでこのころ、海上護衛総司令部部隊の根底を揺るがすような変動が起きた。

マリアナ沖の海戦に大敗したわが海軍首脳部は、最後の防衛第一線として、フィリピンから台湾、本土をつなぎ北は千島列島にいたるラインを是が非でも守りぬかなければ、と考えた。そのためには空母兵力を潰された現在、基地航空兵力を主体としなければならず残存するあらゆる種類の海上部隊も総力を結集して、敵来攻に備えねばならないとしたのである。

「捷号作戦」の策定であった。

となれば、連合艦隊は当然のこと、海護総司令部部隊も鎮守府・警備府の各部隊も加勢しなければならない。三一戦隊の編成に先立つ八月九日付で、大本営は〝捷号作戦を完遂するためにとくに必要な事項については、連合艦隊司令長官は海護総ほか鎮、警所属の部隊を指揮できる〟と決めたのである。

新たに〝掃討小隊〟を編成

これは大ごとであった。半年ほど前に海上護衛の重要性を認識して、せっかくGFと並立する総司令部をこしらえたのに、だ。これでは連合艦隊司令部に海護総が振り回されてしまい、シーレーン防衛は成り立たなくなってしまうではないか。

当然、反対論も生じた。しかし、圧倒的な勢力をもって押し寄せてくる米艦隊の攻撃を阻止するには、まず決戦してそのエネルギーを衰滅させなければならない。そのことが海上護衛実施の前提となる、との意見が反対論を制した。軍令部第一部長の中沢佑少将の「捷号作戦の計画準備ならびに実施にあたり、防衛線を強化することは、海上護衛作戦にも寄与することとなり、けっして海上護衛作戦を無視、または犠牲にすることではない」との考えもあり、海護総もしぶしぶ納得したようである（防研戦史『海上護衛戦』）。

海上護衛司令長官は、長老・海兵三一期の及川大将が八月二日付ですでに降り、本作戦策定時には三五期の野村直邦大将に代わっていた。GF司令長官は三三期の豊田副武大将。指揮上の先任序列にも問題はなかった。もしかすると、海護総の人事異動はこんな作戦指揮組織変更のための伏線であったのかもしれない。だが、海上護衛を心配する反対派の懐《いだ》いた危惧は、後日、現実のこととして起きてしまうのである。

八月に入ると比島方面の戦局は急速に動きはじめた。遠からず南方航路が先細りするであろうことは、覚悟しなければならない様相となってきた。GFとの協力関係はそれはそれとして、海護総は全力をあげて護衛作戦を全うしなければならない。ルソン海峡方面では、七月になって船団の被害が急増しているのだ。なんとかしなければならない。

そこで、一海護では敵潜発見・撃滅のほうを主務にし、かたわら船団護衛を行なう「掃討小隊」なる部隊を、数隻の海防艦や掃海隊で三コ隊編成した。むろん、三一戦隊とは別物である。かつ七月一〇日、所属海防艦のうち「千振《ちぶり》」を司令艦にし、「一三号」「一七号」「一九号」の四隻で、「第一海防隊」が編成された。制度だけは二年半前に出来ていた、海防隊の初編成である。

そんな八月七日、GFと各鎮守府・警備府部隊から合わせて一八隻の護衛艦艇を、九月中旬ごろまでの予定で海護総へ臨時編入することになった。フィリピン方面の防備を急速強化しようとの、軍令部の意向によるものであったという。

この措置で、第一海上護衛隊内の護衛艦艇の数は一挙に増えた。敷設艦「白鷹《しらたか》」と、駆逐艦は「汐風」以下の五隻、水雷艇が三隻、掃海艇二隻、哨戒艇一隻である。以上の艦艇は単艦のまま所属し、三五隻にも膨れあがった海防艦群は、第一海防隊のほかはやはり他艦艇同様、バラバラの所属であった。

対潜護衛、対潜掃討のいずれにせよ、チームワークを重視すれば第一海防隊のように三〜四隻での小規模編制をとったほうがよい。だが、海防艦は船団という量、質ともに不定形の集団を、不定時に護衛して作戦しなければならないことが多い。とすれば、多数隻を組織上、一所轄にまとめておき、必要におうじて必要数を分遣したほうが好都合ではないだろうか。

両者、一長一短だが、だんだんに海防隊は増えてゆく傾向にあった。

それに、今回の場合は、九月中旬ころまでという〝期間限定〟の増勢だったことも、海防隊編成にいたらなかった理由の一つであろうか。

いっぽう、掃討小隊のほうは、護衛隊内の護衛艦艇を臨機、軍隊区分によって二～四隻を一隊とし、船団の付近にあってつかず離れず間接護衛あるいは直接護衛にと、状況を見ながら機宜《きぎ》行動して敵潜水艦の捕捉攻撃にあたらせようとしたのだ。

たとえば、最初、「第二掃討小隊」は駆逐艦「朝風」と海防艦「屋代」の編成であった。小隊指揮官は「屋代」艦長。が、「日振」が竣工して八月四日に編入されてくると、同小隊は「朝風」をはずし、指揮官は「屋代」艦長のまま、「屋代」「松輪」「日振」の三隻編制に変わる。さらに三日後の一六日には、「佐渡」「松輪」「日振」「択捉」の四隻で第三掃討小隊を編成することになり、指揮官は「佐渡」艦長に代わった。と、こんなふうに編成の仕方は臨機応変、出し入れ自由であったのだ。

航空被害も激増す

昭和一九年五、六、七、八月とブッ続けに被害の多い月が連続した。この八月一五日現在の海護総部隊の編制概要は表24のようになっていた。第二海上護衛隊の名前が見えないが、七月上旬、サイパン陥落のさい、同隊司令部も全滅したからであった。

そして九月に入ると、損失量がさらに跳ね上がっただけでなく、その内容にいささかの異

表 24　海上護衛総司令部部隊

（S19.8.15 現在）

区分		艦船部隊	特設艦船部隊
海上護衛総司令部部隊	第 18 戦隊	常磐	高栄丸 西貢丸 新興丸
	第 1 海上護衛隊	白鷹 汐風　朝風　春風　呉竹　朝顔　　第 1 海防隊 松輪　佐渡　択捉　対馬　占守　倉橋　屋代　草垣 平戸　日振　昭南　第 1 号、第 2 号、第 3 号、第 5 号、第 6 号、第 7 号、第 8 号、第 9 号、第 10 号、第 11 号、第 13 号、第 14 号、第 15 号、第 16 号、第 18 号、第 20 号、第 25 号、第 26 号、第 28 号、第 32 号海防艦 鳩　鷺　鴨 第 17 号掃海艇　第 38 号哨戒艇	華山丸 北京丸 長寿山丸
	護衛船団司令部	第 1 護衛船団司令部 第 2 護衛船団司令部 第 3 護衛船団司令部 第 4 護衛船団司令部 第 5 護衛船団司令部 第 6 護衛船団司令部 第 7 護衛船団司令部 第 8 護衛船団司令部	
	直率	大鷹　雲鷹　海鷹　神鷹 香椎 第 453、第 901、第 931 海軍航空隊	

変を生じた。飛行機によってやられるフネが激増したのである。

　一九年に入って以来、潜水艦、航空機による被害のうち、空からの攻撃による率は毎月三五パーセントを下回っていた。二月、三月は約五〇パーセントと大きかったが、これはトラック基地空襲、パラオ港空襲という〝大事件〟があったためである。潜水艦による被害が多かったのに、九月は、半年ぶりに航空被害が増加、空爆によって七二隻、潜水艦では五二隻、損害量は逆転してしまったのだ。率にすると五八パーセント対四二パ

表25　昭和19年の空、雷被害比較

	雷撃		空爆	
	隻数	%	隻数	%
1月	53	65	29	35
2月	56	49	59	51
3月	32	52	30	48
4月	23	68	11	32
5月	54	86	9	14
6月	50	68	23	32
7月	49	79	13	21
8月	52	71	21	29
9月	52	42	72	58
10月	68	52	64	48
11月	54	54	46	46
12月	24	53	21	47

ーセント。

　ならばまたも〝事件〟か？　然り。

六月、わが方はマリアナ沖海戦に敗れ、七月から八月にかけてサイパン島を失陥、つづいてテニアン、グアムも失ってしまった。絶対国防圏の、正面玄関口を蹴破られたことになるのだ。南東太平洋方面への最大前進根拠地・トラックは、敵中に取り残される状態になってしまった。

同方面の制空権、制海上権喪失。もはや米軍を主体とする連合軍は、南からでも北からでもどのような進攻路線をとろうと自由なのである。しかし、ここまできたら比島を奪還してシッカリ足固めをし、日本の南西ルートを遮断したのち、北へ攻め上るルートをとるのは当然の戦法であろう。

　かれらは空母機動部隊を駆って、九月中旬、セブ島に大空襲を浴びせ、さらに二一日より二四日までマニラに大規模な航空攻撃をかけてきた。傍若無人であった。両空襲で船舶約四〇隻が沈められている。その結果が、空爆被害率増加となって表われたのだ。

　さらに一〇月、敵はいよいよ本性を現わしてきた。中旬、機動部隊はわが本土からフィリピンへの道すじである沖縄、台湾へ来襲、補給線維持と戦力回復に努めていた部隊を、荒ごなしするように叩きまくったのである。一五日までにおよそ二五隻がこの地域だけで撃沈されてしまった。

比島沖海戦が終わってからの一一月半ば、敵機動部隊はレイテ島オルモック湾を空襲して輸送船六隻を沈め、一三、一四日にはマニラ港を爆撃、一六隻を一挙に撃沈する。それは、この月の航空被害四六隻のほぼ半数を占める大きな量であった。

しかも、航空機による攻撃を激化したからといって、敵潜はその手をゆるめたわけではなかった。昭和一九年一月から一二月までの商船被害数を、表25に掲げたのでご覧いただきたい。秋に入ってからも、ドルフィンの行動は依然活発であることがお分かりいただけよう。潜・空双方戦力の合体で、被害量が激増してしまったのだ。

護衛空母群、出動開始

味方もその対応に大童《おおわらわ》であった。

四月に〝特設護衛船団司令部〟制度が設けられ、重要船団の護送に改善がみられたとはいうものの、なおこの方法は、借り着の衣装をまとう一時しのぎの方式であることは否めなかった。実施部隊側から、そんな寄せ集め編制ではなく、固有人員の司令部と固有護衛艦艇より成る建制部隊で、責任ある護衛体制をつくるべきだとの声が強まったのは当然だった。

一一月一五日、そういう要望を反映して新たに「第一〇一戦隊」を編成、海護総に入れている。一〇一戦隊は練習巡洋艦「香椎」を旗艦に、「対馬」「大東」「鵜来」「第二三号」「第二七号」「第五一号」の海防艦六隻で編成された。司令官は水雷出身の渋谷紫郎少将。

つづいて同様な戦隊が二個部隊設けられるのだが、そういう予定を前提に、一二月一〇日付で従来の第一海上護衛隊を解隊、上海と台湾を結ぶ線以南の護衛を担当する「第一護衛艦隊」がつくられた。レッキとした建制のフリートである。航海出身で、海護総参謀長だった岸福治中将が司令長官に任命された。

このとき、いままでの護衛船団司令部のうち第一〜第四および第六船団司令部が廃止され、そのほか艦船部隊にも多少の移動が行なわれたため、新編時の〝一護艦隊〟はおよそつぎのような編制になっていた。

○第一〇一戦隊
○第五、第七、第八護衛船団司令部
○第一、第一一、第一二、第三一海防隊
○「択捉」ほかバラの海防艦三三隻
○水雷艇「鷺《さぎ》」「鵯《ひよどり》」、第一八号掃海艇、第三八号哨戒艇
○第九三一海軍航空隊（二〇・一・一編入）

一〇一戦隊に続き、第一〇二戦隊と第一〇三戦隊が編成されたのは昭和二〇年一月だったが、開隊すると予定どおり第一護衛艦隊に編入された。一〇二戦隊は旗艦「鹿島」に「屋代」ほか五隻の海防艦、一〇三戦隊のほうは駆逐艦「春月《はるつき》」をフラッグ・シップに据え、

「昭南《しょうなん》」ほか五隻の海防艦という編制である。

ところで、《海護総部隊に航空隊と空母が》の項に書いた四隻の護衛空母のほうは、その後どうなっていたのであろう。

一九年三月以降、南西方面の護衛に従事させることになり、整備の終わったものから「海鷹」「大鷹」「神鷹」「雲鷹」の順に、一海護司令官の指揮下に入っていた。四月から本格的活動に移ったが、一番手は「海鷹」である。

《大船団主義》効果ありや?》の項にもチョット書いたが、早々の四月三日、「海鷹」は海防艦「択捉」「壱岐」「占守」「第八号」「第九号」と水雷艇「鷺」の七隻で護衛陣を組むと、「音羽山丸」ほか八隻のタンカーを護って門司を出撃した。「海鷹」には空地分離方式により、九三一空の艦攻一二機が乗艦している。

かつての航空母艦は、飛行科、整備科も人員・器材もろともその母艦に所属していた。したがって母艦が長期入港するような場合は、付近の陸上航空隊に飛行機を移し、その飛行場を借りて訓練をしたものである。整備器材などもみんなフネから航空隊に陸揚げして。だが、昭和一九年初め、「空地分離制度」が採用されることとなり、飛行機隊は母艦から離れることになった。別途、母艦用航空隊をつくり、常時はそこで訓練・生活し、作戦など必要が生じたとき、空母に乗り移って戦闘する方式に改められたのだ。

海上護衛用航空隊には、早期に「九〇一空」「九三一空」が開隊された。「九三一空」は艦攻使用の部隊だったので、まずその一部が「海鷹」に派遣され、乗艦したというわけなのである。

出撃船団名は「ヒ五七」。飛行機哨戒まで付した近代的コンボイに敬意を表したか、恐れをなしたか(?)、敵潜水艦は寄り付かず、一六日、無事シンガポールに到着できた。

つぎの二番手は「大鷹」。

四月一九日、呉で九三一空機一二機を搭載した「大鷹」は、五月三日、門司発航の「ヒ六一船団」護送に出陣する。護られる船は一一隻、護るは「大鷹」のほか海防艦「佐渡」「倉橋」「五号」「七号」「一七号」と駆逐艦「朝顔」「電《いなずま》」「響《ひびき》」の九隻から成る強力布陣。指揮官は第八護衛船団司令官佐藤勉少将である。

途中、寄港地のマニラ少し手前で、「あかね丸」が潜水艦の雷撃を受けてしまった。が、幸い小破の程度ですみ、一八日に全隻シンガポールに入港することができたのであった。目出度し、めでたし。

「大鷹」被雷沈没

ところが、「大鷹」にとっての幸運は長続きしなかった。

それから三ヵ月後の八月八日、第六護衛船団司令官梶岡定道少将の「ヒ七一船団」は、油槽船と大型通常貨物船半々の二〇隻をかかえて門司を出港した。護衛艦は海防艦「平戸」「倉橋」「御蔵」「昭南」「第一一号」と駆逐艦「藤波」「夕凪」、それに「大鷹」である。小さいながらも、司令官用の公室も設備されている「平戸」が旗艦。途中一五日、馬公に寄港する。「ヒ七一」は重要船団だからと、ここで一海護から第三掃討小隊の「佐渡」「松輪」「日振」「択捉」と「朝風」が加えられた。敵潜が群がる最大の難所、ルソン海峡西端、南シナ海をなんとか乗り切ろうとの算段であった。一七日出港。

しかしながら、目算どおりいかなかった。一八日早朝、「永洋丸」がまず被雷。やむなく梶岡司令官は「夕凪」をつけて、高雄に引き返させる。部隊は褌を締めなおして南下を続行。ところがその夜、比島北西岸にさしかかったころ天候が急変し、風速一二メートル、視界不良となってしまった。

船団の隊形は乱れ、なんと後尾に付いていた「大鷹」が雷撃をうけて、約三〇分後に沈没してしまったのだ。むろん、暗夜荒天のこととて哨戒飛行はなされていなかった。二二四八であった。

各船は高速で避退運動に入り、船団は支離滅裂となった。平素、集団行動の訓練などまったくしていない単なる群の悲しさである。「帝亜丸」がやられたのが、二三一〇。それからは続けざまだった。一九日になって「阿波丸」「能代丸」、給油艦「速吸《はやすい》」、〇五一〇被雷の「帝洋丸」まで、息つくひまなしの有様であった。「帝亜丸」「速吸」「帝洋丸」沈没、「能代丸」は中破、「阿波丸」小破、「玉津丸」は行方不明となったが、後刻沈没が確認されている。目を覆うような大被害であった。いったん、サンフェルナンドに集結、船団を整頓したのち、よろめきながらマニラに回航したのであった。

いっぽう、「佐渡」「松輪」「日振」の三隻は、その後も現場にとどまり、本務の対潜掃討に当たった。それは二一日まで続けられたが、手ごたえなし。やむなく捜索を打ち切ってマニラに向かった。だが、二二日〇五〇〇ころマニラ入港眼前の地点で、あろうことか三隻ともごっそり敵潜に討ち取られてしまったのである。掃討する任務の艦が、逆に掃討されてしまう。何をかいわんや、であった。敵潜あまりにも手強し!!

大損害をこうむった「ヒ七一船団」は、マニラで立て直しをし、新たに「旭邦丸」を加えて一二隻の編制で二六日、ふたたびシンガポールを目指した。エスコートは海防艦「平戸」「倉橋」「御蔵」「第二号」と駆逐艦「藤波」、「二八号駆潜艇」の六隻であったが、こんどは無事（辛うじてか?）九月一日に入港することができた（防研戦史『海上護衛戦』、駒宮真七郎『戦時輸送船団史』）。

護衛空母陣、壊滅!

「大鷹」の沈没は護衛空母最初の犠牲だったが、そのときの状況を艦長杉野修一大佐（海兵四六期・水雷）はつぎのように電報している。

「宛　佐鎮長官　本艦ヒ七一船団護衛艦として行動中、八月一八日二二二八、北緯一八度一〇分、東経一二〇度二二分にて敵潜水艦の雷撃を受け魚雷一本右舷後部航空軽質油庫に命中、浸水。油タンク付近一帯たちまちにして大火災となり、ついで消火用液化ガス気蓄器および高角砲弾一部に誘爆を起こし、挙艦必死の防火防水に努めつつありしも、更に二二四〇、左舷重油庫に一本命中、二二四八、ついに沈没するに至れり。当時、天候豪雨あり、視界きわめて狭小、海上やや波あり。

　御写真、御勅諭奉還に努めたるも、艦長公室火災、燻煙ならびにガス充満し入室不能のため室内奉安のまま沈没せり、誠に恐懼に堪えず」（『高等商船学校出身者の戦歴』同刊行会）と。

　護衛空母の災厄は続く。

　八月二五日に一海護の指揮下に入った「雲鷹」は、「ヒ七三船団」を護衛して航海に臨んだ。そしてその行動中の同月二四日、敵潜に出会《でくわ》し、撃沈おおむね確実の戦果を挙げたと電報してきた。「千振」「三一号海防艦」と協力し、搭載機が攻撃を加えたのだ。歓呼沸き、凱歌上がる。

　だが、「ヒ七四船団」を護衛して門司に向けての復路航海中、九月一七日深夜に悲涙を呑んだ。最初「あづさ丸」が被雷し、それから間もなく「雲鷹」も右舷後部に魚雷二本を食ってしまったのだ。応急防水の結果、いったんは沈没を免れたかにみえたが、その後、風波が荒くなって浸水増大、とうとう沈んでしまった。〇七三〇、地点はルソン島北端と海南島のほぼ中間だったとされている。

　しかもさらに、「神鷹」までも生け贄となった。

「神鷹」は、「ヒ六九」「ヒ七〇」「ヒ七五」「ヒ七六船団」と多くの護送戦に従事し、沈没船を出すことなく働いてきた。その間、二度も「神鷹」機は他の護衛艦と協同して、敵潜撃沈を報じている（ただし、米側にはその事実なし、とのことである？）。

「ヒ八一船団」を護衛して一一月一四日、門司を発航した。被護衛船一一隻、同行の護衛艦は海防艦「対馬」「択捉」「久米」「大東」「第九号」「第六号」に駆逐艦「樫」であった。大陸沿いに接岸航路をとるため西航したところ、一五日に「あきつ丸」が葬られ、つづいて一七日には「摩耶山丸」がやられてしまった。「今回はツイテないな」と皆が思っていた。その矢先の二三〇七ころ、こんどは「神鷹」までが雷撃されてしまったのである。

三列船団の中央後部に位置していた「神鷹」の、右後方から発射された四本の魚雷が命中したのだ。沈没した場所は揚子江江口の東、およそ一〇〇マイルほどの海面であった（防研戦史『海上護衛戦』、木俣滋郎『日本空母戦史』）。

昭和一九年四月一五日現在、海護総司令部部隊に所属していた空母は四隻だったが、半年そこそこで全滅であった。ただ「海鷹」だけが生き残ってはいたが……。彼女らはもともとが商船、外板はペラペラでありこういう砲爆弾や魚雷にたいする防御能力は劣っていた。

そして、せっかくの〝海上護衛空母〟ではあったが、日本海軍での、彼女らへの評価は芳《かんば》しいものではなかったようである。

航空機による船団の前路哨戒はぜひとも必要である。だが、そのためには、南西方面航路のような場合であったら設定されている各航路の沿岸に、航空基地を連綴《れんてい》するように設置し、飛行機隊を隙間なく行動させて船団上空をカバーすればよろしい。陸岸から遠く離れた外洋航路ではないのだ。護衛空母は廃止したほうがよい。しかも、空母が低速の船団と同速で行動するなどはもっとも不可。との否定論であった（『日本海軍航空史・用兵篇』時事通信社）。

それは、アチラさんでもそのように見ていたようである。「……敵（日本）はわが海軍が大西洋で実施していると同様に、護衛空母を使用し始めた。だが、対潜航空掩護であるならば、台湾、シナまたは比島から船団護衛機を出した方が経済的でもあり、かつ安全である筈《はず》にもかかわらず、敵がこの措置に出たことは不可解……」とある（同前）。

しかしいっぽう、有田雄三「海鷹」艦長（海兵四八期、水雷、海大卒）の言葉だが、「（空母による）護衛の効果であるが、……飛行哨戒により敵潜を発見したこともなく、攻撃の効果はあげられなかったが、敵潜の浮上行動を阻害制圧して、その襲撃を未然に防止する効果は相当大きく認められてよいと思った。この実績に徴《しる》し相当大規模な船団には護衛空母を付することは、やはり必要と痛感した」と述べている（『空母海鷹戦史』海鷹会）。

さてこの両論、どちらに軍配を上げたらよいのか？

ともあれ、遅まきながら実行した、わが〝空母による船団護送〟は不成功に終わったのであった。いや、目に見えない成果はあったのかも知れないが。

苦難の制空権なき海上護衛

昭和一九年の中期には、護衛艦艇の主力・海防艦もかなり増勢が捗《はかど》っていた。四月から九月までの半年間に「御蔵」型三隻、「日振」型四隻、「鵜来」型二隻、「丙型」一五隻、「丁型」一五隻の計三九隻が竣工しているのだ。すでに記したようにこの年七月に第一海防隊が編成されていたが、さらに三個隊がつくられた。

この増設はつぎつぎと続くので以後の分も一括し、表26として掲げてみよう。

新編時、第一一海防隊は四隻、第一二海防隊は三隻、第二一海防隊も四隻での発足であった。お分かりだろうが、依然、他の多くの海防艦は各海上護衛隊などのなかで独立艦として行動していたのである。隊司令のもとでの統括使用には、一長一短があるからにほかなるまい。

さて、昭和一九年九月から一一月までの三ヵ月間は戦争の全期間を通じて、いちばん商船がヤラれた時期であった。

三五二隻、一三三万トンものフネが沈んだのだ。そうしたいっぽう、偶然ながらこの時期にわが造船量もピークに達し、二〇二隻、四七万トンの船舶が建造された。といってもそれは、とても喪失の穴埋めをできる量ではなく、一二月一日の日本船舶保有量は、ついに開戦時の六三〇余万トンの約半分三一二万トンに減ってしまった（大井篤『海上護衛戦』）。

だが、昭和一九年の締めくくり、一二月の海上交通路被害は少なかった。潜水艦雷撃、空爆によるもの、ともに前月のおよそ二分の一以下に減ったのだ。海防艦など護衛艦艇の増加の好結果か？

だといいのだが、じつは九月から始まった連合軍の比島奪回作戦の序盤戦が、一一月で一

表 26　海防隊の編制

隊名	編成年月日	新編時の所属艦名
第 1 海防隊	昭和 19.7.10	千振　13 号　17 号　19 号
第 2 海防隊	20.7.5	保高　82 号
第 11 海防隊	19.9.5	1 号　3 号　5 号　7 号
第 12 海防隊	19.10.20	14 号　16 号　38 号　46 号
第 21 海防隊	19.10.20	満珠　干珠　笠戸　三宅
第 22 海防隊	20.1.5	8 号　32 号　52 号　66 号
第 23 海防隊	20.8.5	196 号
第 31 海防隊	19.12.5	粟国　81 号

応かれらの勝利、わが方の敗退でケリがついたからだった。敵サン一休み、といったところであったろう。

秋の被害では、空爆による損失が多かった。上陸作戦や艦隊作戦のトバッチリで、数多くの商船が失われたが、それはこのような戦闘のさい、航空機で周辺の船団を叩くのが米軍の常套《じょうとう》手段であったからだ。国力の貧弱な日本側にとって、それはまことに痛苦とするところ。潜水艦への対応だけでもキリキリ舞いをしている、というのにである。

近代戦では制空権、制海上権を十分確保できていない場合、あるいは失ったさいには、海上交通路への魔手は海中からだけでなく、空中からも鷲の爪のように伸びてくる。海上交通の保全は、対潜戦のみを考えていたのでは片手落ちだった。

対空防御戦についての備えも充実する必要があった。が、そこまで手が回らないよ、といわれればそれまでだが、それが出来ないのならば、金、物ないないづくしのわが国情からは、海国防の最前提となる艦隊決戦に絶対敗れてはならなかった。しかも、この艦隊決戦は極力戦争の早期に生起させ、その前後に起こるであろういくつかの準決戦にも、絶対に負けてはならなかった。

であったから、山本連合艦隊が大戦初期、第一段作戦にとった戦法、第二段作戦にとろうとした戦法は妥当であったといえよう。それに成功するとき、はじめて日本海軍の〝艦隊決戦一本槍、少数精兵による短期決戦志向〟は納得できる意味を持っていたのだ。その成功のときにこそ、対空、対水上に関する海上交通の安全は直接手を触れずとも熟柿《じゅくし》の自然に落ちるように、護られるのである。

しかし、決戦、準決戦の連続完全勝利はきわめて難しい。あれほどに好調の波に乗ったGFが、珊瑚海海戦に完勝が得られず、ミッドウェー海戦に大敗を喫した現実が示すところだ。以後の太平洋戦争は暗澹《あんたん》とした戦闘経過のうちに、昭和一九年の年末を迎えたのである。ともあれ、海上護衛戦をまっとうするためには、主戦艦隊による艦隊決戦に勝利することが必須条件であった。繰り返しになるが、対潜海上護衛を専務とする部隊も、制空権、制海上権が味方の手中にあって初めて活躍できるのだ。艦隊決戦オンリー主義は陳腐だが、艦隊決戦第一主義は旧《ふる》くはない。

〝海護総〟の地位揺らぐ

年が明けた昭和二〇年一月一日、海上護衛総司令部の地位にまたも大幅な変更を加える方針改定が行なわれた。

前年八月、〝捷号作戦に関し〟実施上必要な事項については、GF司令長官が海護総の司令長官を指揮できる措置がとられたことはさきに書いた。だが、捷一号作戦は失敗に終わる。

フィリピン方面の情勢が一気に悪化して、南方資源地帯とわが本土を結ぶ南西航路が、比島周辺で断ち切られる形勢になってきた。

ことは超重大である。

大本営は「連合艦隊司令長官ハ作戦ニ関シ支那方面艦隊、海上護衛総司令部部隊、各鎮守府部隊、各警備府部隊ヲ指揮スベシ」と、極めて強い語調で指令を全面改定したのだ。せっかく高まった海上護衛総司令部の重みを急降下させる制度変更であった。

ではあったが、今回はこの処置に対して、現場から前回のときのような特別の異議も反論も生じなかったようである。もはや、逼塞《ひっそく》に瀕《ひん》した南西方面航路の確保は海護総だけの問題にあらず。その断固確保のためにも全戦域にわたって外線部隊、内戦部隊の区別をなくし、連合艦隊の権限を強化して難局に対処しなければならないとの悲痛、悲壮な考えがみなぎってきたからであった。

同じく昭和二〇年一月一日、いままで海護総司令部直率のままだった九〇一空が九五三空、九五四空を統合して一大航空隊に変貌すると、第一護衛艦隊へ入ってきた。GFレベルの制度変更とは関係なく、純粋に、わが生命線・南西方面海上交通路の防護、確保に当たらせようとの考えからであったろう。

かつての九〇一空は陸攻、飛行艇の大型機だけの部隊だったが、五〇機ちかい戦闘機が組み込まれた。これは、磁探機、電探機で編成した「対潜特別掃討隊」の援護に当たらせるた

表 27　海上護衛を任務とした主な航空隊

（昭和 19 年 12 月 31 日現在）

隊　名	開　隊	機　種	原駐基地	記　事
901 海軍航空隊	昭和 18.12.15	陸攻、飛行艇	千歳	20.1.1　254 空、953 空、954 空を統合
931 海軍航空隊	19.2.1	艦攻	佐伯	20.4.20　5 航艦に編入
953 海軍航空隊	19.6.1	水偵、艦攻、哨戒機	東港	20.1.1　901 空に統合
801 海軍航空隊	17.11.1	飛行艇、陸攻、水偵	横浜	20.1.1　海護総直属 20.2.11　5 航艦に転属
933 海軍航空隊	19.9.1	水偵	佐伯	20.1.1　936 空に統合、第 1 南遣艦隊に移る
936 海軍航空隊	17.11.1	艦爆、艦攻、水偵、哨戒機		哨戒機を加えたのは 20.1.1
954 海軍航空隊	17.2.1	艦爆、艦攻、水偵	指宿	20.1.1　901 空に統合
951 海軍航空隊	19.12.15	艦戦、陸攻、水偵	佐世保	司令官を置く大航空隊

めであった。

また、磁探とレーダーの両方を装備する、対潜捜索・攻撃専門のまことに珍しい双発機「東海」も配属された。この飛行機は二五〇キロ爆弾二発を抱え、急降下爆撃も可能。対潜航空戦には打ってつけの機体を持っていた。

総計約一九〇機を越す大規模航空隊にかわり、しかも、多機種を運用しなければならないので、指揮官には〝司令〟ではなく、参謀もつく少将の〝司令官〟が配置された。

そして、この九〇一空だけでなく表27に示したように、新設あるいは旧来からの既設航空隊で海護総の麾下に入ったものがあった。九三一空はすでに書いたが、護衛空母の搭乗員練成・訓練用の部隊だ。九〇一空と並んで海護総の生え抜きである。

八〇一空はもとをただせば横浜海軍航空

隊、由緒ある飛行艇の老舗部隊である。この航空隊は陸攻四八、飛行艇一六、瑞雲水偵一八を定数とする大兵力を抱えている。対潜情報班と訓練用潜水艦も持ち、作戦指揮下に海防艦二隻を置く有力な対潜掃討部隊であった。だが、わずか一ヵ月後の昭和二〇年二月一一日には決戦用の切り札・第五航空艦隊に所属換えされてしまう。海上護衛には何の役にもたたなかったのである（『海軍航空隊年誌』永石正孝、『海軍航空史・用兵篇』時事通信社）。大本営との約束だから、仕方のないことではあったが。

“第一護衛艦隊”受難――「ヒ八六」全滅！

こうして、海上に航空に充実をはかった第一護衛艦隊は、「制度は制度。GFが上に被さって来ようが来るまいが、俺たちが南方―内地間の航路安全を一貫して護るんだ」と、意気込みも新たに立ち上がった。だが、そのとたんドエライ不幸に見舞われてしまった。

米軍の比島進攻は、南方資源をわが本土に輸送する大動脈・南西方面ルートの中間点に強力な斧を打ち込んで分断をはかろうとするものであった。

昭和二〇年一月九日正午、仏印南部から門司に向け「ヒ八六船団」が出港した。船舶は一万トンの油槽船「極運丸」はじめ一〇隻、護衛にあたるのは渋谷紫郎少将を指揮官とする第一〇一戦隊の旗艦「香椎」と海防艦「鵜来」「大東」「第二三号」「第二七号」「第五一号」の六隻だった。（建制護衛戦隊）サマ、直々のガードである。

サンジャック出港の翌日、船団ははやくもB29の触接をうけた。そのため、一二日は早朝から仏印沿岸へ極度に接近するように北上していた。こうすれば浅い海面を走ることになり、敵潜は攻撃しにくい。だけでなく、護衛艦も船団左側は陸岸にオンブし、右側にだけ張りつけばよいと考えたからだ。

　ところが午前九時ちかく、とつじょ数機の艦上機が襲ってきた。意想外の艦上機出現!!　それは近くに敵機動部隊がいることを物語っていた。比島周辺の制空権、制海上権を手に入れた米軍は、ハルゼー第三艦隊を南シナ海奥深くに侵入させてきたのである。

　一一時すぎ、敵は本格的な空襲をかけてきた。護衛艦隊は必死に防戦したが空母飛行機対船団、結果は火を見るより明らかだ。数回にわたってのべ一五〇機が来襲し、船舶は全滅、護衛艦も「香椎」「第二三号」「第五一号海防艦」が沈没してしまった。渋谷司令官も戦死する。半日のあいだに、呆然自失するような結果が生じたのだ。いままでの空襲による被害とは性質が異なる。空母部隊のまともな攻撃が、コンボイに浴びせかけられる。じつに容易ならぬ事態の出来《しゅったい》といえた。

「ヒ八六船団」全滅事件は、南方航路の事実上のストップを意味していた。対潜戦用・海防艦主体の海上護衛総司令部部隊では、敵機動部隊にたいしては手の打ちようがないのだ。

　しかしわが国は、アメリカと戦う意志を放棄しないかぎり、このルートは捨てられない。南方の資源は命の綱だ。といっても、船を出せば、海中からだけでなくもはや空からも確実に餌食にされる。

　とどのつまり上層部は、南西航路は継戦上なんとしても必要な石油船団だけを残し、あとは運航を中止しようということに決した。

特攻〝油〟輸送――「南号作戦」

発動されたのが「南号作戦」である。

昭和二〇年一月二〇日、大本営からこの石油強行輸送のために、特別の命令が下された。「戦局ノ推移ニカンガミ、陸海軍ハ密接ナル協同ノモト、極力多量ノ燃料ナラビニ戦争遂行上必須重要物資ノ緊急還送ノ遂行ヲ期ス」とである。そして、「南号作戦」という作戦名までつけられた。それは今までの通常輸送とは違った重大な意味を持つ任務だということをハッキリさせるためであった。

敵の制空・制海権下の南シナ海を、難行苦行を覚悟の必死完遂「特攻精神」で突破、シンガポールから内地へ油を運搬するべくスタートした。タンカー乗組員たちは士気を高めるため、胸に「油輸送特攻船乗組員」のマークを縫いつけて眦《まなじり》を決する。各船は機銃、高角砲を増載し、陸軍は船砲隊を海軍は船舶警戒隊を乗船させて自衛力を強化した（浅井栄資『慟哭の海』）。

海軍側の総指揮官はGF司令長官じきじきのお出ましである。なかんずく肝心なのは南シナ海での防衛だ。この海域輸送の護衛を重点的に強化し、そのため台湾以北では警戒がある程度低下するのはやむを得ない、との大方針が立てられた。直接護衛は、第一護衛艦隊ほかの兵力を海上護衛司令長官が指揮して出来るかぎりの方策を講じ、運航の継続に努力する。

そのほか第一航空艦隊、第一三航空艦隊、第五艦隊、第四航空戦隊、第五戦隊、第二水雷戦隊、第一一航空戦隊など近辺に所在するあらゆるGF艦船部隊の一部をも出動させる。お分かりのように、これらには、一航艦、五戦隊、二水戦などかつての決戦用部隊も含まれていた。ともかく護衛と哨戒をシャニムニ強化し、船団や単船行動船の安全をはかって活発に運航させようとの意図からである。

内地に輸送する燃料は飛行機用ガソリンを最優先とし、船団編成のおり、船腹に余裕があるときは一般用ガソリン、つぎに重油の順序とするときまった。〝たかが輸送、されど輸送〟である。むかしなら海上護衛など見向きもしなかったGFが、自ら乗り出してそれに当たる、当たらなければならない事態、時局に立ち至ったのだ。

いっぽう陸軍航空部隊は、主として船団の集合地とか避泊地の上空警戒に従事するとともに、可能ならば航行船団の上空へも進出し、直衛に協力することと協定されたのである。ただし、陸海軍の指揮関係は上下なしの協同とする、と定められた。

作戦開始直前の一月一六日現在で、海上護衛司令長官の指揮下にある兵力は大まかにつぎのようになっていた。

第一護衛艦隊の大部分がその中に入っていたのは当然であった。護衛艦艇約五〇隻が、内地―シンガポール間の全域に充当される。九〇一空約一〇〇機は新竹、淡水、馬公、高雄、東港、三亜、香港に配備、さらに三亜、香港には戦闘機も置かれる。九三六空の約四〇機はシンガポール、サイゴン、カムラン、キノンに配備される物々しさであった。

その他、鎮守府・警備府部隊も海護総の作戦指揮下に入れられた。佐鎮、高雄警、鎮海警、海南警部隊はそれぞれの一部、第一、第二南遣艦隊がそれぞれの一部、そして上海特別根拠地隊の一部である。航路全体をいくつかに区分し、各地元の護衛を担当したのだ。五航艦に転属する前の八〇一空にも一応配備が下令されたが、こちらは海域全面にわたって行動する遊撃的性格がもたされていた。

以上、軍令部総長の指示に基づいて、豊田GF長官は一月二〇日、〝南号作戦〟すなわち「南方動脈輸送護衛強化作戦」の実施を発令したのである。

〝南号作戦〟幸先のよいスタート

〝南号・特攻輸送〟のトップバッターになったのは、一万トンタンカー「せりあ丸」であった。同船は昭和一九年六月に三菱長崎造船所で完成したばかりのサラの油槽船で、二TL型・戦標船だ。〝二TL型〟とは、昭和一八年度に決定された「第二次戦時標準油槽船・ラージ」の意味を表わす略符号、大きさは同船の場合、一万二三八総トン、載荷重量一万六六〇〇トン、最大一四・六ノットのオイル・タンカーであった。

キャプテンは昭和一一年東京高等商船卒の浦部毅船長、海軍中尉（予備士官）でもある。出港前、かれは船内会議を開き、これまでの苦難に満ちた輸送戦の経緯をふまえ、幹部の意見を徴した。それをまとめると、軍に対し異常ともいえる要望書を書き上げて、海・陸・船合同の船団会議に臨んだ。

要望書には、①護衛艦は二隻つける、②改A型貨物船を同行させない、③船長に船団の指揮権と航路の選択権を与える、④軍機海図を貸与されたい、の四項目があげられていた。かつてない、目をむくような要望の提出に、会議は沸騰、騒然としたそうである。だが、第三項を除いて海軍側が了承し、決着を見た。第三項の指揮権については、「船団の指揮権はあくまでも護衛艦の先任艦長にある。ただし、非常の場合、船長はその判断に応じて行動の自由が許される」との玉虫色妥協案で三者、かろうじての納得が得られたのであった（浅井栄資『慟哭の海』）。

なお、〝改A型貨物船〟とは、やはり第二次戦標船で、六六〇〇総トン、載荷重量八〇〇〇トンの貨物船。航海速力は一〇ノットの劣速船だったので、こんな船と道連れにされてはかなわないと、浦部船長は同行を拒否したのであろう。

昭和二〇年一月二〇日、「ヒ八八A」と名付けられた船団はシンガポールを出港する。要望どおり「せりあ丸」だけの単船船団に駆潜艇二隻がつけられ（途中、「第四一号」「第二〇五号海防艦」と交替）、浦部船長が強硬に主張した〝徹底的迂回・接岸航法〟をとり、敵潜の目をかすめるように航《はし》った。一度、B24の低空爆撃に肝を冷やしたこともあったが、幸い二月七日、門司港外の六連《むつれ》に入ることが出来たのであった。やれやれであった。

「せりあ丸」が積んできた、航空機用ガソリン一万七〇〇〇キロリットルのもつ意義は大きかった。無事到着は、当時の情況では天佑神助、奇跡ともいえたが、浦部キャプテン以下の任務完遂にたいする熱意と努力の結実であった。「せりあ丸」とその護衛部隊にたいして、海護総司令部より祝電が送られた。

そればかりでなく、大本営からも参謀次長名で祝電が届き、陸軍の船舶司令部からは表彰状がもたらされた（駒宮真七郎『戦時輸送船団史』）。「せりあ丸」はC船だったのであるが。

しかしこのころは、打ち続く被害、喪失で大型タンカーはいちじるしく数が減っていた。その後の南号作戦続行のため、シンガポール方面では付近に残っていたタンカーを急いで修理したり、スマトラ、ボルネオ方面から大小幾多のフネをかき集め、あちらで船団を仕立てて内地に向かわせる有様であった。

そして、一年前とは反対に、船団の編成法もなるべく二、三隻の少数隻に収めるようにされた。護衛艦の建造も進み、兵力にいくぶん余裕ができたからであり、分散して目標を小さくする目的からでもあった。極度分割による、〈小船団護衛法〉に転換したのである。「せりあ丸」のように、ただ一隻のフネに二隻もの護衛艦をつけた例さえあった。

〝南号作戦〟の成果、無惨

前年暮れから始まった、B29の本土空襲は日増しに大規模になってきた。昭和二〇年に入ると、空母機動部隊までもが内地攻撃にシャシャリ出てきた。二月中旬には硫黄島に上陸開始。フィリピンももはやおしまいらしい。敵の包囲網はギリギリと、本土を絞めつけはじめたのだ。

つぎに敵が向けてくる鉾先《ほこさき》は台湾か、南支沿岸かあるいは直に沖縄か。そうなると、南方航路は完全にアウトだ。なのに、このルートにかじりついていては、なけなしの船舶をジリジリ損耗してゆくだけで、重要物資を還送できる見込みはまったく立たない。であれば、むしろ還送航路を北の後方にグットト下げ、日・満・支間の短距離輸送を専《もっぱ》らにするほうが、より得策と海護総司令部では考えた。

野村司令長官はそう判断すると、大本営に「南号作戦」の終結を進言した。かつ、「戦勢急変後ノ新情勢ニ応ズル護衛計画案」を作成し、海軍省主催の「緊急戦備促進委員会」に提出する。南方は思いきって切り捨て、台湾以北の海上護衛に急いで重心を移さなければドエライことになる、とルル説明した。

軍令部は最初、ウンと言わなかった。連合艦隊が反対だったのだ。護衛総司令部の再度の交渉で、やっと転換に諾を与えた。三月一六日、「大海指第五一一号」により、南号作戦中止の大本営命令下る。これは戦争遂行上最大の動脈、南方資源ルートの事実上の終焉を意味する、無念、悲痛の宣言でもあった。

中止命令下令の直後、「ヒ八八J船団」というコンボイが仕立てられ、三月一九日、シンガポールを出港した。本航路最後の船団である。

これ以上遅く出港させると、内地に到着する見込みはないというので、大小いろいろの船が南方各地のあちこちからかき集められ、船団が編成された。「鳳南丸」（五五四二総トン）、「阿蘇川丸」（六九二五総トン）、「海興丸」（九五〇総トン）、「さらわく丸」（五一三五総トン）、「荒尾山丸」（六八六六総トン）、「天長丸」（二六〇八総トン）ほか一隻。

護衛艦も方々から集められた。海防艦では「満珠」「第一三四号」「第一三〇号」「第一八号」「第八四号」「第二六号」、駆逐艦が「天津風」。そのため、そのころでは珍しく大きなコンボイとなった。参加船七隻に護衛艦七隻。船腹には石油だけでなく、ゴム、錫その他、今後はもう届けられないであろう南方物資が腹いっぱい詰めこまれた。

なのに、天は非情、あゝ無情であった。

期待された「ヒ八八J船団」は、出港すると間もなく仏印沿岸で敵潜水艦とB24にたかられ出した。サンジャック沖で分離、別働した「荒尾山丸」「天長丸」ほか一隻をのぞいて、数日のうちに他の四隻すべてが撃沈され、護衛艦も「第一三〇号」「第一八号」「第八四号海防艦」三隻がすっかりやられてしまったという悲報が海護総司令部へ飛び込んできたのだ。被雷、触雷、空襲のトリプルパンチであった。

特攻輸送と銘打って立ち上げた、〝決死〟を超越する作戦ではあった。合計三四隻のタンカーが、敵の潜水艦や爆撃機の跳梁する海面に突入していったのである。しかし、いかに護衛や各船の自衛を強化しようと、制空、制海上権、制海中権をガッチリ握った絶対優勢な敵には抗すべくもなかった。

三四隻中二七隻は撃沈、撃破され、「せりあ丸」ほか、「日南丸」「第二高砂丸」「東城丸」「富士山丸」「光島丸」のわずか六隻のタンカーが辛うじて内地に到達したのみであった。護衛艦艇も、先記の「第一三〇号」「第一八号」「第八四号海防艦」と「第三三号」「第三五号駆潜艇」、それに敷設艇「立石」が帰らなかった（浅井栄資『慟哭の海』、松井邦夫『日本油槽船列伝』、海防艦顕彰会『海防艦戦記』）。

侵攻の魔の手、本土に迫る

一月中旬、南シナ海で猛威を振るって「ヒ八六船団」を壊滅させた米機動部隊は、ウルシーに帰投すると、二月は硫黄島攻略作戦を支援したので三月はお休みをとったのであろう、南シナ海には侵入してこなかった。このため南号作戦やほかの北行船団の被害は主として潜水艦によるもので、ほかに比島方面を基地とする大型機と敷設機雷による損害が若干あった。しかし、米軍は硫黄島からさらに沖縄へ来攻し、内地が戦場になるのも、はや目前の情勢である。当面、あたえられた兵力で本土周辺の主要海峡や港湾の防備を強化し、海上護衛総司令部が提言した日本海側の海上交通だけでも、確保する努力をはらうより手段はなくなっていた。

海護総部隊は敵潜水艦と飛行機を相手に寧日《ねいじつ》なく戦い、その奔命に疲れきっていた。刻苦、奮闘の甲斐もなく一月は被雷によって二二隻、空爆によって無慮八〇隻、合計一〇二隻もの超多数を失ってしまったのである。うち、総トン数五〇〇〇トン以上の船舶は四二隻だった。

フィリピンを中心とする戦いはすでに峠を越しており、新しい攻撃の槍先は日本本土に向かいつつあった。仏印およびマレーと日本本土間の補給・交通路の遮断は、その前提作戦である。だから、一月一二日の「ヒ八六船団」全滅事件だけでなく、一月の空襲被害八〇隻のうち、七八隻は南シナ海、仏印の全沿岸から黄海、朝鮮、日本本土付近までにおよんだのだ。

だが、二月の喪失量は一挙に反転、急低下を示した。隻数三四隻、総トン数九万一五六一トン、総トン数五〇〇〇トン以上の船舶七隻で、トン数で比べると前月のわずか二一パーセントに過ぎなかった。これは、昭和一八年九月以降の最僅少喪失量である。

この乱高下はなぜか？

敵はフィリピン奪還にほぼ成功したと判断、次期作戦すなわち対日最終作戦への準備に移行したのだと見るべきであろう。

はたせるかな、このころから日本本土への攻勢は激化の度を加えた。B29による空襲は連日、連夜におよびはじめ、日本沿岸における船舶の被害は増加傾向を見せ出す。こんな戦略爆撃に加えて米機動部隊からの艦載機による、激しい東京空襲が行なわれたのは二月一六日、一七日である。

三月に入って、ふたたびシーレーンの被害は増えた。空爆、被雷による喪失隻数七五隻、そのうち、他原因もふくめて総トン数五〇〇〇トン以上の船舶は一一隻と上昇する。敵の本番攻勢いよいよ近しか。ただ、全体的に見て喪失総隻数にたいする喪失総トン数が比較的少ない。この事実は、過去三年のあいだに、日本船舶中の大船、巨船が多数失われ、小ツブになってしまったことにほかならなかった。

四月——被害、遭難の発生地点は南海をはなれて朝鮮沿岸、本土近海に確実に接近してきた。と、同時に総トン数五〇〇〇トン以上の船舶喪失の減少がますます目立つ。しかも、機雷に触れて遭難する船が多くなった。日本本土の都市は空襲の猛火につぎつぎと焼きつくされ、敗戦の色はいよいよ濃い。

海護総部隊、日本海へ回る

米軍は、昭和二〇年四月一日、沖縄本島に上陸してきた。その六日、GFは最後の持ち駒を投じている。沖縄救援のため、不沈戦艦「大和」を中核に巡洋艦「矢矧《やはぎ》」、駆逐艦八隻を含む第二艦隊を出動させた。だが、鹿児島県南西海面で、敵約三五〇機の激しい攻撃をうけて悲壮、悲痛な壊滅をとげた。これで、南西航路の存続は完全に絶望となった。

しかし、南西航路が逼塞《ひっそく》寸前の状態に陥っていたのはすでに書いてきたところだ。九州、沖縄方面にたいする敵の進攻企図が露骨となってきた三月二〇日、大本営は「帝国海軍当面作戦計画要綱」を明らかにした。それは本土防衛態勢の強化を目的として、差し当たりの作戦指導の大筋を示したものである。そのうち海上護衛に関しては、「皇土防衛態勢ノ強化ニ当リテハ、先《ま》ヅ其ノ重点ヲ関東方面オヨビ南九州方面ニ集中指向スル如ク準備スルトトモニ、主要海峡、湾口ノ防備強化ヲ計リ日本海ニ於ケル海上交通ヲ確保ス」とある。

青息吐息になってしまっているわが海上交通路を、日本海で再生し、最低限の国力を維持しようとする企図の表明であった。さっそくこの方針に沿って、新しく「第七艦隊」「第一〇四戦隊」および「第一〇五戦隊」が編成される。

第七艦隊は昭和二〇年四月一〇日付で、機雷戦部隊の第一八戦隊を基幹としてつくられ、連合艦隊に編入された。主な任務は、今までもなされてきたことではあったが、対馬海峡の防備を強化して陸軍の輸送に協力し、それによって、日本海の海上交通を間接的に保護、支援することにあった。

第七艦隊の司令長官と幕僚は、第一護衛艦隊司令部の兼務で、編成とともに門司に司令部を設置している。当初の兵力は、

○第一八戦隊　敷設艦「常磐」、特設敷設艦「高栄丸」「永城丸」

○付属「第一〇二号」「第一〇四号」「第一〇六号」「第一五四号海防艦」

　下関防備隊

であった。

第一〇四戦隊は渡辺清七少将を司令官に、同じく四月一〇日付で編成されている。所属は大湊警備府。津軽海峡および宗谷海峡方面の防備強化に当たるとともに、近海を航行する船舶の護衛が任務としてあたえられた。北方部隊であったためか、兵力はそれにふさわしい〝名前艦〟の海防艦ばかり、「福江」「国後」「八丈」「笠戸」「択捉」「占守」の六隻である。

また第一〇五戦隊はチョット遅れ、五月五日付で編成されている。司令官は松山光治少将。即、舞鶴鎮守府部隊に編入、今後、海上交通のメイン航路とならなければならない、日本海航路の護衛を主任務とした。その兵力は、

駆逐艦「響」、「第一二号」「第四〇号」「第六五号」「第一一二号」「第一五〇号」「第二〇五号海防艦」

で、こちらも護衛用艦艇ばかりのスコードロン（戦隊）である。

こうして、敵潜水艦にたいし、日本海への三つの出入り口をしっかり固め、さらに日本海内部の護衛強化も図ったのであった。

関門海峡、〝通航禁止〟

昭和二〇年三月二七日夜、関門海峡にマリアナを基地とするB29、九二機の大挙来襲があった。三〇日にも八五機がやってきた。両日とも機雷を投下した。第一日は約一三五〇個、第二日は約四五〇個――戦後の米側の公表記録によると、このようなとてつもない大量のマイン（機雷）が、たった二日で投下されたことになっている。

対日本土封鎖作戦は本格化し、とくに関門海峡を重心点とする瀬戸内海西部の海面は、その主要目標となったのだ。この海域は、当時、わが国の最後の主要海上交通路として残った大陸―内地間航路と、国内重要港湾とを結びつける要域である。であれば、航路を掃海、啓開して安全を確保することは、戦争継続能力を保持するうえで絶対に欠かせなかった。また九州炭の阪神への搬送路としても、関西地方産業上の動脈である。

このたび投下されたのは、大部分が磁気機雷だった。日本にとってまったく目新しいというものではなかったが、これほど大仕掛けな何百、何千もの機雷一挙投下にたいしては、実のところ、どう処置していいのか見当がつかなかった。

港湾や海峡の防備は、本来、鎮守府や警備府が担当する仕事であった。海護の艦艇による対潜護衛の埒外《らちがい》である。海上護衛作戦は、前年の対空防御作戦についで、またも新たな段階に入った感じで、護衛総司令部はすっかり慌ててしまった。

取りあえず関門海峡は「通行禁止」の処置がとられた。しかし、それでは日本経済がストップしてしまう。ともかく二日間だけ止め、ザット掃海しただけで、三日目に危険を承知で船を通して見た。果たせるかな、被害が続いて起こった。四月六日までに、五〇〇トン以上の船だけでも合計八隻が機雷にヒッかかって沈没したのである（大井篤『海上護衛戦』）。

この海域の航路啓開には、従来、下関防備隊が当たっていた。駆潜特務艇八隻が主力、ほかに徴用漁船や曳船という弱体であった。これではならじと、急遽強化するため、六月一〇日付で「第八一戦隊」が編成された。水井静治少将を司令官に呉防備隊、徳山防備隊、それから「第四八号海防艦」がメンバーだ。呉鎮守府部隊に編入され、主として関門海峡と内海西部の掃海作戦を開始したのである。

第八一戦隊の掃海隊は、いつ自分の船底で爆発が起きるかもしれない危険な仕事に、ビクビクしながらも大胆勇敢に挑んでいった。敵は磁気機雷、音響機雷、水圧機雷、そしてその二つのディバイスを組み合わせた複合機雷なんていうのも同時に投下していた。

水圧機雷などになると、ある一定以上の大型船だけが、ある速力以上で航行しなければ感応しないのだから、小さな普通の掃海艇で掃除することはまったく不可能であった。さらに、一回目の掃海では爆発せず、二回目、三回目の通過で爆発する「回数起爆装置」なんぞという厄介な仕掛けを持っているのもあった。その処分は手に負えなかった。

沖縄の戦況は初めから非常に悪い。たちまち飛行場は占領されてしまう。あまり海上の危険が大きくならないうちに、華北の諸港や大連方面から、すこしでも多く大陸物資を運びこむ必要あり、と上層部は判断した。

そのための船団の安全確保が、海上護衛部隊の緊急の任務となった。落花生油、大豆油、塩、粘結炭、穀類など……国民の生活に最低限必要な物資を輸送しなければならない。ところが、黄海南部から南鮮一帯にかけての華北航路は、当時すでに非常な危険に陥っていた。

敵から見れば、潜水艦を活躍させるオイシイ戦場はもはや他にあまりなくなっている。戦線の後退で日本船の航海する海域が少なくなったため、敵潜は好餌を求めて、ワンサとこの航路を狙いだしたからである。それだけに、華北航路の護衛は重大問題であった。

そんなころの四月二五日、「海軍総隊」という制度が設けられ、連合艦隊司令長官がその職を兼ねつつ海軍総隊司令長官に昇格した。そして彼の指揮下に、南東方面艦隊、南西方面艦隊をのぞいた全海軍部隊が入り、統一指揮を受けることになった。海上護衛総司令部部隊もモチロンである。

瀬戸内海、機雷で完全制圧さる

さらに四月二七日には、一〇〇トン以下のごく小さい船を除いて、すべての船舶が「国家船舶」という名のもとに、一本化して統合運営されることになった。最高戦争指導会議で決定されたのだ。開戦以来、通常物資輸送と作戦輸送の重要度判断の兼ね合いは、戦争指導という大局的立場からいつも問題になるところであった。それがようやく、敗戦の四ヵ月前になって「輸送力ヲ確保スルタメ国家船舶オヨビ港湾ヲ一元運営ス」と決められたのであった。そのために五月一日、「海運総監部」が設けられ、総監には海上護衛司令長官野村直邦大将が任命された。参謀本部庁舎の一部を間借りして五月一五日に店開きする。これまで参謀本部の船舶課が事務をとっていたところへ、運輸省海運総局、船舶運営会、海軍省運輸本部などの役人、軍人が入り込んでいったのだ。

野村大将が海運総監に任命されたあとの海上護衛司令長官には、連合艦隊司令長官の兼務ときまった。海上護衛総司令部は参謀長以下はそのままだったので、これも見方によっては連合艦隊司令部と合同したようなものである。「大和」まで消えてしまったこの時期、もはや、水上部隊に関しては〝GF＝海護総部隊〟に近かった。

関門海峡に対する機雷投下は四月中、一時小止みになったが、三月末に投下された機雷のために、四月だけでも一六隻約二万トンの船が沈んでいる。五月にはいると敵は、この海峡に対しふたたび機雷投下を絶え間なく加えてきた。神戸、大阪港方面と瀬戸内海の中部にも、五月中旬から機雷の投下が始まった。神戸、大阪方面に三八〇個、内海中部に三〇〇個であった。関門海峡の大型船の航行は五月中旬を最後に、実質的に終止符を打たなければならなかった。しかし、小型船といっても決して安全なわけではなく、平均通過船三隻につき一隻は沈没した。五月にこの海峡で沈没した船舶は、三五隻を数えたとされている（大井篤『海上護衛戦』)。

敵航空部隊による港湾や水路の機雷封鎖は、日本のような国内の運輸も中小型船の海上輸送に依存することの多い島国を、経済的に痛めつけるのに恐るべき力を発揮する。

その結果、瀬戸内海を通れる船といえば機帆船《きはんせん》ていどとなり、神戸、大阪で揚げ下ろしされた貨物の量は、昭和一七年当時に比べて大体一割以下となっていた。立派な荷役設備をもつ港にも、そこに入港してくるのは、機帆船だけであった。

ところが、この機帆船にさえもそれを動かす油がなくなってきたのである。機帆船がそんな状態だったから、戦時標準船八三〇トンの一Ｅ型や四九〇トンの一Ｆ型など小型船はモチロン動けなくなっていた。

神戸、大阪方面では機雷が投下されると、必死になって掃海を始めたが、一応掃海を完了したつもりで船を通してみると相変わらずボカン、ドカンがつづいた。五月中旬、この両港で沈没した船は一三隻にのぼっている。下旬のそれは五隻であった(同前)。

機雷に制圧されて瀬戸内海が使えなくなると、荷揚げ港としては日本海沿岸の港しかない。だが、裏日本といわれるこちら側の荷役設備はどの港も貧弱なものばかりであった。その日本海の港すら、五月下旬からＢ29の機雷投下を受け始めた。かてて加えて六月になると、日本海に敵潜水艦の侵入が確認されたのである。

日本海には昭和一八年一〇月上旬以来、敵潜水艦は入ってこなかった。しかし、二〇年の春ごろからこちらが最後の重要航路となったので、用心のため、目ぼしい船には二、三隻編隊で、小規模ながら船団航行もさせていた。各船単独で航行させれば、知らぬ間に敵潜が侵入してきて、それにやられても、その船はSOS打電の余裕もなく行方不明になりかねない。それでは他船に警告の与えようもない、という考えからだった。護衛艦をつけておきたかったが、もはや護衛艦は油の節約が厳しく、そこまでは手がまわらなくなっていたのだ。

海護戦の舞台、日本海へ

侵入してきた米潜水艦は九隻だったとされている。かれらは宗谷海峡も津軽海峡も、もちろん対馬海峡も日本側が機雷によって厳重に防備していることを先刻知っていた。かれらにとっては、まずその機雷線をいかにして突破するかが課題であった。ところが、直径一メートルにも足りない機雷を、かなり遠方から探知できるほど精巧な精密水中探信儀・FMソナーを完成し、昭和一九年一一月ころから潜水艦に取り付け始めていたのだ。

五月末、グアムを三群にわかれて出港、対馬海峡機雷線を潜航突破した。突破するとすぐ日本海のあちこちに散開し、暴れ始めている。

護衛総司令部が敵潜の日本海侵入を知ったのは六月一〇日だったが、それは新潟の沖で「佐川丸」(二一八九総トン)、「昭陽丸」(二二一一総トン)二隻の船団が、前日の九日夜半、撃沈されたという電報が入ったからであった。まず「佐川丸」が攻撃され、魚雷一本命中、「昭陽丸」はその遭難を緊急電報したが、これまた、約三〇分後にやられた。このSOSの発信で、日本海に敵潜が侵入していることが明白になったのだ。

海護総司令部はただちに日本海の商船航行を停止し、対潜作戦準備を整えた。すでにある程度の準備はできていた。新潟には第一〇五戦隊、能登半島の七尾湾にはかつての特設対潜訓練隊が「第五一戦隊」という対潜実戦部隊に変容、配備してあったし、対潜航空隊も七尾港を中心に日本海全域にわたって飛行哨戒をやっていた。

五一戦隊の司令官は西岡茂泰少将。兵力は昭和二〇年六月一日現在で、「呂号第六八」「呂号第五〇〇潜水艦」。海防艦は「保高《ほたか》」「伊唐《いから》」「伊王《いおう》」「波太《はぶと》」「高根《たかね》」、それから番号艦の「第七五号」「第七九号」「第八七号」「第一二四号」「第一五六号」「第一五八号」「第二〇〇号」「第二二五号海防艦」であった。部隊の前身のしからしむるところ、海防艦は出来たての乳幼児ばかりであった。

兵力は少なく、どの船をも護衛するというわけにはいかなかったが、六月一八日に七尾港沖で、敵潜「ボーンフィッシュ」を仕止めたのはお手柄であった。発見したのは第三一海防隊の「沖縄」。探信儀に確実に捉え、同隊の「第二〇七号」「第六三号」、それから五一戦隊の「第七五号」「第一五八号」の五隻が寄ってたかって袋叩きにしたのだ。これは米側も認めているので〝撃沈マチガイナイッ〟（海防艦顕彰会『海防艦戦記』、木俣滋郎『日本海防艦戦史』）。

「商船一隻、敵潜の雷撃を受け、七尾沖にて沈没」の報に接した「沖縄」は現地に急行した。だが、付近海面に生存者は見当たらなかった。一意、水測兵器を駆使して敵潜の捜索を開始する。そうするうち、探信儀に鋭い反響音が捉えられた。確実である。機雷長は直ちに「深

表 28　海上護衛総司令部部隊（S20.6.1 現在）

海上護衛総司令部部隊	第1護衛艦隊	第102戦隊	鹿島 屋代　干珠　第2号、第29号、第34号、第41号、第82号海防艦
		第103戦隊	春月 隠岐　三宅　宇久　羽節　金輪　第59号、第60号、第67号、第192号、第213号海防艦
		付属	（第1海防隊）神津　倉橋　第13号、第39号、第72号、第79号海防艦 （第11海防隊）第36号、第55号、第57号、第71号海防艦 （第12海防隊）稲木　久賀　第14号、第16号、第46号、第132号海防艦 （第21海防隊）新南　志賀　生名　第27号、第194号、第198号海防艦 （第22海防隊）鵜来　大東　竹生　対馬　第8号、第32号、第52号、第66号海防艦 第17号、第39号、第41号掃海艇 （第31駆潜隊）第11号、第12号駆潜艇 第19号、第20号、第21号、第26号、第60号駆潜艇
	直率		第901海軍航空隊

度九〇メートル、一二〇メートル、爆雷第二投射法」を下令した。「第六三号」「第二〇七号海防艦」も、投射に移った。やがて反響音は消えた。

翌日、多量のコルク片と数キロに及ぶ重油の帯を確認、「撃沈、確実」の報告を行なったのである。後日、舞鶴鎮守府司令長官よりの感状となって、その功は報いられた。

「第二〇七、第六三、第七五、第一五八海防艦及ビ沖縄ガ六月一九日、緊密ナル連絡ノ下ニ七尾沖ニ於イテ敵潜水艦ヲヨク捕捉シ、適確ナル攻撃ヲ加エ確実ニ之ヲ撃沈、本府担任海面ニ於ケル初ノ戦果ヲ挙ゲタルハ大イニ可ナリ　舞鶴鎮守府司令長官」（『海防艦戦記』海防艦顕彰会）

このころになると、部隊の編制内容は猫の目のようにクルクル変わる。

昭和二〇年六月一日現在、海上護衛総司令

部部隊の構成は表28のようになっていた。が、一月後の七月五日には、一〇二戦隊は解隊され、所属していた海防艦七隻で新たに第二海防隊をつくる。五日後の一〇日になると、一〇三戦隊を第七艦隊へ、また一〇五戦隊を第一護衛艦隊に移入するなど……。そして五月一五日まで一護艦隊にいた九三一空は第一三航空艦隊に編入されて、海護総部隊から離れていたのだ。

だから、「ボーンフィッシュ」を沈めたお手柄の海防艦たちは、厳密にいうと海護総配下のフネではなかったのである。

戦後、分かったところによると、日本海でのこの作戦を終えた敵潜は、六月二四日、宗谷海峡西口で合同し、その夜半、闇と濃霧を利用、浮上航行でまんまと同海峡を抜け出て行ったのだそうだ。ずいぶんナメラレたものである。七日間、日本海を荒らしまわって、二七隻、約五万四〇〇〇トンの日本船舶を沈めたと称している。

振りかえってみよう。

五月——五〇〇〇総トン以上の大型船はめっきり姿を消していた。そのためわが船舶の遭難件数は開戦以来三番目の一二八隻に達したのだが、総トン数はそのわりに増えていない。遭難水域はますます日本本土に近接してきて、本土水域九五隻、朝鮮水域二六隻におよんだ。五月の機雷による沈没は六三隻、約一一万トンであった。

こうして、日本封鎖の綱はギリギリと絞られてきた。

朝鮮、満州および中国中部との船舶連絡路は、きわめて細くなった。やむなく満州方面からの船は朝鮮西岸に沿って南下し、また大陸南部からの便は中国沿岸をいったん北上、山東高角付近より黄海を横切り、朝鮮西岸に出て南下するほか手段がなかった。朝鮮南西岸に遭難船舶の意外に多いのはこのためである。

六月になっての喪失は隻数一二一隻、総トン数二一万九九五七トン、総トン数五〇〇〇トン以上の船舶一〇隻で、前月の喪失量に比較すればわずかながら低下している。だが、日本本土の運命を決する乾坤一擲の作戦と位置づけられ、特攻につぐ特攻の戦闘を展開していた沖縄の戦いも、刻々と終息に近づいていた。ついに六月二一日、沖縄島失陥。

七月中の喪失は、隻数一四六隻、総トン数二九万〇五四三トン、総トン数五〇〇〇トン以上の船舶一一隻で、喪失隻数から見れば本大戦中を通じて最高記録となったが、総トン数においては、昭和二〇年一月の記録をはるかに下回った。繰り返す。フネが小粒になった証拠だ。

喪失のあらかたは航空機の爆撃（八三隻）と触雷（四七隻）によっていた。海上護衛戦の内容もスッカリ様変わりしていたのである。

機雷対策の根本は、なんといってもB29の侵入を防ぐことであった。すなわち、制空権の奪回である。だが、その根本対策ができないのであれば、掃海作業によって航路を切り開くしかないのだが、これまた最後まで成功せずに終わろうとしている。

七月一四日、一五日の青函航路および北海道周辺に対する艦載機攻撃により二九隻が沈んだ。青函連絡船八隻が一瞬にして失われ、内地と北海道を結ぶ青函航路は壊滅し去った。

敗色はもはや覆いがたいものがあった。

特攻輸送「日号作戦」発動

とうとうわが海上輸送は、日本海を主舞台として実施しなければならないほどの窮状に、追い込まれてしまったわけである。

昭和二〇年六月二八日、それに関し、大本営は小沢治三郎海軍総司令長官へ最後の檄をとばした。「日号作戦」開始の命令である。

作戦目的は「本土決戦準備ノタメ、陸海軍緊密ナル協同ノ下ニ日本海ノ安定確保ニ勉メ、アラユル困難ヲ排除シ、最短期間ニ最多量ノ重要戦力物資ヲ輸送スルニアリ」と謳われていた。具体的にいえば、満州、朝鮮方面から穀類、塩等を「南号作戦」のときと同様、〝必死完送〟の特攻精神で運びこめというのであった。喉元に匕首《あいくち》を突きつけられている。グズグズしてはいられないのだ。

約二〇日間を目途に作戦は実施された。主な積み出し港は南朝鮮の諸港と北朝鮮東岸の港、とくに羅津であった。荷揚げ港としては新潟以西、北九州まで可能なかぎりの港が使われた。ことに山陰西部では南鮮に近い港という港は全部使われた。

いっぽう、北海道西岸方面から船出する船舶は新潟以北の港に入港、荷揚げ、と定められたのである。

しかし、日本海側には設備の良好な港湾は少ない。急いで仮桟橋を造り、ハシケ代わりに上陸用舟艇までが使われた。労務者がいないところでは、軍隊が送られ昼夜兼行で荷役が行なわれた。ドンドン揚げられるため、捌《さば》ききれず砂浜に穀物の山ができる所さえあった。戦場のような騒ぎであったという（大井篤『海上護衛戦』）。

さて、その成果はいかがであったろうか。

八月四日、陸軍の海運総監部参謀長から、在舞鶴の揚搭指揮官あて次のような電報が打たれている。

「七月海上輸送実績ハ、関係方面ノ絶大ナル努力ニヨリ積切リ実績約九五万四千トンニシテ、当初算定セル内地到着輸送見込量約六〇万トンニ対シ約一五〇％以上ノ好成績ヲ収メ、国力造成上マコトニ欣快ニ堪エザルトコロナリ……」（防研戦史『本土方面海軍作戦』）

一応、それなりの成功を収めたようである。

しかし七月に入ってからは、B29は機雷投下の主目標を日本海諸港に移しはじめていた。新潟、伏木、七尾、敦賀、舞鶴、宮津、境、浜田などの港口に、である。南鮮に近い山口県や北九州の諸港などは六月ころ、すでに多数の機雷をまかれていた。しまいには、秋田県の舟川港にまで機雷の束が見舞われた。

こうして日本側の荷揚げ港をふさいだばかりでなく、B29の針路は積み出し港である朝鮮の港にも向けられた。傍若無人であった。麗水、釜山、浦項、元山、興南、清南、羅津……

これはと思えるようなあらゆる港に魔の翼が伸びた。羅津まではマリアナ基地から三三五〇キロである。その羅津にもっとも多くの機雷が投下された。米側の発表では四二〇個をこの一港に投下したという（大井篤『海上護衛戦』）。北海道もほとんど全域がＢ29の機雷投下圏内に入っている。この分でいけば、遠からず日本の港という港は、そこに汽船が出入することが敵に分かり次第、どこもかしこも機雷で封鎖されてしまうだろうと推測された。

そんななかでの日号作戦であった。それは関係者が喜悦するような成果をもたらしたもののようである。護衛と港湾掃海の双方の努力が、効をもたらしたのであろう。それに、この作戦時期は、ちょうど日本海に入った米潜が引き揚げた後であったことも、幸いしたようだ。

が、安心してはいられない。七月下旬になると、またもかれら米潜は侵入をはかった。二七日、京都府経ヶ崎沖で一隻、二八日、秋田県入道崎西南で二隻、津軽海峡西口で一隻、三〇日、北海道茂津多岬で一隻。月がかわって八月に入ると早々の五日、男鹿半島と酒田の沖で各一隻、八日には朝鮮・羅津東南で、一一日には同じく朝鮮・江陵東沖で、各一隻の雷撃被害が発生したのだ。

日本の周辺は、空からは爆弾と機雷、海中からは魚雷。右を向いても左を見ても真っ暗闇——八方ふさがりとはこのことであった。

Ｂ29の焼夷弾攻撃は大都市を焼き尽くしてしまったので、中小都市に爆撃の照準をつけ出した。しかも、空母機動部隊の本土攻撃が七月一〇日の関東地方来襲を皮切りに、Ｂ29や硫黄島からのP51による空襲に重なってきたのである。踏んだり蹴ったりであった。

敵機動部隊は七月一四、一五の両日、北海道から本州北部に猛烈な攻撃をしかけてきた。この空襲で五〇〇トン以上の船舶四六隻、一一万トンと機帆船一五〇隻が沈没、または大破となった。前記したがとくにこのなかに、青函連絡船八隻の喪失と三隻の大破が含まれていたことは、戦争指導部に大衝撃をあたえた。食糧輸入は生きていくうえで最肝心の課題であったが、毎月輸送されて来る北海道炭一五万トンを失うことは、関東、信越地区への石炭供給量を半減させるもので、軍需生産にも深刻な影響を及ぼしたのである（同前）。まさに、断末魔の様相を呈してきた。

ソ連機撃墜！　われ被害なし

敵連合国側は、戦争はすでに勝負がついていると判断していた。日本に降伏申し入れの機会を与えさえすれば、終戦の望みありと考え、ポツダム宣言を送ってきた。日本は、一応「黙殺」の態度をとった。その結果が、原子爆弾の投下である。

さらにその頃までには、ソ連も対日参戦準備をスッカリ整え、八月九日午前零時、中立条約を破って、戦端を開いてきた。

そんな折、日本海北朝鮮沖で痛快事が起きていた。

八月六日、一〇二戦隊の海防艦「屋代」は陸軍航空士官学校の生徒四〇〇名を乗艦させ、舞鶴発、元山に向かったが、途中予定を変更して雄基を目指す。八日、雄基着。生徒たちを下ろすと、ただちに北上しつつある船団を護衛するべく出港した。
会合すると船団を護衛し、羅津に針路を取った。船団は五隻、食糧を搭載したら内地へトンボ帰りする予定である。だがちょうどそのころ、ソ連が対日宣戦を布告したとの電報が入ったため、急遽反転、目的地を雄基に変更した。その雄基入港直前三マイル付近で、ソ連機に襲われたのである。

第一波が来襲してきたのは九日〇九二〇ころ、およそ五〇機であった。護るは「屋代」と五一戦隊の「第八七号海防艦」の二隻。さらに一〇〇〇ごろには第二波が来襲した。護衛部隊指揮官からの飛電で、ソ連機の出現を知った海上護衛総司令部では「こいつは全滅だ！」と、みんな青くなったという。

どうしても無事内地に着かせたかった、最後の食糧船団である。しかし、海防艦二杯の対空装備は貧弱なもの、空襲の恐ろしさはみんな身にしみて知っている。八〇機という大群が来たのでは助かるはずはない。

ところがおよそ三〇分ばかりして、「防御砲火により敵機全部を撃退す。われ被害なし」という意味の電報が海護総司令部に飛びこんできた。さらに追っかけて、「敵機は水平爆撃にて攻撃し来たれども、弾着不正確にして命中弾、至近弾ともになし」との趣旨の報告がもたらされたのであった。しかも、その一四機（一一機との報告もある）を撃墜したというのである（『海防艦戦記』海防艦顕彰会、その他）。思わずみんな耳を疑ったそうだ。

海上護衛部隊としては、これがソ連軍との最初の、そして最後の交戦であった。
八月一五日、日本の降伏によって終戦。この日までにおける本月半月間の喪失は、隻数六九隻、総トン数にして一五万六〇九八トン、総トン数五〇〇〇トン以上の船舶一〇隻という損害を出して、ついに海上護衛戦に終止符を打った。

シーレーン防衛戦敗れたり

太平洋戦争全期を通じて生じたわが船舶の喪失総量は、八八三万総トン。それは、開戦時保有の六三八万総トンと戦争中建造の三八三万総トンを合計した数字の八六パーセントに達する膨大な量であった。そして、乗組船員六万三〇〇〇名の多数が悲涙をのんで海没したのである。海上護衛戦は完全に敗れた。完全に失敗であった。

ではなぜ、〔大日本帝国海軍〕がついていながら、こんな惨憺たる結末になってしまったのであろうか。これまでの記述で時に応じ必要に応じて経緯を述べてはきたが、ここで総ざらいし、振り返ってみよう。

根本は、多くの論者によって指摘されているように、戦前の日本海軍には海上交通保護、海上護衛の思想がほとんどないに等しかったからである。

だが大抵の論者は、ただそれだけでなく、さらに語を付け加えて「日本海軍は艦隊決戦に血道をあげていたから……」、それでも足らず、「艦隊決戦なんぞという、古臭い時代遅れの作戦に固執していたから……」とまでいう人もいる。果たしてそうであったろうか。

いや、それは敗戦、降伏という結果だけを見た極論であろう。

日本のような四面環海の島国で、かつ何らの資源——石油も鉄もボーキサイト等も産出しない国家が、外敵から国土を防衛し、国民の保全を計ろうとすればまず、侵攻を企て渡洋してくる国の艦隊を、味方海軍の総力を挙げた「決戦」によって撃破、撃滅するのが国防軍としての第一番の眼目でなければなるまい。その決戦が、戦艦主柱の〝砲戦艦隊決戦〟であるにせよ、飛行機主柱の〝空母艦隊決戦〟であるにせよ、である。

そして、そのような戦争にもし日本が直面しなければならないとしたならば、貧国日本は〝少数精鋭艦隊〟によって敵艦隊を一挙に撃滅し、長期戦に引き込まれないうちに局を結ぶ、すなわち〝短期決戦〟によって国家、国土の安泰を図ろうと発想、決断したのには一理あるはずだ。国力を考えてのことであり、基本戦略「艦隊決戦主義」をスローガンに掲げたのは誤りではない。

だが、なにぶん戦争は相手のある〝事業〟である。

㋑その短期決戦に敗れた場合

㋺あるいは、国力に勝る敵国が一時決戦を避け、海上交通破壊を軸とする長期持久戦に持ち込んできた場合にはどう対処するか？

などについての考慮、配慮にわが海軍は欠けていた、というより、そういう事態を想定すること自体を嫌悪していた節がある。

必然、海上交通線の保護についての関心が芽生えず、思想が沸き立たなかった。物的、人的にその準備がおろそかになってしまった。

第一次世界大戦の戦訓をしっかり見つめ、噛みしめていれば、最重要の「艦隊決戦」の軍備に鋭意、最善の努力を傾けるのは当然のこととし、並行して海上護衛についての軍備も整えておかなければならなかった。

でありながら、〝金なし、物なし〟の日本は思念が「艦隊決戦」に凝り固まったすえ、限られた財布の中身、資材、智恵を挙げて艦隊決戦用の艦艇、航空機の整備、人的準備のみに注入してしまった。

が、だったとしても、海上交通線の維持、護衛の重要性を多少なりと感得していれば、旧式駆逐艦などを保存し、護衛艦あるいは対潜掃討艦に転用、整備しておく経費は出せたのではなかろうか? 平時のそれらは、最小規模でよい。その艦艇で護衛隊、対潜隊、さらには護衛戦隊、対潜戦隊を編成して、しかるべき基礎訓練、応用演練を実施できたのではなかろうか?

その乗員には、高等商船、中等商船、水産講習所出身の予備士官を召集し乗り組ませるのだ。それも、少・中尉時代、大尉時代、少佐時代にそれぞれ一定期間教育する。さらには、そのなかで海軍のお眼鏡にかなった人士を中佐、大佐のときに召集して隊司令の教育を施していたならどうであったろうか……。

今となってはまったくの夢想にすぎないが、昭和八、九年ころから若手予備士官に〝勤務召集〟をかけ、連合艦隊に乗り組ませた経緯がある。その気さえあればもっと早い時期（大正末ころ）から予備員教育は実行できたはずだ。

このような施策を実施していれば、戦争中聞かれたような、「予備士官の艦艇長は、兵術知識をまったく持っていない」などの批判は大幅に減っていたにちがいない。定期的な召集によって、「海軍と商船の相互理解」にも役立ったであろう。また、いざというさい、護るほう護られるほうがともに〝同じ釜の飯を食った間柄〟ということで、心情的にも海上護衛戦の実が挙がったのではなかろうか。

海上交通保護については、艦艇、兵器、乗員、すべての整備が一〇年は遅れていたのである。そんな不備にもかかわらず、海護戦の第一線では予備士官が頑張った。

敗戦の一年前、海防艦の艦長は大多数が商船乗り出身の予備士官であった。あらかたが少佐で、ごく少数の大尉がいた。現役将校はというと、わずか「占守」「国後」「八丈」とナンバー艦の「第一四号」「第七五号」の計五隻に顔が見られるだけであった。

ところがその現役士官も、元来は高等商船出身で、予備少尉のとき現役に転官したという特異な履歴の持ち主が二名いる。したがって、海軍兵学校卒業者はわずか三名に過ぎなかった。ほかの護衛艦艇である駆潜艇や掃海艇あるいは特設砲艦、特設駆潜艇などの艦艇長も商船乗り士官であったのは、いわずもがなであった。

力戦敢闘のすえ、終戦時、生き残っていた海防艦はちょうど一〇〇隻であった（未完成艦は除く）。そして、艦長以外の乗組幹部も、商・漁船出身予備士官と民間大学、高専出身の予備士官、兵出身の特務士官、准士官で固められていた。

戦争末期のわが海上護衛の現場は、兵学校出でない戦士の指揮によって戦われていたと言っても過言ではない。

ともあれ、日本海軍が対米国戦を念頭に置く場合、艦隊決戦主義は第一番の重要戦略思想であったが、海上交通保護をまったくないがしろにしたのは大失敗であったと言わざるを得まい。

あとがき

この『海軍護衛艦物語《コンボイ》』は、潮書房「丸」誌上に、平成一六年三月号から平成一八年八月号まで、三〇回にわたって連載した「海軍コンボイ物語」をまとめたものである。むろん、単行本化するに当たっては補足すべきは補い、訂正すべきは直して一本とした。

日本海軍の太平洋戦争における海上護衛戦は失敗であった。そのことについて書かれた書籍はすでに幾つかある。だが、本書では、その失敗の跡をたどるにしても、他書とはいささかルートを変えて歩いたつもりである。

物語は大正の一次大戦ころからスタートした。そして、なぜ日本海軍では海上交通保護が重視されなかったのか、なぜそのための軍備、戦備に遅れをとってしまったのか？　とりわけ人的な準備が軽視された理由、その実際状況もかなり詳しく覗いたつもりだ。お読みになってそれを感得していただけたとしたら、筆者としてこんな嬉しく有難いことはない。

出版にあたってはたくさんの方がたの、ご尽力を仰いだ。光人社牛嶋義勝主席編集委員からは小生の著書刊行について毎度のことながら篤いご配慮をいただいた。鶴野智子氏によって懇篤な実務による編纂が為された。それに先立つ「丸」誌連載には、竹川真一編集長より長期の執筆のご許可を賜り、室岡泰男氏には毎号丹念な編集業務を執っていただいた。以上、末尾になったがここに厚く御礼申し上げる次第である。

著者

単行本　平成二十一年二月刊

NF文庫

海軍護衛艦《コンボイ》物語

二〇一八年二月二十日　第一刷発行

著　者　雨倉孝之

発行者　皆川豪志

発行所　株式会社　潮書房光人新社

〒100-8077　東京都千代田区大手町一-七-二

電話／〇三-六二八一-九八九一(代)

印刷・製本　株式会社シナノ

定価はカバーに表示してあります
乱丁・落丁のものはお取りかえ
致します。本文は中性紙を使用

ISBN978-4-7698-3054-2 C0195

http://www.kojinsha.co.jp

刊行のことば

第二次世界大戦の戦火が熄《や》んで五〇年——その間、小社は夥しい数の戦争の記録を渉猟し、発掘し、常に公正なる立場を貫いて書誌とし、大方の絶讃を博して今日に及ぶが、その源は、散華された世代への熱き思い入れであり、同時に、その記録を誌して平和の礎とし、後世に伝えんとするにある。

小社の出版物は、戦記、伝記、文学、エッセイ、写真集、その他、すでに一、〇〇〇点を越え、加えて戦後五〇年になんなんとするを契機として、「光人社NF（ノンフィクション）文庫」を創刊して、読者諸賢の熱烈要望におこたえする次第である。人生のバイブルとして、心弱きときの活性の糧《かて》として、散華の世代からの感動の肉声に、あなたもぜひ、耳を傾けて下さい。

NF文庫